LIVRES PARA RECOMEÇAR

© 2018 por Rose Elizabeth Mello
© iStock.com/brickrena

Coordenadora editorial: Tânia Lins
Coordenador de comunicação: Marcio Lipari
Capa e projeto gráfico: Equipe Vida & Consciência
Preparação: Janaina Calaça
Revisão: Equipe Vida & Consciência

1ª edição — 1ª impressão
2.000 exemplares — novembro 2018
Tiragem total: 2.000 exemplares

CIP-BRASIL — CATALOGAÇÃO NA PUBLICAÇÃO
(SINDICATO NACIONAL DOS EDITORES DE LIVROS, RJ)

M48L
    Mello, Rose Elizabeth
    Livres para recomeçar / Rose Elizabeth Mello. - 1. ed. - São
Paulo : Vida & Consciência, 2018.
     256 p. ; 23 cm.

     ISBN 978-85-7722-571-2

    1. Romance brasileiro. I. Título.

18-52816   CDD: 869.3
                          CDU: 82-31(81)

Todos os direitos reservados. Nenhuma parte desta edição pode ser utilizada ou reproduzida, por qualquer forma ou meio, seja ele mecânico ou eletrônico, fotocópia, gravação etc., tampouco apropriada ou estocada em sistema de banco de dados, sem a expressa autorização da editora (Lei nº 5.988, de 14/12/1973).

Este livro adota as regras do novo acordo ortográfico (2009).

Vida & Consciência Editora e Distribuidora Ltda.
Rua Agostinho Gomes, 2.312 — São Paulo — SP — Brasil
CEP 04206-001
editora@vidaeconsciencia.com.br
www.vidaeconsciencia.com.br

Um romance emocionante de

ROSE ELIZABETH MELLO

LIVRES PARA RECOMEÇAR

CAPÍTULO 1

Ele percorria os corredores movimentados do *shopping* em um ritmo preciso e cadenciado, enquanto alguns olhares cobiçosos e outros invejosos acompanhavam sua caminhada.

Não era um homem comum.

Sua figura destacava-se em qualquer ambiente, com seus cabelos e sua barba afogueados como a lava de um vulcão, emoldurando intensos olhos azuis, e com a pele de um branco róseo, salpicada de suaves sardas.

Rubens estava acostumado e não se incomodava em se tornar o centro das atenções por onde passava. Era um homem alto e esguio, na casa dos 30 anos, e de feições másculas marcantes. Sua postura ereta e seu semblante impassível revelavam seu absoluto autocontrole, tanto físico quanto emocional.

Quando Rubens entrou no restaurante onde almoçaria sozinho, o garçom acompanhou-o até uma mesa no centro do salão, anotou seu pedido e afastou-se no exato momento em que o celular do cliente tocou informando que havia chegado uma mensagem. Rubens leu-a rapidamente, respondeu-a com a mesma agilidade e guardou o aparelho no bolso do paletó, ao mesmo tempo em que lançou para si um sorriso monalístico.

Rubens já havia terminado sua refeição, quando viu uma senhora aproximar-se de uma mesa, atrapalhada com as muitas sacolas que tinha nas mãos. Imediatamente, ele levantou-se com o propósito de puxar a cadeira para a mulher e ajudá-la a se acomodar, recebendo em troca um sorriso e muitos agradecimentos antes de voltar ao seu lugar.

Além de ser muito atraente, Rubens sabia ser um cavalheiro.

A alguns quarteirões do *shopping* ficava o escritório central do estaleiro Brávia's, fabricante nacional dos mais luxuosos iates e de lanchas produzidas no país. O estaleiro localizava-se em uma cidade do litoral, a alguns quilômetros da capital.

Simone Agostinelli, 24 anos, era a diretora de planejamento, mas, tão jovem, não alcançara o ambicionado cargo apenas por seu talento e por sua competência. Era formada em engenharia naval e filha de Carlo Agostinelli, presidente e único dono da empresa Brávia's.

Carlo herdara o estaleiro de seu pai, que o herdara de Dante Agostinelli, patriarca da família que chegou ao Brasil anos antes da Segunda Guerra e várias décadas depois do grande fluxo de imigrantes, seus conterrâneos, que aportaram em terras brasileiras buscando uma vida melhor. Com pouco dinheiro e muita ambição, ele instalou-se em acomodações no centro da cidade, onde as condições de higiene e salubridade eram visivelmente duvidosas.

Todas as manhãs, quando o galo cantava e Dante se levantava para mais um dia em busca de trabalho, o cenário permanecia imutável. Crianças pequenas, seminuas, com fraldas ajeitadas displicentemente a escorregarem pelas pernas circulavam e choravam por todo lado, suplicando atenção de mães atarefadas ou indiferentes demais. Lavadeiras posicionavam-se aos poucos no pátio, uma a uma, formando um círculo. Um círculo vicioso que se repetia diariamente, em que o assunto era a vida alheia e os lamentos a respeito da labuta interminável. Homens de gostos discutíveis, em roupas exalando naftalina, transitavam com seus cabelos pegajosos, cheirando a perfume barato, em busca de um ganha-vinténs lícito ou ilícito.

Dante sentia uma aversão profunda a tudo aquilo. Sua alma ansiava por uma alta posição na sociedade, reconhecimento pessoal e êxito profissional. Com isso, teria ao alcance a fortuna que ambicionava acumular.

Após um mês de buscas infrutíferas, Dante decidiu deixar o cortiço e sua pobreza no passado, arrumou a pequena trouxa desprovida de valor e partiu em direção ao litoral. Ouvira dizer que no porto sempre havia oportunidades de trabalho e seguiu determinado a garantir sua vaga.

E não foi preciso esperar muito. Em apenas quatro dias, depois de uma conversa aqui, outra ali, Dante conseguiu ser admitido como conferente de carga e obteve a indicação de um alojamento, onde era cobrado um valor que cabia em seu salário.

E, assim, iniciou sua jornada rumo ao futuro promissor.

Simone e o pai eram unidos pela mesma visão de vida, paixão pelo trabalho e, mais que tudo, por um profundo amor e companheirismo.

A mãe de Simone não resistiu a sérias complicações no parto, e Carlo viu-se sozinho com a responsabilidade de cuidar de uma recém-nascida. Ele superou a dor da perda, transferindo o imenso amor que tinha pela esposa para a filha, e, com a ajuda de uma fiel e dedicada babá, cumpriu a tarefa de criar a menina com tudo o que podia oferecer de melhor no que diz respeito a afeto, à educação e à formação.

E a jovem cresceu cercada de carinhos e cuidados. Como previsto, Simone apegou-se ao pai, considerava-o a pessoa mais importante de sua vida e visava a agradar Carlo e deixá-lo orgulhoso em tudo que fazia. Pai e filha dividiam um luxuoso apartamento em um bairro nobre da cidade, amplo demais para poucas presenças, mas onde era possível sentir a paz e a felicidade em cada canto daquele lar.

Simone teve apenas um rápido e frugal namoro adolescente, uma incongruência na vida de uma moça bonita, inteligente e rica. Seus longos e lisos cabelos castanhos brilhavam e bailavam como uma seda, no compasso de seu andar que a fazia parecer uma integrante do Berioska, grupo russo no qual as bailarinas parecem flutuar quando dançam.

Pequenos, mas expressivos olhos quase negros, eram janelas fechadas para seu interior sensível e romântico. No trabalho, Simone precisava compartilhar suas horas com todo tipo de funcionário: de empregados com pouca instrução e modos rudimentares a membros do alto escalão. Por essa razão, ela dividia-se em duas personalidades distintas, ambas conscientes de seus papéis e das ocasiões em que deveria interpretá-los.

Determinada a ser uma profissional à altura das expectativas de Carlo e do grande patrimônio que um dia presidiria, Simone concentrou-se em sua graduação e, depois, no trabalho na Brávia's.

Tinha poucos e seletos amigos e era muito feliz em suas escolhas. Mas, no íntimo, ainda sonhava em encontrar o homem que seria seu companheiro de vida, seu grande amor.

CAPÍTULO 2

Carlo nunca manifestara o desejo de se casar novamente, decisão que surpreendia seus amigos próximos. Enviuvara ainda moço, com muito a aproveitar da vida, mas, assim como a filha, mantinha como centro de sua atenção a empresa e ocasionalmente participava de alguns eventos sociais.

Simone jamais criou algum tipo de objeção a um novo relacionamento do pai, pois o que mais queria era vê-lo feliz, entretanto, acabou convencendo-se de que nunca teria uma madrasta. E Carlo, agora com pouco mais de 60 anos, embora mantivesse sua beleza sóbria e um considerável vigor físico, nem sequer cogitava essa possibilidade.

A vida, contudo, tem rumo próprio e coloca-nos diante de atalhos, encruzilhadas, belas estradas ou despenhadeiros, cabendo a cada um de nós compreender suas indicações e sinais para agirmos da melhor forma, contribuindo para nosso progresso por uma existência mais feliz. Porque ela, a vida, faz o que deve ser feito, mas somos nós os únicos responsáveis por cada passo e por direcionar a caminhada para o bem ou para o mal.

E foi exatamente o que aconteceu com Carlo. Apesar de toda a sua convicção, um dia ele conheceu Bernadete, uma mulher cujo porte era puro deslumbramento e que era a personificação da elegância e da beleza.

O encontro aconteceu na central da Brávia's, em uma reunião agendada entre ela, Carlo, Simone e outros poucos membros da equipe.

Movida por sua disposição interna voltada para a objetividade, Bernadete esclareceu que seu marido queria adquirir um iate personalizado e que ela mesma trataria de todos os detalhes, pois ele, devido a intensos compromissos profissionais, pouco parava no Brasil. E a embarcação, na verdade, seria um presente e levaria seu apelido: Lady Berna.

A reunião durou mais de duas horas, e os representantes da empresa ficaram admirados com as premissas avaliadas por Bernadete como fundamentais, entre elas, que toda a parte de metais do interior do iate fosse folheada a ouro.

Embora o estaleiro estivesse habituado a construções luxuosas, o que ela queria era digno de um xeique dos mais ricos países árabes.

Ao final do encontro, foi perceptível a sutil troca de olhares entre Carlo e sua cliente. Acordados os termos do negócio, todos se despediram, e o presidente da Brávia's permaneceu reflexivo na sala de reuniões.

As semanas seguintes foram de trabalho intenso para a equipe de Simone, sob a supervisão de Carlo, e finalmente, após muitas horas dedicadas à perfeição, haviam chegado a um projeto preliminar a ser apresentado.

Um fato inesperado, no entanto, ocorreu. A secretária de Simone tentava sem sucesso entrar em contato com Bernadete, mas ninguém atendia às ligações nos números deixados pela cliente. Simone ficou bastante intrigada e, conversando com o pai, chegou a cogitar que a cliente simplesmente desistira da encomenda, desaparecendo sem dar explicações. Talvez ela fosse uma dessas milionárias excêntricas, que se julgam acima de tudo e de todos, não se sentindo, na ausência de um contrato firmado, obrigada a dar uma satisfação.

A frustração de Carlo não se restringia ao fato de perder uma oportunidade que lhe renderia muitos milhões, mas à iminência cada vez mais concreta de jamais rever aquela mulher.

Quase duas semanas se passaram, e a equipe interrompeu os trabalhos, preparando-se para arquivar plantas, maquetes eletrônicas e a esperança de um rendimento extra. Cada um dos profissionais sempre era recompensado com uma gorda bonificação após a conclusão e a entrega dos projetos.

Para surpresa geral, Bernadete reapareceu dias depois, com uma aparência que deixava apenas na memória a exuberância e o comportamento marcantes do primeiro encontro. Era evidente seu abatimento. Ela, então, solicitou uma conversa em particular com Carlo e foi prontamente atendida.

O diálogo não foi demorado. De forma sucinta, Bernadete relatou o acidente que seu marido sofrera nas estradas da França, para onde viajara a trabalho. Aproveitando uns dias de folga, ele alugou um carro e dirigiu-se para uma estação de esqui, seu esporte predileto, sem supor que praticamente estava assinando sua sentença de morte. O estado dele era bastante grave, e Bernadete estava de malas prontas para ir ao encontro do marido. Não conseguia imaginar como iria reencontrá-lo e nem sequer sabia se ainda o veria com vida.

Dotado de um coração empático, Carlo solidarizou-se com o sofrimento de Bernadete, colocando-se à disposição caso houvesse qualquer necessidade.

Ela agradeceu, declinou a oferta, e os dois acertaram que os trabalhos seriam retomados quando a situação estivesse resolvida e o marido de Bernadete se restabelecesse totalmente. Era nisso que ambos queriam acreditar.

Quando estava prestes a cruzar a porta de saída, a mulher surpreendeu Carlo com um suave beijo no rosto em vez do formal aperto de mão. Ela virou as costas e retirou-se, deixando atrás de si um homem maduro, com florescentes sentimentos de menino.

Simone também ficara consternada com a situação, mas sua essência notadamente otimista a fazia ter certeza de dias melhores para o casal.

Retomar as atividades e aguardar notícias de sua cliente era só o que podia ser feito agora.

Durante quase dois meses, Carlo prosseguiu com sua rotina, acrescida de um invasivo e constante pensamento em Bernadete, contrariando seu propósito sincero de afastar tais lembranças. Mas, quando ela reapareceu em seu escritório, ele constatou seu indizível prazer em revê-la e abriu a guarda para sentimentos que não podia mais negar a si mesmo, travando um intenso combate interno ao ouvir que o marido de Bernadete falecera.

O lado humano e solidário de Carlo condoeu-se da situação da viúva, mas o desejo despertado por ela no homem adormecido fê-lo vislumbrar a possibilidade de tê-la em seus braços. Intimamente, Carlo envergonhava-se por sentir até certo alívio com o desaparecimento daquele que poderia ter sido um grande rival.

Todos nós temos, no oceano de nossa alma, uma região abissal, escura e desconhecida, que, quando se revela, pode encontrar a força para emergir ou a coragem para ser confrontada, admitida e combatida. Negar as sombras internas apenas impossibilita que elas sejam compreendidas, impedindo que a luz do amadurecimento apague seu rastro, que pode ser muito cruel.

Bernadete estava profundamente constrangida por cancelar o projeto do iate, afinal, após o ocorrido, não via mais sentido em prosseguir com a ideia. E ainda mais constrangida ficou ao relatar a Carlo a situação complexa acerca do inventário do marido.

Percebendo que a mulher necessitava de apoio, Carlo convidou-a para o almoço, em que ela poderia desabafar com mais tranquilidade.

A princípio, Bernadete mostrou-se hesitante, mas, ante a insistência de Carlo, acabou aceitando o convite. Bastou um contato com a secretária, e todos os compromissos do empresário foram cancelados. Logo em seguida, os dois saíram.

Em pouco tempo, Carlo e Bernadete estavam acomodados em um discreto e elegante restaurante em um bairro afastado da cidade. Bem mais à vontade do que no ambiente corporativo, Bernadete agradeceu imensamente a amizade que Carlo demonstrava ter por ela e iniciou o relato de sua vida.

Ela contou-lhe que nunca fora casada, mas que vivia havia alguns anos com o companheiro, que era divorciado e tinha três filhos, que a hostilizaram desde o primeiro minuto quando souberam do envolvimento dela com o pai, embora Bernadete nem o conhecesse na época do divórcio.

E não foram apenas os filhos que a rejeitaram. O meio social frequentado pelo homem com quem passara a viver não fez questão de esconder que desaprovava sua chegada. Os convites tornaram-se raros, e, quando Bernadete o acompanhava a algum evento, precisava resgatar o máximo de sua dignidade para não se deixar abater pelo menosprezo evidente.

Como não havia nada que oficializasse a união, os herdeiros articularam-se para que ela não tivesse acesso a nenhum centavo do falecido companheiro, nem usufruísse de seu grande patrimônio. E assim se iniciara uma exaustiva e belicosa disputa judicial.

Ela lutaria por seus direitos, mas considerava que aquela era uma causa perdida. Os advogados dos enteados eram pessoas muito influentes, e Bernadete sabia como as sentenças, em muitos casos, podiam ser facilmente negociadas em altas rodas.

Além disso, ela sentia-se muito só. Não tinha família, era filha única, e havia muitos anos que seus pais tinham morrido. Bernadete nem sequer tinha parentes na cidade.

Em resumo, a vida e os sonhos de Bernadete estavam sendo desconstruídos pouco a pouco. Naquela mesma manhã, ela recebera uma notificação de que deveria deixar a mansão onde morava e de que só poderia levar seus objetos pessoais — e nem um alfinete a mais. Tudo no interior da casa entraria no inventário.

A reserva financeira de Bernadete estava muito reduzida, e ela tinha apenas o necessário para se manter por pouco tempo. Todas as contas do marido haviam sido bloqueadas, assim como os cartões de crédito que ele dera a ela como sua dependente.

Bernadete não foi capaz de conter a emoção e as lágrimas que minaram de seus olhos tristes, fazendo Carlo sentir crescer a vontade de tomar a mulher no aconchego de seu corpo. Ele, contudo, limitou-se a oferecer-lhe um lenço, mantendo uma postura respeitosa e controlada.

Os dois conversaram muito enquanto compartilhavam uma garrafa de cabernet sauvignon e degustavam queijos. O almoço não aconteceu.

Carlo deixou Bernadete na porta de um confortável *flat*, onde ela ficaria hospedada até definir sua situação. Quando se despediram, ele fez questão de frisar que perdera uma excelente cliente, mas estava muito feliz em ganhar uma nova amiga. Já havia um clima mais afetuoso entre eles, contudo, ainda bastante formal.

À noite, durante o jantar, Carlo contou toda a história à filha, que o ouviu atentamente. Simone não conseguia compreender a tendência gananciosa de certas pessoas e pensava que certamente o marido de Bernadete possuía uma riqueza suficientemente grande para ser dividida entre todos, sem prejuízos a ninguém. E os filhos, o que era bem provável, já possuíam também uma condição de vida bastante confortável. "Por que esse tipo de gente sempre quer mais?", ela questionava-se quando tomava conhecimento de brigas familiares por questões financeiras.

Embora ela e o pai possuíssem também um notável patrimônio, viviam sem ostentações e faziam um intenso trabalho de filantropia, sempre de maneira discreta, sem alardear suas contribuições.

O bem é para ser realizado, e não exibido, assim pensavam.

Simone sentiu pena de Bernadete e incentivou o pai a apoiá-la e a estreitar os laços de amizade. No íntimo, a jovem alimentava a esperança de ver o pai reconstruindo sua vida afetiva, e Bernadete parecia ser uma pessoa capaz de fazê-lo feliz. Poderiam fazer muito bem um ao outro.

Carlo atendeu às suas aspirações mais íntimas, e, pouco tempo depois, surgiu outro convite, dessa vez para jantar, ocasião em que Bernadete já se mostrava mais descontraída. Evitando mencionar problemas e tristezas, os dois conversaram e conheceram o lado mais leve e jovial de cada um.

Após a noite agradável, Carlo novamente deixou Bernadete na porta do *flat*. Ele queria sugerir que subissem juntos e extravasar seu impulso de prazer de ter aquele corpo junto ao seu, de acariciar a pele macia que incitava seus sentidos, arder naquela paixão tão inesperada quanto bem-vinda àquela altura de sua vida.

Mas novamente ele se conteve. Temia a recusa de Bernadete e a repreensão por uma atitude inadequada, afinal, ela havia perdido o marido recentemente. Receava, sobretudo, que seus anos de retraimento afetivo e sexual o tivessem transformado em um homem sem potencial sedutor. Temia o fracasso.

Após perder a esposa, Carlo tivera algumas mulheres, mas eram encontros casuais, sem nenhum envolvimento emocional. Conhecera mulheres geralmente frívolas, interessadas em

15

se distrair frequentando lugares sofisticados e, ocasionalmente, em ganhar algum presente de valor considerável. E que atendiam, sem pudor, às suas necessidades puramente carnais.

Jamais permitiu que essas companhias privassem de sua intimidade familiar e conhecessem sua casa, e Simone tampouco chegou a ter contato com alguma delas.

Com Bernadete era diferente!

Havia o desabrochar de um sentimento mais profundo, uma crescente determinação em cuidar daquela mulher tão sozinha e desamparada. Dar a ela o conforto e a segurança que sua personalidade afável poderia proporcionar. Fazê-la esquecer-se das rejeições sofridas. Bernadete contara a Carlo que o marido nunca se esforçara verdadeiramente para que ela fosse aceita e respeitada, o que lhe causava muito sofrimento. Ele a supria de tudo o que ela pudesse almejar materialmente, mas deixara uma profunda lacuna afetiva. Lacuna essa que Carlo desejava preencher.

E os encontros foram se tornando mais frequentes. Bernadete estava mais bem-disposta e evitava mencionar o andamento do processo, assunto sempre doloroso, e Carlo mantinha a discrição sem nada perguntar a ela.

Bernadete passou a externar seu desejo — e necessidade — de voltar a trabalhar. Não possuía nenhum curso superior e, antes de sua união, trabalhava como autônoma fazendo fotografias de moda.

Era um universo totalmente estranho ao empresário, mas ele manifestou seu total apoio à decisão, afirmando que o trabalho daria um novo sentido à vida de Bernadete, que não perdia uma única oportunidade de demonstrar sua gratidão ao amigo. Ela insinuou várias vezes o quanto a presença de Carlo estava, cada vez mais, se tornando fundamental em sua vida.

Carlo, por sua vez, registrava cada uma das palavras e cada expressão de afeição de Bernadete, mas ainda se mantinha cauteloso, receando confundir os sinais que recebia.

Simone percebia o envolvimento crescente naquela relação e decidiu dar sua pequena colaboração. Como teria de viajar e passar uma semana no litoral, pois fora requisitada no estaleiro para acompanhar a finalização da construção de um grande iate, a moça sugeriu ao pai que oferecesse em casa um jantar para Bernadete. As duas não se viram mais após o cancelamento do projeto do Lady Berna, e seria uma boa oportunidade para conhecer um pouco mais a mulher que estava conquistando o solitário coração de Carlo.

Avaliando ser uma boa ocasião para a aproximação, ele concordou prontamente com a ideia e no mesmo dia fez o convite a Bernadete, que o aceitou com satisfação.

A expectativa de Carlo foi serenada no transcurso da noite, um encontro agradável no qual sua filha e Bernadete demonstraram mútua simpatia.

Simone observou que, embora ainda elegante, Bernadete estava agora com uma aparência mais simples e não usava mais as joias que exibia quando se conheceram no escritório da Brávia's. Também percebeu que a convidada evitou, habilmente, abordagens sobre detalhes de sua vida pessoal.

"Não deve ser fácil enfrentar os problemas e as mudanças que a morte prematura do marido acarretaram na vida dela", justificou Simone para si mesma.

Por outro lado, Bernadete mostrou-se muito curiosa sobre o estaleiro, e Carlo contou com orgulho e prazer a história da chegada de seu avô ao país e como o velho Dante construíra sozinho, com muita dedicação e trabalho árduo, a grande empresa que agora ele presidia e que um dia seria comandada por sua filha.

Era visível a paixão que Simone tinha por sua profissão, e Bernadete encantou-se ao ouvir a moça falar sobre como seriam seus próximos dias no litoral.

Já era início da madrugada quando Carlo deixou Bernadete no *flat*. A descontração presente durante todo o encontro deixou-o motivado a se declarar, contudo, viu sua aspiração ser frustrada quando Bernadete se despediu rapidamente, agradecendo pela noite encantadora, mas alegando se sentir exausta e com uma leve dor de cabeça.

Sozinha no elevador, Bernadete recostou a cabeça na parede, contemplou sua imagem refletida no espelho, suspirou lentamente e fechou os olhos.

CAPÍTULO 3

Simone chegou ao litoral de manhã bem cedo e foi direto ao estaleiro, onde permaneceu durante todo o dia supervisionando a finalização do projeto do iate que iria, naquela mesma semana, para Miami, nos Estados Unidos. A excelente reputação das embarcações Brávia's cruzaram fronteiras, levando ao exterior a marca nacional. Simone orgulhava-se da empresa e nutria uma grande admiração por seu bisavô Dante. Sempre pensava nele como uma espécie de desbravador, um homem forte e determinado que, com sua luta, conseguira construir uma empresa sólida e respeitada.

O sol já cedia espaço para o brilho intenso da lua cheia, quando a engenheira deixou o trabalho. Antes de ir para o apartamento que ela e o pai mantinham em um *resort* da cidade, Simone, embora estivesse muito cansada, decidiu caminhar na praia. Depois, seguiria para o jantar.

O clima estava ameno, e uma brisa fresca circundava todo seu corpo, enquanto seus pés descalços deslizavam pela fria e úmida areia da praia, proporcionando-lhe uma sensação reconfortante após um dia de trabalho intenso. Simone deixou os sapatos e seus outros pertences dentro do carro, o que lhe permitiu uma caminhada livre e despreocupada. Naquele horário, a maioria das pessoas estava em casa, aguardando a hora da refeição noturna, o que deixava a orla sem muito movimento, e sempre havia certa preocupação com a violência nas ruas. A pequena cidade litorânea mantinha um razoável histórico de paz, entretanto, era preferível se precaver e não exibir nada que atraísse a atenção dos marginais.

Ainda assim, seguindo à risca as medidas de precaução, Simone teve uma péssima experiência durante o passeio.

Dois jovens, pouco mais que duas crianças, a cercaram de repente como se tivessem se materializado do nada. Assim que se deparou com eles, Simone logo notou que o mais alto empunhava uma pequena faca e, com uma expressão ameaçadora, a olhava ostentando o objeto. Ela não levava consigo nada que pudesse ser roubado, mas temeu por sua vida ao pensar no momento em que os bandidos verificariam não poder obter dela nada de valor.

Quando os dois jovens investiram contra a vítima indefesa e sem possibilidade de fuga, um homem surgiu ainda mais ameaçador, enfrentando os assaltantes com tal autoridade e firmeza que, mesmo desarmado, conseguiu colocar-se em evidente superioridade, fazendo os dois adolescentes fugirem, temendo o ataque inesperado.

Tudo foi tão rápido que Simone mal conseguiu acompanhar e registrar toda a ação. Ela estava tremendo e sentiu suas pernas fraquejarem, quando seu salvador, percebendo a fragilidade da moça, a amparou em seus braços firmes antes que ela desfalecesse — o que não chegou a acontecer.

Alguns minutos depois, sentados à mesa de um quiosque à beira-mar, Simone e o desconhecido bebiam uma água de coco. Ele tentava assegurar que tudo estava bem e que ela se encontrava em segurança.

Simone finalmente sentiu seu corpo relaxar e agradeceu imensamente a intervenção que a livrara do perigo. Ela buscava uma forma de retribuir o gesto corajoso do homem, que apenas disse:

— Se você aceitar jantar comigo... — ele sorriu com seu dom natural, que despertava nas pessoas certa fascinação. Fascinação da qual ela não escapou.

Fosse pelo temor que os ladrões voltassem com mais raiva pela tentativa frustrada, por gratidão ou por estar considerando muito agradável a companhia daquele homem, ela aceitou o convite sem titubear.

— Claro, aceito sim, obrigada. Me chamo Simone, e você...?
— Rubens, muito prazer!

Após as apresentações, Simone indicou onde estava hospedada, e Rubens a acompanhou, marcando de voltar mais tarde para pegá-la.

Sozinha em seu apartamento, Simone não conseguiu evitar que um delicado arrepio percorresse seu corpo ao pensar em Rubens. Era um homem marcante, envolvente e, nessa noite, fora por alguns minutos seu verdadeiro herói.

O jantar aconteceu em um restaurante simples e aconchegante à beira da praia, onde Rubens e Simone passaram algumas horas de inefável completude de sentimentos e ideias. Para ela, Rubens era uma alma irmã, ou alma gêmea, ou qualquer coisa que definisse a harmonia existente entre os dois, apesar de terem acabado de se conhecer.

Rubens falava devagar, e sua voz grave e assertiva chegava aos ouvidos de Simone como um toque aveludado repleto de significados.

Entre uma e outra taça de vinho, ele contou um pouco sobre sua vida e seu cotidiano, demonstrando prazer maior em relatar histórias relacionadas a seus antepassados nórdicos. A família de Rubens possuía uma tradição pesqueira de muitas gerações, sendo o ofício transmitido de pai para filho há mais de dois séculos.

Havia dez anos, Rubens chegara ao Brasil tencionando abrir uma empresa de pescados, mas a situação no país não parecia propícia para empreendedores naquele momento, e, para não perder o capital que possuía e que não era tão generoso, preferiu não se arriscar. Ele trabalhou em algumas empresas e agora estava no litoral estudando a viabilidade de abrir uma pousada. Queria uma vida mais simples e sossegada, abandonando os planos iniciais de se tornar um grande empresário.

Simone também relatou sua trajetória profissional e falou muito sobre Dante, atraindo de imediato a atenção de Rubens, que demonstrou admiração e respeito pelas conquistas do bisavô da moça.

Enquanto conversavam, Simone tentava dissimular a atração que Rubens exercia sobre ela. O ar marinho aliado ao sol incidente na localidade praiana davam à pele clara de Rubens um bronzeado dourado, e o cabelo levemente ondulado e um pouco mais claro já exibia reflexos alourados em alguns fios em desalinho. Se antes ele já era um homem atraente, agora estava irresistível.

Quando o encontro chegou ao fim, Rubens deixou Simone no hotel e despediu-se sem mais. Não houve uma troca de números de telefone nem qualquer sinalização de que aquele encontro voltaria a acontecer, e Simone foi dormir abraçada à sua decepção.

Durante toda a semana, eles não se viram mais, e Simone amaldiçoou-se por seu comportamento inseguro na noite do jantar. Ela não tinha nenhuma dúvida de que queria revê-lo e, em vez de tomar a iniciativa e comportar-se como a mulher determinada que a impulsionara rumo à sua formação profissional, deixou escapar a oportunidade de saber como e onde encontrar Rubens. O pouco que sabia a respeito dele era insuficiente para conseguir seus dados de contato e sua localização.

Analisando a situação sob outro ponto de vista, porém, Simone aquietou seu coração ao perceber que o entusiasmo não fora recíproco, pois, se tivesse sido, Rubens a teria procurado nos dias que se seguiram. Para ele, Simone era apenas alguém a quem ajudara em uma situação de risco, nada mais, e essa constatação colocou-a novamente no controle de suas emoções, restando-lhe apenas mais uma história acerca da insegurança urbana para comentar com os amigos. Simone, então, arrumou sua bagagem e voltou para casa.

Durante a ausência da filha, Carlo e Bernadete foram presenças constantes nas noites dos restaurantes mais intimistas da cidade. Havia muito para conhecerem um do outro, e Carlo não queria se expor a qualquer situação em que a socialização lhe fosse exigida. E não queria também ser visto acompanhado, não ainda, evitando o quanto possível especulações sobre sua intimidade.

Bernadete, aos poucos, foi revelando uma personalidade espirituosa e descontraída, que nem de longe remetia à figura sofisticada e contida que ela apresentara quando visitou o escritório para encomendar o Lady Berna.

Carlo notou a evidente mudança e externou sua impressão, mostrando que a companhia de Bernadete se tornara mais agradável com a aproximação dos dois, e ela, por sua vez, justificou seu comportamento anterior como uma força do hábito, afinal, seu falecido marido não era uma pessoa afeita a sorrisos e alegrias, mantendo sempre uma postura enquadrada no padrão social que se esperava de um homem de sua posição. Na maior parte do tempo, de uma vida voltada para o exterior da própria essência.

Ele mantinha um comportamento até certo ponto sisudo e circunspecto, e Bernadete admitiu que teve de se moldar, buscando uma atitude mais adequada à vida ao lado dele, o que não foi eficaz para lhe abrir as portas do mundo que ele frequentava.

Quantas vezes nos distanciamos daquilo que somos para vivermos a vida que esperam de nós, transformando nossa existência em um emaranhado de equívocos que se acumulam como a neve descendo a encosta durante uma avalanche? E quando, finalmente, a consciência grita, paira no ar a dúvida: tudo valeu a pena? As escolhas, então, terão de ser confrontadas, assumidas e perdoadas, resgatando a autenticidade interior.

Sempre haverá tempo para isso!

E Bernadete deixou claro seu posicionamento. Queria retomar sua individualidade e autonomia, o que, a princípio, foi compreendido por Carlo como uma sinalização que frustrava novamente suas expectativas. Logo em seguida, no entanto, seus temores dissiparam-se, quando ela enfatizou a importância da presença dele em sua vida.

Aquele encontro proporcionava a Carlo a emoção de uma montanha-russa. Ora se julgava à beira de uma queda vertiginosa, ora sentia amenizar o susto, mas não tinha nenhum controle do que estava por vir. E, então, a densidade daquele instante tornou-se reduzida, trazendo um silêncio desconcertante após as palavras determinadas de Bernadete:

— E vou desistir do processo contra a família de meu companheiro — ela declarou imperturbável. — Não quero mais nada que me vincule a esse passado superficial, que apenas me trouxe dissabores e nenhuma raiz. Deixarei o *flat* em busca de um apartamento mais modesto, onde poderei me manter até retomar minha atividade como fotógrafa e, enfim, reassumir o controle sobre mim mesma.

Toda a admiração que Carlo sentiu pela fibra da mulher à sua frente se traduziu em um beijo tão ardente quanto inesperado, que mudaria o traçado de muitas vidas.

Simone exultou ao saber que o novo casal assumira a relação, e era visível a felicidade do pai. A moça apenas ficou um pouco apreensiva quando ele lhe comunicou que se casaria com Bernadete o quanto antes. Era só o tempo necessário para os papéis ficarem prontos.

A justificativa de Carlo para tamanha urgência era o fato de que nem ele nem Bernadete, que já estava na casa dos 50 anos, eram mais tão jovens e possuíam as certezas que só a experiência era capaz de proporcionar. Os dois sabiam perfeitamente o que queriam para suas vidas, e as etapas de relacionamentos mais juvenis eram-lhes dispensáveis. Tinham que aproveitar ao máximo os anos que ainda lhes restavam.

Diante de tais argumentos, Simone desejou sinceramente que eles fossem muito felizes.

A princípio, Bernadete não quis formalizar a união, demonstrando não ter interesse em se beneficiar da fortuna do futuro marido, o que deixou Carlo ainda mais apaixonado e convicto de sua decisão. Diante da determinação do noivo, ela acabou cedendo ao desejo dele. A cerimônia seria realizada na própria cobertura de Carlo, com a presença apenas do juiz e de meia dúzia de amigos muito próximos do empresário.

Na véspera do evento, Bernadete foi ao seu futuro endereço para levar suas coisas e arrumá-las na suíte do casal.

Simone mostrava-se muito solícita e, por uns dias, deixou de lado seu trabalho no escritório para providenciar pessoalmente o necessário para que tudo fosse perfeito.

Visando estreitar ainda mais os laços com Simone, Bernadete convidou-a para irem juntas ao salão de beleza, e a conversa entre ambas tornou-se mais íntima e amistosa.

E foi dessa proximidade que Bernadete, percebendo que Simone estava perdida em um pensamento distante e melancólico, conseguiu extrair a primeira confidência da jovem:

— Querida, o que houve? Você me parece tristonha — perguntou Bernadete, demonstrando preocupação.

Simone sempre sentiu falta da presença materna, e aquele carinho a envolveu em um aconchego do qual não desejava prescindir. Ela falou com a voz sumidiça:

— Encontrei alguém... alguém que parecia ser muito especial, mas deixei a oportunidade passar e acho que nunca mais o verei.

Bernadete acariciou o cabelo da enteada, afastou uma mecha que cobria parcialmente o rosto da jovem e disse com os lábios entreabertos em um discreto sorriso:

— Vejo que essa pessoa realmente a impressionou. De onde ele é? Como se conheceram?

Simone, então, relatou com detalhes tudo o que ocorrera no litoral, recriminando-se por não ter sido um pouco mais arrojada e por não ter buscado informações pessoais que facilitassem um futuro reencontro. Sabia apenas que ele tencionava abrir uma pousada na praia, mas, caso isso não ocorresse, suas chances de encontrá-lo novamente estavam perdidas.

Bernadete olhou-a placidamente e disse:

— A vida sempre dá um jeito de unir os grandes amores, e seus olhinhos me dizem que esse Rubens já conquistou seu coração. Não se aflija! O que tiver de ser, quando você menos esperar, será — concluiu com uma piscadela.

Simone era muito romântica, tinha sentimentos suaves e delicados, mas não acreditava em contos de fadas. Entretanto, após as palavras de Bernadete, uma pequena esperança tornou-se uma companhia constante em seus dias.

A cerimônia de casamento aconteceu como Carlo planejara nos mínimos detalhes: discreta, elegante e feliz. O casal não teria uma longa lua de mel, pois o empresário se negara a ficar afastado dos negócios por muito tempo. Havia vários projetos novos sendo executados, e ele era suficientemente centralizador para não deixar tudo nas mãos de alguém, por mais que confiasse na competência da filha. Teria algumas reuniões nos dias posteriores ao casamento e só então partiria com Bernadete para uma viagem de alguns dias pela costa brasileira, em seu iate de trinta e nove metros e cinco suítes.

— Não é uma embarcação tão grandiosa quanto o Lady Berna seria — ele disse brincando para a esposa —, mas prometo que terá lembranças inesquecíveis.

Passaram a primeira noite em uma suíte presidencial no melhor hotel da cidade, uma noite maravilhosa, capaz de dissipar todos os temores de Carlo a respeito de sua capacidade de sedução e de proporcionar prazer à esposa. Contudo, no dia seguinte, o dever o chamou, e logo cedo Carlo foi para a empresa, deixando Bernadete assumir o comando de seu novo lar.

Bernadete e Simone entendiam-se cada vez melhor, e, três dias depois, ela convidou a moça para ir ao teatro. O espetáculo era um sucesso e lotara a casa todas as noites.

Na noite da peça, a família de Carlo instalou-se confortavelmente em seu camarote, e o grande público começou a entrar. Faltavam poucos instantes para o início da apresentação, quando Bernadete sentiu a mão de Simone tocar seu braço, aumentando a pressão devagar, enquanto a moça dizia quase em um murmúrio:

— Berna, ele está aqui!

— Onde? — respondeu seguindo o olhar de Simone, que se mantinha fixo em um ponto da plateia.

— Ali. É aquele ruivo sentado na cadeira da ponta à direita, na sexta fila.

As luzes apagaram-se, e o palco encheu-se de brilho, enquanto a orquestra executava uma peça clássica de arranjos intensos. Intensos como a emoção de Simone.

E ela só ouvia as batidas do próprio coração.

CAPÍTULO 4

As cortinas fecharam-se e reabriram-se em seguida, e os atores foram ovacionados por uma plateia entusiasmada e ruidosa. Enquanto isso, Bernadete tentava se fazer ouvir e estava tão próxima do rosto de Simone que sua atitude fazia lembrar uma conspiração — e, na verdade, não deixava de ser.

— Querida, distraia seu pai por alguns instantes. Volto logo.

— O que você vai fazer? — respondeu Simone entre a curiosidade e a perturbação, enquanto franzia o cenho.

— Ainda não sei, mas não podemos deixá-lo desaparecer novamente! — disse convicta, enquanto saía do camarote esgueirando-se tão discretamente que Carlo, ainda extasiado com o espetáculo, nem sequer se deu conta da retirada estratégica da esposa.

Simone bem que tentou acompanhar os movimentos de Bernadete, mas a perdeu de vista em meio à multidão. Não a conhecia o suficiente para avaliar seu grau de ousadia nessa missão e, ansiosa, torcia para que a ideia trouxesse Rubens até ela, apesar de não ter noção de como reagiria diante dele. Não houve um preparo para o encontro, e ela teria de agir sem ensaios, sem conhecer o roteiro e muito menos o outro personagem. Era vida real, e não uma peça teatral como a que acabara de assistir.

A companhia de teatro ofereceu um coquetel no *foyer*[1] para alguns seletos convidados, e essa foi a justificativa encontrada por Bernadete para aproximar-se de Rubens — foi o que ela relatou a Simone bem mais tarde, quando já estavam em casa e a sós.

Acompanhadas de um vozerio baixo, as pessoas desciam a escadaria de mármore tecendo comentários sobre a beleza do espetáculo. Simone, alheia ao redor, percorria o salão com os olhos irrequietos, tentando localizar algum sinal da ação da madrasta. E não demorou para que ela sentisse a intensidade daqueles olhos azuis a admirando enlevados, enquanto Bernadete apoiava a mão delicadamente no braço de Rubens e sorria para Simone.

Quando se aproximaram, Bernadete, com desenvoltura, tratou rapidamente de apresentar o acompanhante ao seu marido, identificando-o como amigo de Simone.

Sem conseguir dissimular certo estranhamento pela situação, Carlo cumprimentou o desconhecido e direcionou uma expressão indagadora à esposa, recebendo como resposta um sutil aceno de cabeça acompanhado de uma piscadela discreta, indicando que ele não deveria se preocupar. Habilmente, Bernadete voltou-se para o marido com uma naturalidade que camuflava muito bem sua real intenção:

— Querido, seu amigo, doutor Osório, passou por mim e perguntou por você. Veja, está bem ali com a esposa. Vamos cumprimentá-lo.

E antes que Carlo pudesse mencionar qualquer coisa, Bernadete sorriu para Rubens e Simone e levou o marido pelo braço para longe do jovem casal.

Assim que se afastaram, Rubens riu, enquanto observava o constrangimento de Simone:

— Não fique embaraçada. A esposa de seu pai é uma figura muito agradável e parece empenhada em nos unir.

---

1 Nos teatros, trata-se de um salão onde os espectadores aguardam o início de uma apresentação ou tomam drinques nos intervalos.

Ruborizando, Simone respondeu vacilante:

— Desculpe a atitude de Bernadete. Do camarote, eu o vi sentado na plateia e apenas comentei com ela que o conhecia e...

— Não precisa justificar nada. Fiquei feliz por ela ter vindo até mim. Caso contrário, eu não estaria aqui agora, porque, de onde estava, não teria visto você — ele concluiu, segurando suavemente o queixo de Simone, que estremeceu ao simples contato da mão de Rubens em seu rosto. — O que acha de irmos para outro lugar, para um ambiente mais tranquilo onde possamos conversar melhor?

Simone assentiu, e os dois foram se despedir de Bernadete e Carlo, que estavam entretidos com alguns casais. O pai de Simone tentou fazer alguma observação, pois queria saber exatamente quem era aquele amigo da filha, contudo, Bernadete mais uma vez interveio e conseguiu contornar a situação, liberando, apressada, a saída do casal.

O movimento era intenso no bairro boêmio onde se localizava o teatro, com bares, outras pequenas salas de espetáculos e restaurantes. Durante a noite, as luzes da cidade compunham um cenário de luz e sombras, criando uma atmosfera envolvente e misteriosa, talvez idílica, para as mentes apaixonadas. Vinda de algum lugar indefinível, uma música suave tocava, e Simone e Rubens decidiram caminhar sem destino certo, aproveitando o frescor noturno.

Rubens contou a Simone que não aparecera mais para vê-la no litoral porque soubera que, em uma cidade próxima, alguém tinha interesse em vender uma casa que atenderia às suas expectativas para a abertura da pousada. A ida à cidade acabou demorando mais que o previsto, e ele não a encontrou quando retornou. Ele citou também que chegara a pensar em ir ao estaleiro em busca de informações sobre a localização de Simone, mas que tivera receio de parecer invasivo demais. No final, imaginou que ela voltaria por causa do trabalho e que, então, poderiam se reencontrar.

Rubens relatou também que decidira passar uns dias na capital para rever seus planos ainda muito indefinidos e agora achava que sua vinda tinha sido obra do acaso que, assim como Bernadete, trabalhava para vê-los juntos.

Quanto mais o ouvia, mais Simone se apercebia do inevitável caminho do envolvimento entre eles, que se abria sem possibilidade de volta. Ela estava irremediavelmente apaixonada e não conseguia disfarçar seu desconcerto na presença de Rubens.

Embora tivesse a mente povoada de sonhos românticos, Simone possuía um lado prático e bastante racional que a alertava sobre a forma como as coisas estavam se desenrolando. Sabia pouco sobre ele, mas, se Rubens a convidasse para sumir no mundo em sua companhia naquele exato instante, o seguiria sem vacilar.

Simone ouvia-o mais do que falava, e os dois passaram algumas horas agradáveis juntos até terminarem a noite em um bar, de onde só saíram quando o último brilho noturno se dissipou no amanhecer.

Quando foi deixar Simone à porta do prédio onde ela residia, Rubens envolveu-a pela cintura, passou a mão delicadamente pelos cabelos dela e, pressionando-lhe firme a nuca, trouxe os lábios da moça para os seus, e ela beijou-o em uma entrega ampla de seus sentimentos.

Antes que Simone entrasse no prédio, Rubens, com um sorriso espirituoso, entregou-lhe um papel no qual estava anotado o número de seu telefone:

— Agora, não nos perderemos novamente — disse, beijando delicadamente a mão de Simone.

Ainda embriagada pelo beijo, ela entrou em casa sentindo que o mundo poderia acabar naquele instante, pois morreria feliz. A moça, contudo, foi despertada de seus devaneios ao se deparar com Bernadete no meio da sala, observando-a com olhos maliciosos e confirmando que, para sua alegria e felicidade da enteada, todo seu plano para a noite fora bem-sucedido.

Carlo ainda dormia, e Bernadete comentou com Simone que acordara várias vezes durante a noite, temerosa de ter incentivado Simone a sair com um desconhecido e ao mesmo tempo ansiosa para saber o resultado do encontro. As duas, então, ficaram conversando como velhas amigas até o café da manhã, quando Carlo finalmente acordou interrompendo as confidências.

Segredos nunca fizeram parte da relação entre pai e filha, e, ainda durante a refeição matinal, Simone contou a Carlo toda a trajetória de seu encontro com Rubens, desde o episódio na praia.

Carlo sentiu uma grande gratidão pelo desconhecido, o que contou vários pontos favoráveis para o provável namorado de Simone, contudo, externou sua vontade de que o rapaz fosse jantar com eles antes da partida para lua de mel, que aconteceria em dois dias. Simone ficaria sozinha, e Carlo queria se certificar de que ela estaria em boa e segura companhia.

Bernadete, sempre muito entusiasmada, antecipou-se e marcou o encontro para a noite seguinte, tempo mais que necessário para providenciar um jantar de bom gosto e capaz de causar uma excelente impressão no jovem pretendente. Simone chegou a pedir que fossem dispensadas as formalidades, mas Carlo concordou com a esposa, dando seu aval para todas as decisões que ela tomasse.

Ainda pela manhã, Simone, em seu escritório, pensava sobre os últimos acontecimentos em sua vida, sempre muito pacata e restrita ao convívio cotidiano com o pai. Embora cada um mantivesse suas atividades sociais, tudo era dividido somente entre os dois: das determinações da rotina do lar até as responsabilidades na empresa. Também dividiam sentimentos, nostalgias e saudades de todos os tempos já vividos juntos, principalmente da infância de Simone. Formavam uma parceria de amor e cumplicidade, arrebatada, primeiro, por Bernadete, que surgira como um vento forte e repentino, trazendo frescor e vivacidade aos dias de Carlo. E, agora, Rubens chegava, trazendo para si mesma uma infinidade de sonhos e desejos, pelos quais esperara por tanto tempo.

A pressa imposta pela vida em algumas situações chega a ser assustadora, e decisões acabam sendo necessárias, sem que tenhamos tempo para profundas avaliações. Ou nos aventuramos mergulhando na correnteza, ou deixamos que elas passem, quem sabe em busca de águas mais mansas. No final, seja qual for a decisão, todos nós arcamos com as consequências de nossas atitudes. E arriscar também pode ser a solução. A vida precisa de uma dose de arrojo, de ousadia, para que o novo possa acontecer. Somos todos seres em constante mutação, e ficar estagnado é secar a semente da vida antes que ela possa florescer e dar frutos.

E Simone percebia a força da correnteza arrastando-a para aquela relação recém-iniciada, pensando em possibilidades que a preocuparam quando a situação envolvia seu pai. Agora, no entanto, nada mais importava. Ela não queria racionalizar seu sentir e viveria o que precisasse ser vivido. Estava pronta para o amor.

Rubens foi recebido com uma manifestação calorosa, talvez inadequadamente efusiva de Bernadete, enquanto Carlo lhe estendia a mão cordial, acompanhando sua fisionomia reservada e sendo correspondido em igual proporção e modos por parte do convidado. Um olhar de esguelha para a esposa foi o suficiente para conter um pouco o entusiasmo da mulher, que sempre dizia que Simone era uma moça muito especial para ainda estar sozinha e que ela já possuía idade e todas as condições para encontrar seu grande amor e ter sua própria vida. Em vista disso, ao conhecer Rubens, Bernadete não fez questão de esconder seu desejo de dar uma mãozinha ao destino, se fosse para a felicidade da enteada.

A noite transcorreu com tranquilidade, e Bernadete tentou o quanto possível refrear os questionamentos de Carlo para que a conversa não se convertesse em um interrogatório relacionado diretamente ao instinto de preservação filial. Ainda assim, Carlo procurou saber mais detalhes sobre as origens e os objetivos de vida do rapaz.

E somente durante os questionamentos do pai a Rubens, Simone soube mais sobre aquele homem que a conquistara em um momento impreciso, talvez no exato instante em que ele a salvara dos bandidos.

Rubens descendia de escandinavos provenientes da Noruega, e, como já havia contado a Simone, sua família fazia parte de uma linhagem de mais de dois séculos voltada para a prática pesqueira, revelação que agradou a Carlo, pois ambos tinham o mar reforçando a afinidade que nascia entre eles. Como se fosse vital para sua sobrevivência, Rubens necessitava desse contato com o ar marinho e demonstrou satisfação ao saber que a moça que conquistara seu coração era uma empresária do ramo náutico. Estrategicamente, Rubens iniciou sua narrativa abordando de imediato essa característica familiar, imaginando que abriria caminho para conquistar a simpatia de Carlo — e acertara em cheio.

Quando indagado sobre sua família, Rubens deixou transparecer uma névoa de algum sentimento amargurado e profundo, que deixou Carlo desconcertado por insistir em saber tantos pormenores. O rapaz, entretanto, tranquilizou-o. Eram fatos que realmente faziam parte de sua história, e se ele pensava em manter um relacionamento sério com Simone, ela e sua família tinham o direito de saber de tudo.

O pai de Rubens era muito aventureiro e, quando o filho ainda era bem pequeno, decidiu largar tudo em sua cidade natal e ir para o Brasil com a esposa. A vida que levavam na

Noruega era simples, sem nenhuma sofisticação, mas com muita fartura.

O avô de Rubens nunca se conformou com a ideia de o filho deixar os negócios da família para se arriscar em terras tão distantes — tanto geográfica quanto culturalmente — e rompeu os laços de forma contundente quando ele manteve a obstinação em seguir novos rumos. Ao chegarem ao Brasil, as coisas não ocorreram como o pai de Rubens esperava. Eles ainda passaram alguns anos morando no Brasil, mas, quando ele se convenceu de que a vida em sua cidade era melhor, pegou a criança e a esposa para refazer a longa viagem de volta.

— Foi tudo muito difícil. Eu era só uma criança e estava sozinho quando os dois adoeceram juntos... — Rubens fez uma pausa emocionada diante dos olhares estupefatos de seus anfitriões e continuou: — E juntos morreram antes de chegarmos à terra firme. Nunca soube exatamente que moléstia levou meus pais, mas até hoje dizem que foi algum tipo de doença tropical.

Bernadete olhava-o boquiaberta.

Sem saber como reagir diante de uma narrativa tão sofrida, Carlo levantou-se para servir mais vinho a todos, e, quando voltou a se sentar, Rubens prosseguiu com sua história:

— As autoridades localizaram minha casa e me levaram até lá, onde fui criado com muito amor. Já adulto, decidi refazer a rota de meu pai, e foi então que meu avô me condenou a um rompimento definitivo. Nunca mais o vi, assim como nunca mais vi ninguém de nossa família. Soube depois que ele também tinha morrido e que não havia mais nada a fazer... Não tenho mais raízes na Noruega. E agora estou aqui, tentando criar um vínculo com esta terra que já adotei como minha, no entanto, também não tem sido fácil...

— Pode contar com nossa ajuda para o que precisar — Carlo ofereceu sinceramente, diante do olhar agradecido de Simone.

CAPÍTULO 5

Enfim, chegara o dia da partida de Carlo e Bernadete para a lua de mel. Simone e Rubens desceram ao litoral, onde ficava ancorado o iate da família, para acompanhar o casal e aproveitar o dia na praia.

A despedida foi tranquila. Bernadete mostrava-se muito estimulada com a viagem, cobrindo o marido de agradecimentos e carinhos. Carlo admirava a esposa em puro êxtase e reparava na autenticidade de sua alegria, despertando nele uma íntima satisfação por proporcionar-lhe essa felicidade.

Assim que zarparam, Simone e Rubens sentaram-se em silêncio na areia da praia, observando o iate que se afastava lentamente rompendo as espumas das ondas. Ao longe, Bernadete acenava-lhes com um lenço colorido até que a perderam de vista.

Rubens passou o braço pelos ombros da namorada e beijou suavemente o rosto de Simone, que se voltou para ele, examinando minuciosamente aquele rosto que já lhe parecia familiar, presença de uma vida toda.

— Você quer aproveitar e dar uma volta pela cidade? Quem sabe surgiu alguma boa novidade para a pousada? — ela perguntou procurando animar o namorado.

Mirando o mar, Rubens respondeu soltando as palavras devagar, como se não tivesse nenhuma convicção sobre nada, e alisou a barba lentamente:

— Estou desanimando... Acho que tudo não passou de uma utopia. Sinto que devo procurar outros meios de trabalho. Talvez eu não seja talhado para o empreendedorismo.

— Não diga isso, meu querido. Iniciar um negócio leva tempo... tem que haver muito estudo e preparo. Por que será que muitas empresas acabam quebrando com pouco mais de um ano de existência? Porque lhes falta preparo e estrutura para iniciar. O que é feito na pressa corre um grande risco de sucumbir ao fracasso. É preciso paciência também.

— Você tem razão, meu amor, mas é sabido que existem pessoas que já nascem com essa aptidão, como que têm vocação para serem comerciantes, vendedores, enfim... Acho que chegou a hora de admitir que não é meu caso.

Os dois voltaram novamente o olhar para o alto-mar, e o iate já havia desaparecido.

A maré estava alta, e o barulho das ondas nas rochas do final da praia tornava-se mais intenso. Dois barcos pesqueiros de médio porte seguiam lado a lado, formando um turbilhão de água atrás de si, agitado pelos ruidosos motores de popa, enquanto balançavam ao sabor do movimento das águas, subindo e descendo, sob o comando de marinheiros experientes e corajosos. Algumas gaivotas voavam em círculos acima das embarcações, mas, na ausência do alimento que buscavam, se dispersavam em voos ágeis rumo à costa, entremeados por um ou outro mergulho de perfeição aerodinâmica.

Os olhos de Rubens cintilavam ante aquele cenário, e, desta vez, sua voz soou firme, verdadeira, despida de qualquer elemento que não brotasse de sua própria essência:

— É isso que eu amo, Simone! O mar, a pesca, os barcos. Gosto de sentir o sal na minha pele, a maresia impregnando meu corpo... isso para mim é vida!

— É o sangue falando mais alto. Você traz em suas veias a tradição secular de sua família, e isso é lindo.

Rubens fechou os olhos por uns instantes, inspirando o ar profundamente, e, ao reabri-los, disse: — Venha! — Levantando-se rapidamente, espanou a areia dos *shorts* e puxou a namorada pela mão. — Vamos até as pedras. — E saiu em disparada, deixando Simone, passos mais lentos, a segui-lo, enquanto riam como duas crianças.

Recostada em confortáveis almofadas no solário localizado na proa da embarcação, admirando o magnífico pôr do sol, Bernadete estava tão distraída que nem percebeu a aproximação silenciosa de Carlo, que equilibrava duas taças de espumante em uma das mãos e uma grande e pesada caixa apoiada nos braços estendidos à frente do corpo. Percebendo o desastre iminente, ele disse em voz baixa:

— Minha querida, tentei evitar, mas já não tenho idade para isso... — ele exclamou com um sorriso, fazendo Bernadete levantar-se sobressaltada e ir a seu socorro. — Basta pegar as taças, já terei mais firmeza para levar a caixa.

— Meu Deus! Por que não pediu ajuda a um dos marinheiros ou ao rapaz da cozinha? — ela exclamou, enquanto pegava as taças e tentava dividir com ele o peso do pacote.

— Não, não! — ele disse rapidamente. — Está tudo bem. Vou ajeitar esse peso aqui no sofá, só um instante. — E depositou o objeto sobre as almofadas sob o olhar atônito da esposa.

— O que é isso, Carlo?

Recompondo-se do esforço empreendido, ele respondeu meio resfolegante, entre um gole e outro do líquido dourado e gasoso:

— Um presente para você, um presente de casamento.

— Mas você já me deu de presente um anel estonteante e fantástico, meu querido.

— Sim, eu sei. Contudo, esse, para mim, é um presente muito mais valioso que qualquer joia. Pelo menos, espero que faça a diferença em sua vida, que tenha o peso que imagino que terá — Carlo concluiu, piscando e sinalizando para que ela abrisse o presente.

Quando o fez, Bernadete mal conseguiu conter a emoção. Carlo comprara-lhe um equipamento completo, de última geração, de fotografia profissional. Eram duas câmeras, várias lentes, um tripé e vários outros itens que ele nem sequer tinha ideia da utilidade. Ele foi à loja, e o vendedor indicou-lhe tudo o que deveria levar.

Depois de remexer a caixa como uma criança no primeiro Natal, Bernadete saltou, atirando-se no pescoço do marido e beijando-o ardentemente. Em seguida, ela levou-o para a cabine do casal, onde se amaram até a noite cobrir o céu de estrelas.

Desde o início do relacionamento, Carlo incentivou Bernadete a voltar a fotografar, mas ele achava que o talento dela deveria se voltar para fotos artísticas. Quem sabe em pouco tempo ela poderia fazer uma exposição e escrever seu nome na galeria de fotógrafos renomados do país? Bernadete ficou entusiasmada com a ideia, prometeu pensar no assunto e, no restante da viagem, tirou centenas de fotos, para contentamento do marido.

Foram dias esplendorosos. Como não tinham um destino certo, pararam em praias e locais que consideravam atraentes e convidativos e desembarcaram em apenas duas cidades que Bernadete gostava muito, onde fizeram algumas compras e aproveitaram para saborear outros temperos das culinárias locais.

Durante todo o tempo, a felicidade e a harmonia entre o casal eram nítidas. A cada dia, Carlo estava mais certo de ter tirado a sorte grande àquela altura da vida. Nem todo mundo tem a alegria de vivenciar o amor na maturidade, contudo, depois de anos solitários, ele podia viver em seus últimos dias na Terra a plenitude da companhia de Bernadete. Tinha também uma filha maravilhosa, que conhecera um bom homem, que certamente a faria feliz. Era a paz reinando soberana sobre aquela família.

Chegou o dia de voltar para casa, e Carlo prometeu a Bernadete que a vida deles jamais se tornaria uma rotina enfadonha de dois velhos à espera do fim, o que provocou risos na mulher.

Ainda aproveitariam muito cada um de seus dias juntos.

Um forte e inesperado temporal desaguava na noite da capital, e Rubens e Simone tiveram bastante dificuldade para atravessar as ruas inundadas até chegarem em segurança ao apartamento de Carlo.

Sem querer que o namorado enfrentasse a torrente ao ir embora, Simone providenciou um jantar leve para os dois.

Sentados diante da janela iluminada pelos seguidos relâmpagos, eles comiam tranquilos, apartados do mundo exterior e envolvidos pela atmosfera aconchegante da meia luz.

Simone serviu mais água nas taças e externou uma ideia que ocupara seu pensamento durante todo o dia:

— Então, você não tem nada definido sobre seu futuro profissional... nenhum plano?

Com certo desânimo, ele respondeu:

— Bem, vou voltar a procurar emprego, Simone. Você sabe... não tenho formação superior e sempre desempenhei funções sem nenhuma especialização. Aliás... — ele fitou profundamente os olhos da jovem —, eu preciso falar sobre isso com você. É muito importante, e é bom que seja dito agora.

— Qual é o problema?

— Em minha terra, nós tínhamos uma vida boa, nunca nos faltou nada e vivíamos com conforto. Todos nós trabalhávamos muito, contudo, ninguém cursou uma universidade. Enfim... não creio que eu esteja à sua altura, Simone. O que dirão seus amigos? Que você namora um pescador sem qualificações? Você merece muito mais que isso... — concluiu baixando os olhos.

Simone acomodou suavemente o rosto de Rubens entre suas mãos e disse:

— Nunca mais repita isso. Você é um homem incrível, esforçado e batalhador. Não é fácil chegar a um país estranho, sem família e sem amigos, com uma reserva financeira não muito grande. Você tem feito seu melhor, Rubens, e foi inteligente em trabalhar durante esses anos para se manter, enquanto aguardava uma boa oportunidade para aplicar sua reserva. Foi previdente. Outros teriam metido os pés pelas mãos, gastado tudo e depois não teriam como se manter.

— Sim, eu sei, mas...

— Os tempos não têm sido dos mais fáceis por aqui. Muitas empresas quebraram, comércios fecharam, e o desemprego assolou a vidas de trabalhadores e de suas famílias. Você veio de fora, não tinha como saber, contudo, tem feito seu melhor.

— Eu deveria voltar para o Norte.

Simone arregalou os olhos:

— E me deixar? Você realmente teria coragem? — perguntou com um sorriso fascinante.

Rubens não resistiu e envolveu-a pela cintura, deitando-a sobre o tapete e beijando-a longamente. Pouco depois, ele afastou-se, deixando Simone confortável com essa atitude, pois não tinha certeza se estava pronta para fazer amor com ele.

Ela sentou-se novamente, cruzou as pernas em posição de lótus e voltou ao assunto:

— Eu estive pensando... você poderia trabalhar no estaleiro. É apaixonado pelo mar como eu, estaria em seu ambiente.

41

Rubens pareceu assimilar a sugestão por alguns poucos segundos, acariciou a barba pensativamente até que pareceu cair em si:

— Mas não entendo nada de construção de grandes barcos, Simone. O máximo que fiz foi ajudar na reforma de um barco de pesca pequeno.

— Você não precisará trabalhar na concepção e na execução dos projetos. Existem tantas funções administrativas que são fundamentais para o sucesso de nossa empresa! Tenho certeza de que se adaptaria a algumas delas.

— Será que seu pai aprovaria essa sua ideia maluca? — Rubens perguntou, acariciando os cabelos de Simone.

— Só saberemos se perguntarmos. Lembra-se de que ele mesmo se ofereceu para ajudá-lo no que fosse preciso?

— Eu sei e sou grato por isso, mas daí a me arrumar um emprego...

— Fique tranquilo. Assim que eles voltarem, conversarei com meu pai.

Os dois se abraçaram ao som de um retumbante trovão, que parecia ter estremecido todo o apartamento. Simone concluiu que não havia a menor condição de deixar Rubens ir embora e arrumou o quarto de hóspedes para que ele pudesse passar a noite.

Quando Simone deixou Rubens à porta de sua suíte, ele novamente a enlaçou, beijando a boca e o pescoço da moça com delicadeza. O rapaz, porém, percebeu uma rigidez muscular entre seus braços e disse apenas:

— Quando se sentir pronta... Eu amo você e só quero que seja feliz ao meu lado.

Simone abraçou-o fortemente, e os dois trocaram um beijo de boa-noite, fechando as portas até a manhã seguinte.

A madrugada cobria céus em alto-mar e em terra firme, e o silêncio pairava no ar para o repouso necessário.

Na escuridão, um lampejo mudo na tela do celular durou não mais que uns poucos segundos, mas, ao amanhecer, a mensagem ainda estaria lá.

CAPÍTULO 6

Assim que foi possível, Simone abordou o assunto sobre o emprego para Rubens com o pai, que ficou um pouco apreensivo, sem atinar que cargo poderia oferecer ao namorado da filha. Contudo, não queria deixar de atender ao pedido, prometeu pensar e disse que avisaria Simone assim que tivesse uma solução.

Os dias foram passando, e a rotina do casamento tomou o lugar do romantismo da lua de mel, embora as manifestações carinhosas se mantivessem presentes entre Carlo e Bernadete, que se empenhava em agradar o marido de todas as maneiras, mostrando-se sempre dedicada e atenciosa.

O empresário tinha um hábito que cultivava havia muitos anos: uma vez por semana, após o jantar, ele sentava-se à sua mesa de trabalho em casa e analisava papéis da empresa, fundos de investimentos, balanços financeiros e suas contas particulares. Gostava de fazer esse trabalho sozinho, sem ser incomodado, e Bernadete respeitava o desejo de Carlo. Aos poucos, no entanto, ela foi se chegando, levando ao marido um cálice de licor, um chá, alguma coisa que ela acreditava ser capaz de proporcionar conforto ao marido, enquanto ele estivesse envolvido em tarefa tão enfadonha.

No início, Bernadete colocava a xícara ou a taça em cima da mesa e ia embora. Depois, começou a ficar em pé atrás da cadeira de Carlo, massageando seus ombros para ajudá-lo a relaxar. A sensação era revigorante, e ele aceitava o gesto de bom grado. Após alguns minutos, Bernadete simplesmente se retirava sem nada dizer.

Ela e Simone estavam cada vez mais próximas, e a presença de Rubens, muito bem-vinda, tornara-se quase diária na casa da família. Ele contou que dividia um apartamento com um amigo com quem trabalhara e prometeu levar Simone para conhecer o local. Os dias, no entanto, passavam, e a promessa não se cumpria, fato que acabou não recebendo maior atenção da parte de Simone, que foi motivada por Bernadete a não insistir na visita. A madrasta argumentou com a moça que o local deveria ser extremamente simples e que talvez Rubens se sentisse constrangido em levar a namorada para conhecer onde ele morava. O assunto, então, foi posto de lado.

Uma noite, durante o jantar da família, Carlo finalmente abordou a questão sobre o pedido de Simone:

— Meu caro, sei o quanto tem se empenhado em conseguir uma boa colocação no mercado de trabalho, como sei também que é uma tarefa árdua em tempos de crise.

Em silêncio, Rubens assentiu com a cabeça, e Carlo prosseguiu:

— Minha filha me fez um pedido...

Rubens franziu o cenho, e Carlo mais uma vez prosseguiu:

— Não, não fique aborrecido com ela. Ela agiu com a melhor das intenções e recebeu meu total apoio. Já posso dizer que conheço seu valor! Você é um homem íntegro, que precisa apenas de um empurrãozinho para se estabelecer.

Sentindo a mão delicada de Simone apoiada em sua perna debaixo da mesa, Rubens externou sua preocupação:

— Senhor Carlo, não quero que o senhor pense que desejo me aproveitar do fato de estar namorando sua filha, por isso preferia que ela não tivesse falado nada.

— Jamais eu pensaria isso. Sei que não pediu nada a ela, contudo, depois de muito pensar, cheguei à conclusão de que não tenho como encaixá-lo na empresa. Meus funcionários são excelentes, a maioria já me acompanha há anos, e não sei como poderia criar uma função na qual você pudesse atuar.

Muito discretamente, Rubens engoliu em seco sua decepção. Na verdade, ele esperava ter uma oportunidade.

Simone olhava fixamente para o pai, sabendo que ele não dissera tudo ainda. Bernadete, por sua vez, mantinha um semblante retesado, no compasso de espera do desfecho daquela conversa.

Carlo prosseguiu:

— Você possui experiência e conhecimentos profundos na atividade pesqueira e não pode ter esse talento desperdiçado. Já faz algum tempo que venho pensando em diversificar meus negócios e sei detectar uma boa oportunidade quando ela surge — ele fez uma pausa, deixando o suspense pairar sobre a mesa, bebeu um gole de vinho e completou seu raciocínio: — Depois de analisar todas as possibilidades, os prós e contras, tomei minha decisão: quero abrir uma empresa de pesca, e você será o responsável por ela! Será meu diretor geral.

O rosto de Simone iluminou-se, irradiando pelo ambiente a imensa felicidade que sentia por si mesma e por Rubens, que estava tão tomado de espanto que não conseguiu articular nenhuma palavra.

Bernadete sentiu todos os músculos de seu corpo relaxarem e ergueu um brinde ao futuro de Simone e Rubens, parabenizando o marido pela decisão.

— A princípio, será uma empresa pequena, para atender ao mercado da região. O crescimento dependerá de seu desempenho, rapaz. E tem mais uma coisa que quero acrescentar. Nosso apartamento no *resort* do litoral fica bastante ocioso durante a maior parte do tempo. Você terá de viver fora daqui, pois a empresa será estabelecida junto ao estaleiro, no terreno anexo. Disponho ainda de uma grande área disponível, que está desativada, e nela farei a sede. Quero que você se mude para o apartamento.

Bernadete questionou:

— Querido, e quando quisermos passar alguns dias no litoral?

Carlo lançou um sorriso a Bernadete, prevendo a satisfação que a notícia causaria em sua mulher:

— Já comprei uma casa maior em um condomínio não muito longe do estaleiro. Sabe como é... a família está aumentando! Quem sabe logo virão os netos...

— Papai! — repreendeu Simone ruborizando.

— Senhor Carlo, não sei como lhe agradecer tamanha confiança.

— Trabalhe, meu rapaz. Trabalhe duro, dê o seu melhor e transforme esse empreendimento em um sucesso incontestável.

Rubens empertigou-se na cadeira e, mantendo uma postura ereta e um semblante severo, disse:

— O senhor pode ter certeza de que o farei!

E encerraram a conversa com um novo brinde.

Após a refeição, reuniram-se na biblioteca para ouvirem um pouco de música e esticarem a conversa. Carlo e Rubens analisaram superficialmente os próximos passos que deveriam ser seguidos e marcaram uma reunião no escritório dentro de uma semana, quando consultariam os advogados de Carlo sobre os trâmites legais. Rubens, então, apresentaria uma estimativa do capital que seria necessário, equipamentos e pessoal.

Em determinado momento, quando Rubens se levantou para ir ao banheiro, Bernadete seguiu para a cozinha para buscar uma jarra de água e gelo. Na volta, ela cruzou com o rapaz, que deixava o lavabo.

Bernadete apenas diminuiu o passo e, lançando um tom ardiloso a Rubens, sussurrou:

— Tenho certeza de que você não esperava tanta generosidade.

Rubens cerrou o cenho e manteve um ar de reprovação, enquanto esquadrinhava rapidamente todo o ambiente, certificando-se de que estavam sozinhos.

O rapaz não esperou Bernadete passar e adiantou-se ao escritório, onde Simone o aguardava.

Com tantas providências a tomar, Rubens viu seus dias passarem de um marasmo quase total a uma correria entre o escritório e o estaleiro no litoral. Simultaneamente, surgiram mais dois grandes projetos para o Brávia's, o que fez Simone também ficar assoberbada de trabalho. Carlo, envolvido na empreitada do novo negócio de pescados, viu sua rotina e seus horários alterados e, muitas vezes, só conseguia chegar em casa tarde da noite, deixando a esposa, a única não envolvida nos negócios, a buscar maneiras de vencer o ócio e o tédio.

Bernadete costumava sair pela cidade buscando bons ângulos para suas fotos, mas não fizera ainda nenhum movimento para retomar a profissão. E, quando estava sozinha em casa, ocupava-se organizando o escritório do marido, a mesa de trabalho e os papéis de Carlo. A princípio, ele sentiu-se um pouco contrariado ao perceber que seu espaço estava sendo modificado pela mulher, mas, quando se deu conta de que isso a fazia feliz, preenchia seu tempo e do quanto ela esperava agradá-lo com esse gesto, Carlo permitiu que ela cuidasse de tudo da forma que fosse mais conveniente.

E foi assim, arrumando uma coisa aqui, outra ali, que Bernadete começou a ter acesso a documentos desconhecidos até por Simone e espantou-se ao descobrir que a fortuna do marido era muito maior do que ela imaginava. Eram aplicações, imóveis, obras de arte, e tudo o que se convertesse em bens e dinheiro.

Bernadete encontrou também papéis referentes ao tempo de Dante, da época em que ele começou a montar o estaleiro, a documentação de desembarque do patriarca no Brasil, dados sobre seu trabalho no porto e uma infinidade de informações que ela tratou de arquivar em imagens no celular e na memória.

Com o tempo e a sobrecarga de trabalho afetados pela idade que já pesava no cotidiano de Carlo, ele foi, aos poucos, deixando de ser centralizador. O empresário estava começando a se sentir cansado devido aos anos de dedicação intensa ao Brávia's, que acabaram cobrando a conta de sua disposição, que antes parecia inesgotável. Dessa forma, Carlo começou a repassar para Bernadete o controle de todo o seu patrimônio pessoal. Ela só não se envolvia em questões referentes às empresas.

A mulher passou a administrar todos os gastos, contas a pagar, investimentos, questões imobiliárias e a comprar sozinha as roupas de Carlo. E ele logo sentiu o conforto de se libertar dessas incumbências. Bernadete mostrava-se competente e ágil nas tomadas de decisões importantes, evitando levar qualquer tipo de problema ao marido, que agradecia satisfeito a ela.

Exausta com tanto trabalho e aproveitando a boa vontade da madrasta, Simone acabou aceitando a ajuda de Bernadete na administração de alguns investimentos seus.

Bernadete agora tinha muito com o que se ocupar e era o que precisava para deixar de lado a fotografia. Intimamente, ela não tinha um real interesse em retomar nenhuma atividade profissional nem expor seus trabalhos e poderia justificar sua falta de tempo para a realização desses planos. Ela, contudo, jurou a Carlo que estava feliz e realizada com a vida que levava e em poder ser útil e pediu que ele não se preocupasse.

Meses se passaram, e a empresa de pescados, sob o comando atento de Rubens, estava prestes a ser inaugurada. Contrariando a metodologia seguida durante uma vida toda,

Carlo delegou poderes quase irrestritos ao genro, proporcionando uma grande autonomia ao rapaz, que demonstrava determinação e seriedade na condução dos negócios.

Rubens mudara-se para o *resort*, e os encontros com Simone ficaram restritos aos finais de semana, quando ele viajava para a capital ou ela decidia aproveitar a praia no litoral, passando, algumas vezes, a semana toda ao lado do namorado, quando precisava trabalhar no estaleiro.

Em uma dessas ocasiões, Simone finalmente se entregou ao namorado. O casal amou-se todos os dias durante o período em que ela ficou na casa de Rubens, e, na véspera da volta da moça para casa, ele criou coragem para falar sobre seus planos acalentados ao longo dos últimos meses e pediu Simone em casamento.

A moça foi realmente pega de surpresa, pois o casal nunca havia falado sobre isso. Rubens, contudo, argumentou que, morando no litoral, eles passariam muito tempo afastados, situação que também não estava agradando à jovem. Muito apaixonada, Simone aceitou o pedido, mas falou que teria de conversar com o pai para saber como ela poderia gerir os projetos depois de transferir sua base para o estaleiro.

Ao receber a notícia, Carlo demonstrou muita alegria e, apesar de saber que sentiria a ausência da filha, achou que não teria nenhum problema. Simone viajaria para a capital quando sua presença fosse indispensável nas reuniões, e ele e a esposa iriam com mais frequência à nova casa de praia.

Bernadete exultou com a novidade e iniciou imediatamente os planos para a cerimônia de casamento e a festa, que, a pedido de Simone, seria simples e com poucos convidados.

Durante a semana, o jardim zoológico da cidade em nada lembrava o cenário colorido e movimentado dos sábados e domingos. Os funcionários circulavam devagar, limpando, cuidando do gramado e dos animais, que dormiam preguiçosos na ausência de um público a quem se mostrar.

Sentado em um banco bem em frente ao fosso dos leões, Rubens, de pernas cruzadas, balançava o pé nervosamente e olhava repetidas vezes para o relógio de pulso, indiferente à tranquilidade que o cercava. Só quando crianças, em uma excursão escolar, se aproximaram, ele levantou-se agitado, incomodado com a presença do grupo. As crianças não tardaram a se afastar, e Rubens voltou a sentar-se e a olhar o relógio, depois de checar se havia alguma mensagem no celular.

Ele estava no mesmo lugar havia mais de uma hora, e era perceptível sua irritação. Quando parecia que iria desistir de esperar, ouviu o som de saltos sobre as pedras do caminho atrás de si, mas não se virou para olhar quem se aproximava.

Rubens sabia.

Bernadete passou bem na frente do rapaz e sentou-se no banco ao seu lado:

— Você tem certeza de que ninguém a seguiu? — perguntou Rubens com a voz irritadiça e com o semblante carrancudo.

Bernadete soltou uma risada:

— Quem teria interesse em me seguir? Isso não é um filme de espionagem. Não seja tolo.

— Você não deveria brincar dessa maneira. Algum funcionário de Carlo poderia ter nos seguido, não sei. Não podemos correr riscos. Não agora que estamos tão perto de conseguir o que queremos.

Bernadete deu um longo e profundo suspiro, e Rubens, ainda contrariado, falou:

— Eu já lhe disse para não enviar mensagem para meu celular e para jamais me ligar, principalmente agora que vou me casar. Já imaginou se Simone vê alguma mensagem sua?

— Mas eu precisava falar com você para saber o que pretende agora, já que fisgou a mocinha. E essa história da empresa de pesca? Até quando vai levar isso adiante?

— Até conseguir atingir nossos objetivos. Irei até o fim.

— Seus objetivos, você quer dizer.

— O que é isso? Estamos juntos nessa, e você vai lucrar tanto quanto eu. Vai se esquivar agora?

Bernadete olhou-o apertando os olhos, buscando decifrar algo além das palavras ditas por ele:

— Já ocorreu a você que nem Carlo, e muito menos Simone, tem a culpa que você atribui a eles? Isso não lhe deixa com uma mínima ponta de remorso?

Alisando a barba e tomado de rancor, Rubens respondeu:

— Durante a vida toda, eles têm usufruído de algo que não lhes pertence por direito. Então, também são culpados.

— Acho que você deveria repensar seus planos...

Rubens levantou-se e encarou Bernadete com a respiração forte de quem tenta — e sempre consegue — manter o controle:

— O que está havendo? Remorso? Você só pode estar brincando. Deve ser uma piada de muito mau gosto. Não quero mais ouvir esse tipo de coisa, ou vou começar a acreditar que confiei na pessoa errada. E se eu me ferrar, levo você junto! Pode apostar nisso. E sem nenhum remorso — Rubens concluiu sarcástico.

— É impressionante como você fica transtornado. Parece outra pessoa. Como consegue fingir tão bem a ponto de ser admirado por Carlo e amado por Simone? Sua interpretação é digna de um prêmio! Quando você contou a saga da vinda de seu pai para o Brasil e a morte de seus pais no retorno à Noruega, quase fui às lágrimas. Sua criatividade é espantosa! — Bernadete acrescentou com uma risada divertida. — Mas, então... até quando isso vai?

— Na hora certa, você saberá. Casado com Simone, tudo ficará mais fácil. Ela vive para aquele trabalho e é uma tonta insuportável. Será fácil manipular a situação a meu favor.

Soltando uma gargalhada, Bernadete finalizou:

— E você parece tão apaixonado...

— Garota mimada, cheia de não me toques! Parece que vive no século dezoito. Acredita que só há pouco consegui levá-la para cama?

— Eu sei, ela me contou. Sou a confidente dela, não sabia? — Bernadete disse com um sorriso presunçoso, querendo mostrar que mantinha o controle sobre pai e filha.

— Chega de conversa, não é bom ficarmos nos expondo assim. Agora não é hora de corrermos riscos. Tudo está caminhando bem, e deve continuar assim. Conseguiu encontrar mais alguma coisa relevante?

Bernadete tirou o celular da bolsa e mostrou a Rubens as fotos dos documentos que Carlo guardava em casa e que foram atentamente examinadas pelo rapaz com uma expressão impassível:

— Muito bom! Como conseguiu acesso a tudo isso?

— Carlo costuma ficar no escritório dele em casa uma vez por semana. Com o pretexto de fazê-lo relaxar, eu massageava suas costas enquanto observava cada um de seus movimentos. Consegui registrar onde guardava cada pasta e decorar até algumas senhas. O resto foi fácil; dispensa comentários. Pode confiar em minhas habilidades.

— É o que espero. — Rubens começou a se afastar, enquanto Bernadete se mantinha sentada, acompanhando seus passos. De repente, ele virou-se mais uma vez e disse:

— E não esqueça: nada de contato pelo celular!

— E se precisar falar com você, como farei?

Ele voltou-se impaciente:

— Fazemos parte daquele grupo na rede social, aquele que fala de barcos, algo totalmente insuspeito. Quando precisar falar comigo, faça alguma postagem sem nenhum comentário; apenas coloque três pontos. Saberei que precisa de algo e entrarei em contato. E será sempre em horário comercial, quando Carlo estiver na empresa. Jamais tente contato à noite. Principalmente depois que eu me casar.

Sem acrescentar mais nada, Rubens foi embora, e Bernadete também se foi minutos depois.

CAPÍTULO 7

Bernadete chegou em casa com um sentimento ruim acompanhando-a, como um vestígio soturno, indício inquietante e desconfortável. Ela não tinha a capacidade de se deixar impressionar, mas aquela sensação imprecisa não lhe parecia um bom presságio.

Quando, há pouco mais de um ano, Rubens a procurou com suas ideias de enriquecimento fácil camuflado de senso de justiça, Bernadete hesitou em compactuar com seu plano. Só após muitas conversas e de sucumbir ao extremo poder de persuasão de Rubens, ela decidira fechar o acordo com ele.

A vida de Bernadete não estava nada fácil e ficara ainda mais complicada quando ela precisou internar em um asilo a mãe totalmente senil e desligada irreversivelmente da realidade.

Não havia perspectivas de um futuro promissor nem um horizonte a vislumbrar, e há muito Bernadete deixara de acreditar na sorte como elemento para edificação de dias melhores, embora tenha considerado o inesperado reencontro com Rubens, após muitos anos de distanciamento, uma obra do destino para lhe oferecer, quem sabe, a última oportunidade de garantir um final de vida digno e confortável.

Foi pensando nisso que Bernadete aceitou embarcar na ação ardilosa planejada por Rubens. Sem nunca ter se envolvido em nenhuma ilegalidade, ela temia os riscos que correria, mas, assim que conheceu Carlo e começou a desfrutar dos prazeres e do conforto que ele lhe proporcionava, a ambição deu fim a qualquer temor. E, quando constatou, não sem incredulidade, a maneira simples e fácil como envolvera o marido e a enteada, qualquer escrúpulo foi extraviado no caminho. Carlo e Simone eram tão inacreditavelmente ingênuos que seriam incapazes de oferecer qualquer risco à sua liberdade.

Bernadete só não conseguia compreender aquela sensação opressiva em seu peito após o recente encontro com Rubens e, querendo evitar que sua mente povoasse seus dias com predições sem fundamento, ela tratou de começar a se ocupar com o casamento de Simone.

Bernadete tinha ciência do potencial construtivo ou destrutivo da mente. Depois de ter várias conversas com a médica de sua mãe, ela soube, em detalhes, como a mente era capaz de criar situações que transcendiam a realidade, como sintomas físicos de doenças inexistentes e medos injustificados. A médica abordou a questão pela óptica da ciência e do espiritismo, doutrina que ela seguia havia muitos anos.

Bernadete acabou se interessando pelo assunto e, mesmo sem querer se aprofundar demais, pesquisou-o em vários livros, concluindo que somos capazes de direcionar nossos pensamentos de modo que nos conduzam a ações produtivas, positivas e de progresso, domando, assim, cada mínimo surgimento de negatividade que obstrua nossas conquistas. Um treino diário de domínio desse ato particular da mente. Ela estava sendo bem-sucedida nessa tarefa e não deixaria que esse sentimento intruso a colocasse em passos lentos e vacilantes. Era muito tarde para voltar atrás.

Procurando desviar-se o quanto antes daquela sensação ruim, Bernadete pegou o telefone e começou a tomar as primeiras providências para o casamento. Contratou um estilista e avisou à enteada que ele iria ao apartamento em dois dias para que ela escolhesse o modelo do vestido de noiva. E essa escolha dependeria do local e do horário da cerimônia. "Não há nada mais cafona que vestuário inadequado ao estilo do evento", ela pensou.

Após conversar com Rubens, Simone decidiu fazer o casamento no litoral, em uma pequena e linda igreja da comunidade de pescadores da cidade. A cerimônia aconteceria no meio da manhã, e depois seria oferecido um almoço para os poucos convidados no restaurante do *resort*.

Eram tantas as providências a serem tomadas que os dias passaram muito rápido, e, quando todos se deram conta, a data do casamento havia chegado.

Carlo estava visivelmente emocionado quando entrou na igreja com Simone, que estava linda em um vestido leve rendado e com uma coroa de flores bem pequenas, brancas e amarelas acompanhando o buquê.

Bernadete admirou a beleza da noiva, mas sua atenção estava voltada para Rubens. Ele sabia dissimular seus sentimentos como ninguém, mas, como o conhecia e sabia de suas reais intenções, ela percebia um traço de contrariedade no rosto do rapaz. Um traço que passava longe do sentimento de felicidade comum aos noivos, e que ele encobria com um sorriso capaz de convencer até os olhares mais atentos.

Foi uma celebração rápida e objetiva, mas não menos bonita e emocionante aos olhos da noiva, de Carlo e dos convidados. Já para Bernadete e Rubens, ansiosos que estavam para que o fato se consumasse, a cerimônia parecia não ter fim. Durante o almoço, contudo, o noivo mostrou-se verdadeiramente mais relaxado e aproveitou a festa, comemorando com muitas taças de champanhe, que ele misturou com doses generosas de uísque.

Quando todos se foram e os recém-casados chegaram ao apartamento de Rubens, que agora seria o lar dos dois, Simone teve uma desagradável surpresa. Ela foi para o banho e, irradiando desejo e a sensação real de satisfação plena, preparou-se calmamente para a primeira noite de amor como esposa de Rubens. Vestiu uma *lingerie* rendada e sedutora e deixou o banheiro, mas sua decepção foi como uma navalha cortando suas expectativas de carícias ardentes. Rubens nem mudara de roupa e dormia atravessado na cama, parecendo quase morto.

Simone conseguiu a muito custo empurrar o corpo prostrado do marido um pouco para o lado e deitou-se. O odor de álcool estava nauseante, e ela acabou decidindo dormir no quarto ao lado. Estava bastante cansada e não custou a pegar no sono também.

Quando amanheceu, Simone acordou com o delicioso aroma de café fresco e pão quente, e, antes que pudesse se levantar, Rubens entrou no quarto trazendo uma bandeja com frutas, suco, café, pães e geleia. Trazia também uma rosa vermelha, que entregou para Simone junto com um envergonhado pedido de desculpas.

Ela entendeu que ele se excedera no consumo de bebida durante a festa e não foi difícil perdoá-lo. Rubens, então, tomou-a nos braços, consumando o casamento como ela ansiava, deixando no esquecimento o incidente da noite anterior.

Simone e Rubens decidiram também não viajar em lua de mel. Com a empresa de pescados às vésperas da inauguração, seria um contrassenso ausentarem-se, mesmo que por um curto período.

E, como era de se esperar, as portas da Brávia's Pescados abriram com grande visibilidade, e os clientes já faziam fila para suas encomendas. Eram donos de restaurantes, do comércio da cidade e também de cidades vizinhas, prenúncio de sucesso.

Rubens fez questão de contratar o número exato de funcionários para o perfeito andamento do trabalho, somente o mínimo necessário, e disse a Carlo que a medida era essencial para evitar gastos indevidos enquanto o lucro não se consolidasse. O sogro, por sua vez, achou a medida madura e correta, o que o deixou muito satisfeito.

As razões de Rubens, contudo, passavam longe de sua justificativa. Com muita habilidade, ele começou a fazer um caixa dois, o início concreto da realização de suas metas, que foi alimentado com todo tipo de estratagema que ele geria pessoalmente. Enquanto ele vislumbrava a fortuna que pretendia amealhar, Simone, em seu escritório no estaleiro ao lado, de nada desconfiava. Rubens conquistara a confiança integral de Carlo e de sua filha, e tudo caminhava conforme o planejado.

Sem Simone morando com eles, Bernadete sentiu-se ainda mais livre para realizar suas ações. Embora fosse um plano conjunto entre ela e Rubens, cada um ficaria responsável por agir de maneira independente. Tendo o controle das finanças pessoais do marido, ela já começara a formar seu pé de meia, mantendo uma crescente reserva de joias, dólares e euros, além de uma conta individual aberta sem o conhecimento de Carlo.

Bernadete era habilidosa e tomava cuidado para que os desvios fossem feitos aos poucos para não chamar a atenção de Carlo. Ela surpreendia-se consigo mesma, pois jamais imaginara que seria capaz de participar de um plano tão bem articulado e que lhe exigisse muita paciência e uma capacidade incrível de manipular situações e emoções.

Em uma tarde quieta e solitária no apartamento, Bernadete parou para analisar seus passos. Ela mal se reconhecia, pois nunca imaginara que seria capaz de se comportar daquela maneira. Nunca fora um exemplo de bondade, mas não era uma pessoa má, que tripudiasse sobre o sofrimento alheio ou que passasse por cima dos outros para atingir seus objetivos.

Entre tantos mistérios e inverdades que a cercavam, o que de autêntico existia era o amor de filha e seu trabalho como fotógrafa. Depois da morte do pai, Bernadete passou a trabalhar para sustentar sozinha a mãe, que, ainda no início da terceira idade, já começava a mostrar sinais do mal que a impediria, anos mais tarde, de ter uma vida normal. Os dias de Bernadete eram de muito trabalho duro para conseguir sustentar a casa, mas tudo mudou quando Rubens a procurou.

O que faz uma pessoa desviar-se tanto de seu caminho, arriscando passos perigosos e obscuros, capazes de macular uma reputação construída ao longo de uma vida? Ganância? Vaidade? Orgulho? Essas respostas Bernadete ainda não tinha, mas algo em seu íntimo começava a se tornar um incômodo presente.

Durante um ano, a vida de Rubens e Simone seguiu seu curso natural, sem grandes acontecimentos, em uma rotina voltada ao trabalho e ao lazer nos finais de semana. Carlo e Bernadete iam com frequência para a casa de praia, quando o empresário, além de matar as saudades da filha, aproveitava para se inteirar dos negócios com Rubens.

A empresa de pescados cresceu, e o prestígio de Rubens cresceu na mesma proporção.

Bernadete e Rubens não marcaram mais encontros escusos, e cada um prosseguiu com suas ações isoladas, visando a um único objetivo.

Embora as reuniões familiares aparentassem normalidade, Bernadete começava a perceber uma tensão no ar entre ela e seu cúmplice. A mulher não sabia se realmente essa situação existia ou se era uma fantasia criada por sua cabeça, impulsionada pela sensação de pesar que a acompanhara durante todo o ano e que ela não conseguia compreender. Tudo estava caminhando bem, Carlo continuava mostrando-se apaixonado e um ótimo marido e, o melhor, nunca desconfiara das artimanhas que ela preparava e que já haviam lhe rendido uma quantia capaz de lhe proporcionar dias sem preocupações financeiras, se fosse bem aplicada.

Bernadete, contudo, vivia como uma equilibrista sem uma rede de proteção. A indefinição sobre os rumos dos planos de Rubens a deixava inquieta. Ela sabia o que ele queria, mas não sabia como aquilo teria um fim e de que forma ocorreria.

Um dia, na casa de praia, Bernadete, movida por essa expectativa, usou como pretexto a necessidade de fazer algumas compras e pediu a Rubens que a acompanhasse. Ela aproveitou que Carlo estava na piscina com a filha e usou a desculpa de não querer atrapalhar o marido para solicitar a companhia do genro.

Rubens ficou bastante contrariado com a atitude de Bernadete, mas a acompanhou, deixando para externar sua raiva quando estivessem a sós.

— Claro que essas compras foram um pretexto para ficarmos sozinhos! Todos na cidade me conhecem, não posso me expor dessa maneira — ele falou irritado, enquanto encostava o carro em uma ruazinha deserta e aparentemente segura.

— Lógico que eu tinha que tomar uma atitude. Estamos nessa há um ano, e não sei o que você pretende. Me sinto ameaçada o tempo todo, sem saber o que você fará e qual será seu próximo passo.

Rubens lançou a Bernadete uma expressão de descaso em relação à sua preocupação:

— Como andam suas finanças? Já conseguiu garantir sua aposentadoria?

— Tenho uma ótima reserva, mas vivo com medo de que Carlo descubra alguma coisa. Se isso acontecer, estarei perdida. — As palavras de Bernadete saíram repletas de apreensão.

— Já está satisfeita? É isso? — Rubens arqueou as sobrancelhas. — Você se contenta com muito pouco! Durante esse ano, consegui juntar uma pequena fortuna, mas quero muito mais. E você vai ter que aguardar a hora certa para o desfecho que planejei.

— Nós vamos ter que fugir, mas você não me diz nada! Isso me deixa muito insegura.

Rubens soltou uma gargalhada e tornou:

— Não seja tola! Aqueles dois estão em nossas mãos. Não precisamos nos precipitar, embora eu esteja no meu limite em relação a Simone. Não a suporto mais. No entanto, quando penso que eles pagarão pelo mal que fizeram, percebo que consigo suportar um pouco mais.

— Eles não têm culpa! Já falei sobre isso! — Bernadete falou, sentindo a garganta fechar como se impedisse o ar de entrar.

— Vai começar com isso de novo? Nem vou comentar e não quero mais ouvi-la falar dessa maneira. Vamos embora comprar alguma coisa, antes que desconfiem de nossa demora. Continue levando sua vida normalmente. Ainda temos muito o que conquistar, não precisamos de pressa.

Rubens ligou o carro, e os dois saíram rumo ao supermercado, sem que Bernadete tivesse conseguido obter a segurança e tranquilidade que esperava receber do cúmplice.

CAPÍTULO 8

O casamento de Simone começou a mostrar sinais de desgaste após um ano e meio. Não existiam brigas entre o casal, mas começava a surgir um distanciamento gradual entre eles.

Durante todo esse período, Rubens foi um marido robotizado, programado para conduzir a relação e cumprir seu papel da melhor maneira, com raros arroubos românticos, forjados para fazerem Simone sentir que vivia no melhor dos mundos e ao lado do homem certo para preencher sua vida com amor e companheirismo. Foi assim até Rubens sentir o peso da carga que carregava, afinal, a mentira que causa dor e sofrimento, utilizada para obter vantagens pessoais e com propósitos puramente egoístas, pesa e corrói em silêncio o corpo e a alma, causando danos cada vez mais difíceis de suportar. No decorrer do tempo e sobre frágeis alicerces, a mentira fragiliza-se pela insegurança ante a força poderosa da verdade. E a verdade é que Rubens jamais amara Simone e nunca sentira atração por ela, embora a esposa fosse uma mulher bonita e atraente. O ódio o cegava, e ele via Simone apenas como um instrumento para seu senso de justiça, que nada mais era que um incontrolável desejo de vingança.

Por mais que ele tivesse habilidade para ocultar sua verdadeira personalidade, reencontrar Simone após um dia de trabalho transformara-se em uma tortura. O carinho dela incomodava-o, sua voz irritava-o, e qualquer assunto que ela abordasse, por mais trivial que fosse, fazia Rubens sentir-se uma fera enjaulada, entediado e com o humor avinagrado.

Não suportando mais a situação e desejando alguns momentos longe do ar viciado e sufocante criado pela presença da esposa, Rubens começou a inventar motivos para trabalhar até mais tarde, alegando aumento na produtividade e, consequentemente, no faturamento, o que era muito positivo, apesar de gerar uma carga maior de afazeres.

Simone, algumas vezes, ofereceu-se para fazer companhia ao marido no escritório, mas ele insistia para que ela fosse para casa descansar, e, a contragosto, a moça acabava concordando. Rubens sempre conseguia conduzir as ações de Simone de acordo com suas conveniências.

E foi assim durante um mês, quando ele começou a retornar para casa uma ou duas horas após o horário do jantar. Depois, a permanência de Rubens no escritório começou a se prolongar, muitas vezes chegando em casa quando Simone já estava dormindo.

Uma personalidade forjada para agir em detrimento do bem-estar alheio, seja material ou emocional, acaba cedendo e desestabilizando-se, porque a essência de cada um sempre prevalece, tanto para vencer as inclinações negativas como para ocultar essas mesmas tendências. Rubens atingira o auge de sua capacidade e não tardou a começar a passar noites fora de casa, voltando apenas ao amanhecer recendendo a álcool e perfume barato.

Simone, que até então procurara se mostrar compreensiva, assustou-se com o comportamento do marido e decidiu tomar satisfações, mas com uma abordagem sem hostilidade, com o verdadeiro intuito de solucionar qualquer questão que o tivesse direcionado àquela conduta.

Foi um confronto tenso!

Rubens deu-se conta de que estava perdendo o controle da situação e, em um esforço sobre-humano, utilizou seu potencial sedutor para envolver Simone novamente com justificativas que seriam pouco plausíveis, mas não para um coração apaixonado, que costuma acreditar naquilo que necessita ou deseja.

A situação, contudo, só foi contornada por poucos dias. Rubens voltou a passar as noites bebendo e em encontros superficiais, que sempre terminavam por conduzi-lo a camas sem nenhum calor ou aconchego, que supriam apenas seus instintos carnais e seu desejo de fugir de sua realidade.

Em uma nova tentativa de compreender o que se passava com o marido, Simone esperou que todos os funcionários fossem embora e entrou no escritório de Rubens disposta a esclarecer os fatos, encontrando-o sentado na cadeira, recostado com os pés sobre a mesa e bebendo.

Ao vê-la entrar, Rubens nem se deu ao trabalho de disfarçar sua ociosidade e, quando questionado quanto às suas atitudes, inesperadamente assumiu uma postura irônica, a meio tom da agressividade, e disse a Simone que estava cansado de tantas responsabilidades, que se julgava dominado e sob constante vigilância da esposa, que exigia sua presença para tudo, não lhe dando folga para manter a privacidade e a liberdade fundamentais para qualquer homem.

Simone custou a registrar o posicionamento machista de Rubens, algo que nunca percebera sequer um vestígio sutil. Parecia que havia outro homem bem diante de seus olhos, alguém que ela não conhecia e que enchia seu coração de decepção e medo, afinal, nada é mais ameaçador do que aquilo que não conhecemos.

Quanto mais Simone argumentava, mais Rubens exasperava-se, e não demorou para que ambos ultrapassassem a sutil linha entre a ação raciocinada e a insensatez hostil.

Os gritos ultrapassaram os limites das paredes do escritório e teriam sido facilmente ouvidos caso ainda houvesse alguém do lado de fora.

No ápice da discussão, Rubens levantou a mão ameaçando agredir a mulher, mas ela estufou o peito e encarou-o com uma firmeza que o deixou desconcertado:

— Não se atreva a encostar a mão em mim! Não hesitarei em denunciá-lo! — Simone ameaçou-o, fazendo-o afastar-se para, em seguida, se servir de mais uma dose de bebida.

Simone pegou sua bolsa, encarou-o novamente e disse apenas:

— Essa conversa não acabou. Eu o espero em casa.

Rubens deu de ombros, enquanto ela saía sem olhar para trás.

Ao chegar ao lado de seu carro, Simone constatou que suas pernas tremiam mais do que era capaz de controlar. Sua reação, instantes atrás, não eclodira como uma manifestação de coragem, mas do instinto de preservação, que atuou movido por pura adrenalina. Longe da zona de conflito, a fragilidade de Simone emergiu sem mais nenhum obstáculo.

Quando chegou em casa, Rubens encontrou Simone abatida, largada no sofá da sala, os olhos vazios e inchados, enfatizando as horas de lágrimas vertidas na solidão.

A discussão recomeçou, seguindo aquele rumo em que mais se quer falar do que ouvir e que não leva a nenhum consenso.

Quando Simone insinuou que pegaria suas coisas e voltaria para a capital, Rubens, ardiloso, desestabilizou-a tocando em seu maior ponto fraco: Carlo.

Esperto, Rubens lembrou que levar problemas conjugais ao pai o faria naturalmente tomar as dores da filha, criando, assim, uma situação de conflito que poderia extrapolar os limites pessoais, afetando os negócios de Carlo, em particular a empresa de pescados, que já se mostrava muito lucrativa e importante para a família. Qualquer medida mais passional colocaria em risco todo o trabalho executado até aquele momento, o que resultaria em imensos prejuízos ao patrimônio do empresário. Rubens ainda acusou Simone de ser imatura, uma menina mimada que não sabia resolver seus problemas sozinha, sem recorrer à proteção paterna.

Por alguns instantes, com a mente repleta de dúvidas, Simone ponderou e concluiu que, por mais que detestasse a situação, tinha que admitir que o marido estava certo. Sabendo do amor do pai, não seria nenhuma surpresa se Carlo se voltasse contra Rubens e quem sabe até o demitisse da Brávia's Pescados, o que seria um grande problema. Por outro lado, sabia também que todo casal passa por suas crises e decidiu manter-se quieta, não compartilhando seu sofrimento com ninguém.

Ciente de sua capacidade de manejar a estrutura psicológica da esposa, Rubens mais uma vez virou as costas e deixou-a sozinha em seu pesar. E mais uma vez ele passou a noite fora.

Foi uma noite insone e triste para Simone, pois era-lhe muito difícil acreditar que suas expectativas de uma vida harmoniosa e feliz ao lado do marido estavam desmoronando como um frágil castelo de cartas. Buscava em suas atitudes sua parcela de culpa pela crise que estavam vivendo, entretanto, não conseguia perceber nada que tivesse feito de tão errado para afastar Rubens daquela maneira. Ela, por fim, chegou à conclusão de que o marido deveria estar passando por algum momento de tensão interior, alguma situação conflituosa e íntima. Talvez o excesso de responsabilidades na empresa tenha desencadeado um processo de muito estresse, e Rubens não era homem de se queixar e sempre demonstrava ter controle sobre tudo.

Ele tinha mesmo razão sobre o sigilo de seus problemas pessoais. Simone decidiu não falar nada com Bernadete, em quem aprendera a confiar sem reservas. Estava na hora de mostrar a Rubens que ela não era uma menina mimada como ele a acusara de ser. Saberia esperar até que aquela nuvem escura se dissipasse de suas vidas.

Com o passar das semanas, a esperança de que os dois voltassem a se entender foi esmaecendo cada vez mais no coração de Simone. A vida da moça foi se transformando em uma caricatura grotesca de seus sonhos e desejos, da crença na promessa de serem felizes para sempre.

Rubens estava absolutamente saturado da esposa e da vida de casado e, seguro do domínio que exercia sobre Simone, não se empenhava mais em disfarçar sua insatisfação. Ela, por sua vez, sofria em silêncio com o desprezo do marido, sem conseguir compreender e encontrar razões para o fato de ele ter mudado tanto. Por diversas vezes, ela chegou a pegar o telefone para ligar para Bernadete. Precisava desabafar, buscar ajuda e orientação, mas não queria que o assunto chegasse aos ouvidos do pai. Receando que a madrasta não conseguisse guardar segredo, desistiu de procurá-la.

Alegando saudades da filha, Carlo telefonou um dia, dizendo que planejava passar o fim de semana na casa de praia. Com muito esforço, Simone conseguiu encobrir sua angústia e arrumou uma desculpa para o pai desistir da ideia. Argumentou que sairia de barco com Rubens para visitar algumas ilhas da região e que seria melhor ele deixar para outra ocasião. Havia tempos que Carlo desejava ir para a serra usufruir da paz e do sossego de um hotel encravado no meio da mata, um local perfeito para se desconectar do mundo, e não foi difícil concordar com a filha, prometendo-lhe de que iria no fim de semana seguinte.

Aliviada, Simone pensou que ganharia tempo até lá. Quem sabe seria possível ter uma nova conversa com o marido, e, quando o pai chegasse, tudo estaria mais calmo?

Para seu total desalento, não foi o que aconteceu. Rubens continuava indiferente a ela e dormindo noites seguidas fora de casa, sendo ríspido e evitando qualquer tentativa de Simone de estabelecer um diálogo decisivo. Paralelamente a isso, ele continuava desviando muito dinheiro da empresa. Rubens percebera que a qualquer momento a situação ficaria insustentável e que estava próximo o momento de fugir, levando consigo a fortuna que julgava ser sua por direito.

Rubens roubava de um lado, e Bernadete de outro. Seria um grande baque financeiro para o empresário e para sua filha, contudo, ele ainda achava que era pouco. Rubens gostaria de ter tempo para deixar Carlo na miséria e pensar nisso era o que o alimentava de motivação para suportar a vida ao lado de Simone.

Responsável como sempre foi, Simone continuava seu trabalho com o mesmo empenho e com a mesma dedicação, mas já surgiam comentários sobre sua aparência um tanto debilitada e seu estado de espírito ainda mais reservado e sombrio, em dias cada vez mais solitários.

Alguns funcionários mais antigos do estaleiro, que viram Simone nascer, se preocupavam e chegaram a cogitar ligar para Carlo e narrar o que estava acontecendo, contudo, depois de muita ponderação, acharam melhor não se envolverem em assuntos familiares, mas ficariam atentos para o caso de Simone precisar de qualquer tipo de ajuda. Não sabiam exatamente o que estava acontecendo, mas já corria pela cidade, na surdina, que Rubens passava as noites no bordel ou bebendo em bares com amigos de comportamento e caráter bastante duvidosos. Em mais de uma ocasião, Rubens, bêbado, meteu-se em brigas e discussões, e ninguém da empresa queria se meter com ele, que já ganhava fama de violento e grosseiro.

Enquanto estavam na serra, Bernadete teve uma pequena torção no tornozelo, o que a deixaria de molho por vinte dias. Simone lastimou o ocorrido, prometeu visitar a madrasta assim que possível, mas, por outro lado, sentiu-se aliviada por ter ainda mais tempo antes de ter que encarar o pai.

A jovem estava visivelmente mais magra, e profundas olheiras emolduravam seus olhos, antes vivazes e brilhantes. Simone não se cuidava mais e abandonou a vaidade que sempre a acompanhou. Já não usava maquiagem e agora usava os cabelos displicentemente presos com um elástico. Em casa, ela passava horas sozinha na varanda, em silêncio absoluto, prostrada, enquanto o marido se divertia nos braços das prostitutas da cidade.

O desastre da vida de Simone tornou-se insustentável, e ela sucumbiu ao desespero pouco tempo depois. Bernadete já havia se recuperado, e Carlo, como prometera à filha, preparava-se para ir ao litoral.

A semana estava apenas começando, e faltavam alguns dias para a chegada de Carlo e Bernadete, quando Rubens e Simone tiveram uma nova e ainda mais violenta discussão. Ele não chegou a agredir fisicamente a esposa, mas a agrediu com as piores palavras e ofensas que uma pessoa pode dirigir à outra e saiu batendo a porta, deixando a mulher para trás, totalmente descontrolada. E foi então que Simone não suportou mais e telefonou para o pai.

CAPÍTULO 9

Bernadete estava distraída arrumando suas caixas de fotografias, quando teve um sobressalto ao ouvir a porta de entrada do apartamento bater violentamente. Ela mal teve tempo de sair do escritório, e, quando se levantou, Carlo entrou transtornado como ela nunca o vira em nenhuma outra situação.

Ele estava furioso e falava com a respiração ofegante:

— Bernadete, estou indo imediatamente para o litoral! Prepare apenas uma maleta com uma muda de roupa. Não sei se volto hoje.

Com os olhos arregalados e sem saber como agir, ela perguntou vacilante:

— Algum problema no estaleiro, querido?

Carlo serviu-se de um copo de água da jarra que descansava sobre a mesa e respondeu, lançando um olhar irreconhecível para a mulher:

— Simone me telefonou aos prantos! Não consegui entender direito o que está acontecendo, mas parece que Rubens está se revelando um grande canalha! — explicou, enquanto cerrava os punhos, como se isso pudesse conter sua ira.

Ao ouvir as palavras do marido, Bernadete sentiu o sangue esvair-se de seu rosto, e uma vertigem desestabilizou seu corpo, que abrigava uma alma à beira do pânico. Foram poucos segundos, mas que pareceram transportar a mente de Bernadete, aturdida pelo impacto da notícia, ao momento em que Rubens a procurara para falar-lhe de seu plano de vingança. Enquanto ela tentava elaborar uma estratégia de ação, Carlo saiu do escritório e seguiu a passos largos para sua suíte:

— Venha, Bernadete. Quero partir o quanto antes! — ele falou, elevando nervoso o tom de voz, o que a fez despertar do choque e segui-lo.

— Querido, se acalme. Você não está em condições de dirigir. Por que não toma um banho, relaxa um pouco, e, então, analisamos a melhor forma de agir e seguir para a praia com a cabeça mais fria.

— Não preciso me acalmar! Já liguei para um táxi aéreo e reservei um helicóptero. Ele estará pronto para partir assim que eu chegar ao aeroporto.

Enquanto pegava a maleta para acomodar a roupa do marido, Bernadete comentou:

— Mas preciso ajeitar uma maleta para mim também. Não posso ir só com a roupa do corpo.

Carlo aproximou-se, segurou-a levemente nos braços e, um pouco mais calmo, disse:

— Devo ir sozinho. Não sei o que encontrarei quando chegar e preciso que você fique aqui. Peça para a nossa funcionária ajeitar o quarto de minha filha e providencie algo leve para uma refeição, para o caso de voltarmos hoje. Deixe tudo em ordem para que Simone se sinta acolhida neste momento.

— Você acha que Simone voltará com você? Acredita que seja algo tão sério assim?

Ele finalmente se sentou exausto:

— Quando terminei minha conversa com Simone, liguei para Arnon, aquele meu funcionário do estaleiro, que está comigo há anos...

Bernadete ouvia o marido entre a curiosidade e a tensão, e ele continuou:

— Ele confirmou os rumores de que Rubens anda com uma conduta reprovável, saindo com prostitutas e bebendo em companhias de péssima reputação. Arnon disse ainda que Simone está muito abatida... Agora começo a entender o porquê de ela ter se esquivado de vir visitá-la quando estava acamada. Não queria que nós a víssemos como testemunhas de seu sofrimento. Vou acabar com aquele cretino! E pensar que depositei toda a minha confiança nele! Não só entreguei minha filha aos seus cuidados, como minha empresa também — Carlo completou, dando um murro na mesa e assustando Bernadete.

Em menos de meia hora, Carlo cruzou a porta de casa, apesar dos insistentes pedidos e argumentos da esposa.

Sozinha, Bernadete sentiu que o perigo a estava rondando, pronto para agarrá-la pelos calcanhares. Ela correu até a suíte e, com as mãos trêmulas, digitou o número do celular de Rubens. Ele a proibira de ligar, mas o que isso importava agora? O caldo entornara, tudo parecia estar perdido, e Bernadete precisava saber urgentemente a dimensão do estrago.

A ligação caiu na caixa postal de Rubens, e Bernadete tentou mais duas, três vezes, sem sucesso. Ela, então, decidiu ligar para Simone. Como as duas mulheres sempre mantiveram um ótimo nível de diálogo, talvez ainda conseguisse abrandar os ânimos antes de Carlo chegar ao litoral. Simone a ouvia e confiava nela. Quem sabe um bom conselho fizesse a moça ficar mais calma e contornar a situação perante o pai?

O que mais afligia Bernadete era não saber ao certo o que havia acontecido. "Será que Simone descobriu os desfalques de Rubens na empresa? E se Rubens me envolveu, citando meu nome em alguma discussão?", perguntava-se.

Bernadete estava completamente desorientada e, em vez de dar as ordens à funcionária como o marido solicitara, trancou-se na suíte. Ela sentou-se em uma poltrona com o celular junto ao corpo, como se dele dependesse sua própria sobrevivência.

73

Quando Carlo chegou ao litoral, foi direto para o estaleiro, onde procurou Arnon para saber o que realmente estava acontecendo. Durante a viagem, ele teve tempo de ponderar e arrependeu-se de não ter levado Bernadete consigo. Ela tinha razão. Precisava acalmar-se antes de se encontrar com a filha. Nesse momento, Simone contaria com sua experiência e sabedoria, e ele não poderia agir de maneira passional, tomando as dores da filha. Alguém precisava manter o equilíbrio para resolver a questão da melhor maneira.

Arnon relatou os desentendimentos entre Rubens e Simone, que se tornaram tão frequentes que todos na cidade já estavam comentando. Havia uma perplexidade geral diante da situação, porque o casal era visto como um exemplo de harmonia e felicidade. Arnon não soube dizer ao certo quando tudo começara; só sabia que os acontecimentos ocorreram de uma forma súbita e sem justificativa aparente.

Era como se Rubens tivesse se transformado em outra pessoa. Na empresa de pescados, ele passou a destratar os funcionários, e havia tempos centralizava todas as operações sob seu comando. Ele demitira o gerente financeiro e passara a administrar as operações de venda dos produtos. Ninguém mais tinha acesso a informações.

Carlo ouvia a tudo calado, com o máximo de atenção, e não foi difícil deduzir que Rubens o estava roubando. Só alguém com objetivos escusos agiria daquela maneira. Simone teria descoberto algo, e assim surgiram as brigas? Por que ela não o procurara antes?

Estava na hora de conversar com a filha. Aquele casamento estava destruído, e ela precisaria mais do que nunca de sua força e seu apoio.

— Sabe onde está Rubens? — Carlo perguntou com as feições carregadas de ódio e decepção.

— Soube que ele saiu de lancha de manhã cedo e ainda não retornou. Ninguém sabe dizer para onde foi ou quando volta.

— Vou para o apartamento de minha filha. Fique aqui no escritório, Arnon. Não saia em hipótese alguma, pois poderei precisar de você.

A caminho do *resort*, os pensamentos surgiam tumultuados na mente de Carlo. "Como Rubens foi capaz de mudar dessa maneira? Ele parecia um homem correto, de caráter irrepreensível e apaixonado por Simone. O que teria acontecido?", questionava-se.

Quando Simone abriu a porta do apartamento, Carlo quase não conseguiu conter as lágrimas. Ela estava muito mais magra, tinha o rosto abatido e uma expressão que denunciava cada minuto de sua agonia. Ele acolheu a filha em um forte abraço, compreendendo que a situação necessitava de medidas definitivas. Carlo a levaria de volta à capital ainda naquele dia, mas antes confrontaria o genro.

Ao se sentarem para conversar, Simone relatou ao pai a mudança brusca de personalidade ocorrida com Rubens. Ela não conseguia explicar que fatos o teriam levado a começar a agir de maneira irresponsável e até agressiva em muitas ocasiões. Era como se algo houvesse se apoderado de sua capacidade de discernir as consequências de suas ações. O homem amoroso, companheiro, educado e determinado, que se empenhava ao máximo para corresponder à confiança depositada por Carlo, dera lugar a um homem cruel, frio e indiferente aos compromissos assumidos, sem deixar um vestígio sequer daquela pessoa por quem ela se apaixonara.

Enquanto ouvia o desabafo da filha, Carlo concluiu que ela nada sabia das prováveis irregularidades cometidas pelo marido na empresa. Achou melhor não mencionar nada com ela. Não antes de ter uma conversa decisiva com Rubens.

Simone não sabia o que fazer. Ao mesmo tempo em que desejava ir embora e esquecer aqueles dias de solidão e tristeza, não conseguia ignorar o amor por Rubens, o que a levava a hesitar ante sua decisão, esperançosa de que as coisas ainda pudessem se acertar.

Com o coração partido, Carlo teve de mostrar a realidade para a filha, por mais dolorosa que fosse, e fê-la ver que todos os casamentos, mais dia, menos dia, passavam por suas crises, que têm as mais diferentes origens. Algumas são contornáveis e fazem parte da construção de uma união com vida longa e sentimentos profundos. Com o passar dos anos, as pessoas mudam, amadurecem, passam a ver a vida sob uma nova óptica e, dessa forma, é natural que as relações também mudem e precisem se adaptar. Quando essa percepção da necessidade de ajustes ocorre primeiro em um dos componentes do casal, os desentendimentos começam a surgir. Em uma comparação bastante elementar, é como se cada um falasse uma língua diferente, o que acarreta uma dificuldade de comunicação, mas, quando existe um amor construído em bases verdadeiras e sólidas, a crise é superada com tempo e muita paciência.

Entretanto, quando as portas se abrem para qualquer tipo de agressividade e desrespeito, é sinal de que o rompimento é necessário para evitar que um mal maior aconteça. A separação, em alguns casos, torna-se uma questão de preservação da sanidade física e emocional, e ele lamentava muito afirmar que esse era o caso do casamento de Simone e Rubens.

Simone relutou, mas acabou concordando que não havia mais a mínima condição de continuar vivendo ao lado do marido. Ela, então, decidiu fazer suas malas e voltar para a casa do pai.

Carlo disse para a filha que não partiria antes de ter uma conversa com Rubens e recomendou que ela não estivesse presente. Simone acatou, por fim, a decisão paterna sem contestar. Foram muitas as tentativas de diálogo com o marido e em todas elas Simone empenhou-se de várias formas para tentar compreender as razões de Rubens e ajudá-lo, mas tudo o que recebera em troca foi desprezo, ironia e ofensas. Não tinha mais nada a conversar com ele, e qualquer assunto relacionado à separação seria tratado por meio de seus advogados.

76

Alheia às suspeitas de Carlo sobre a conduta de Rubens na Brávia's Pescados, Simone decidiu tomar um banho e arrumar suas coisas, enquanto o pai se dirigia ao píer para esperar o retorno de Rubens, que deveria chegar a qualquer momento. E Carlo esperaria o tempo que fosse necessário.

Já passava do meio da tarde quando Carlo, bastante apreensivo, viu a lancha de Rubens aproximar-se.

Assim que a embarcação atracou, os dois homens se enfrentaram a distância, em um duelo silencioso e sem armas. Os olhares, contudo, transmitiam a hostilidade evidente.

Rubens desembarcou e caminhou até ficar frente a frente com Carlo, encarando-o com a arrogância de quem já pressentira não ser aquela uma visita de cortesia:

— Ora, ora, meu sogro! A que devo essa inesperada visita? — disse Rubens, estendendo a mão em cumprimento.

Ignorando o gesto, Carlo respondeu enquanto se virava de costas:

— Me acompanhe até o escritório. Precisamos conversar. — E saiu caminhando, enquanto Rubens o seguia em silêncio.

Ao fecharem a porta, Carlo não fez rodeios:

— Quero que me mostre todos os documentos de movimentação bancária, entrada e saída, e os livros fiscais.

Com um sorriso malicioso e a fala carregada de sarcasmo, Rubens respondeu:

— O que é isso, sogrinho? Há mais de um ano gerencio a empresa, e isso nunca me foi pedido. Está desconfiado de alguma coisa? — Rubens perguntou, já antecipando a resposta intimamente. Em segundos, ele avaliou que Simone finalmente cedera à sua fraqueza e chamara o pai.

Rubens estava saturado e pensava que chegara o momento de livrar-se de Carlo e de sua filha. O dinheiro roubado

77

estava seguro, e, antes que Carlo tomasse alguma medida, ele fugiria. Não tinha como dar errado.

Mantendo certo controle com muita dificuldade, mas com o ar sombrio, o empresário decidiu não dissimular e acabar logo com aquilo:

— Não sejamos hipócritas! Já estou sabendo de tudo. Simone me pediu ajuda, e Arnon me confirmou que você tem se comportado como um patife! Está destruindo a vida de minha filha, e tenho sólidas razões para acreditar que você esteve, esse tempo todo, desviando dinheiro de minha empresa!

— Muito perspicaz! — Rubens respondeu com uma gargalhada. — Você quer os livros? Vou entregar. Você pode levar tudo para a capital e mandar seu departamento financeiro analisar. Não me importo.

Dando sinais do profundo cansaço emocional que devastava sua alma, Carlo sentou-se na cadeira atrás da mesa e lançou a pergunta no ar, carregada de sincera incredulidade. Não havia rancor em suas palavras, mas uma profunda decepção:

— Por quê, Rubens? Eu o acolhi, confiei em suas boas intenções e no amor que dizia sentir por minha filha. Acreditei no seu potencial e lhe deleguei poderes, que um homem delegaria apenas ao próprio filho. Por que você nos traiu?

A forma como Carlo olhava-o, a aparência alquebrada que pouco fazia lembrar o empresário robusto e enérgico que ele conhecera e as profundas verdades ditas tocaram de alguma forma um lugar na alma de Rubens, capaz de fazê-lo sentir um resquício de piedade pelo homem à sua frente.

Mas foi um minuto efêmero!

Retomando sua postura arrogante, Rubens respondeu:

— Você realmente acha que são vítimas, não é? Mas estão enganados. As grandes vítimas nesta história somos eu... e minha irmã! — concluiu com a voz quase sufocada pelo ódio contido durante anos.

— Do que está falando?! — questionou Carlo completamente aturdido.

— Vamos para o apartamento. Quero que Simone ouça tudo o que tenho a dizer.
— Não! Vamos conversar aqui! Você já causou muita tristeza ao coração de minha filha.
— Não vou dizer uma palavra sequer se Simone não estiver presente. Quero que sua filha veja que não sou o calhorda que ela imagina e que tive todos os motivos do mundo para fazer o que fiz.

Diante da determinação de Rubens, Carlo precisou ceder, e ambos foram em direção ao *resort*.

Na capital, o tempo parecia ter parado. Bernadete, na quietude aflitiva de seu quarto, aguardava alguma notícia, sem saber que atitude tomar para se livrar da possibilidade de ter seu plano com Rubens descoberto.

A culpa, o medo e a insegurança são capazes de criar um cenário de uma realidade terrível, que muitas vezes jamais chega a se concretizar, e Bernadete já podia antever o futuro lastimável que a aguardava. Se não tomasse uma decisão naquele momento, poderia até ser presa. Se de fato Rubens tivesse sido descoberto, ele não teria nenhum motivo para omitir a participação de Bernadete em sua trama de vingança. Era questão de horas para Carlo voltar sua ira contra ela, e as consequências seriam as piores e inevitáveis.

Com as mãos trêmulas, Bernadete tentou ligar para Rubens mais uma vez, novamente sem sucesso. Não podia mais suportar a angústia e a iminência de ser denunciada como ladra.

Era agora ou nunca! Precisava fugir. Não ficaria esperando Carlo denunciá-la.

Sem conseguir manter o raciocínio organizado e lógico, Bernadete levantou-se desorientada e começou a tirar suas roupas do *closet*, jogando tudo de qualquer maneira em uma grande mala até que ela ficasse lotada e pegou outra do mesmo tamanho para abrigar os pertences que restavam e que estavam espalhados pelo aposento.

Muito nervosa, Bernadete dirigiu-se até o escritório, abriu uma porta na grande estante de madeira maciça e alcançou o cofre que ficava escondido naquele compartimento.

Carlo não sabia que a esposa conhecia a senha do cofre, que foi aberto por ela com facilidade. Bernadete retirou seu passaporte e um maço de dólares de valor bastante alto e fechou a porta do armário atrás de si, mas sem se dar conta de que deixara o cofre aberto. Isso também já não importava. Quando descobrissem o ocorrido, ela já estaria longe dali.

Quando passou pela mesa de trabalho de Carlo, Bernadete deteve-se por alguns instantes. Movida por algo que não decorreu de sua razão, ela pegou um porta-retratos com uma fotografia sua ao lado do marido, tirada no iate durante a lua de mel. Sem nenhuma expressão que delatasse seus pensamentos, olhou a imagem e voltou para a suíte, colocando a fotografia na mala ainda aberta e o passaporte e o dinheiro em uma grande bolsa de viagem.

Se fosse imediatamente para o aeroporto, Bernadete poderia pegar o primeiro voo para qualquer lugar do mundo que não exigisse visto, antes que a Polícia Federal surgisse em seu encalço, impedindo que ela deixasse o país. Chegando ao seu destino, compraria um carro e viajaria para qualquer outro lugar, pois certamente descobririam seu paradeiro por meio dos dados da passagem comprada.

Estava tudo perfeito, mas Bernadete precisava ir sem demora para o aeroporto. Ela, então, juntou tudo o que precisava e saiu sem nem falar com as funcionárias.

CAPÍTULO 10

A vida parece, às vezes, diluir-se como o sal na água. Os projetos fracassam e os sonhos são despertos por uma áspera realidade, dando lugar a um processo que retira qualquer perspectiva de dias melhores, criando um vácuo entre o ontem e o amanhã.

Enquanto arrumava suas malas, Simone flutuava nesse vazio, sem forças para sentir qualquer coisa. Cada gesto instintivo não passava de um reflexo da atitude a ser tomada.

Quando ouviu a porta de casa se abrir, a moça não teve nenhum movimento reativo até que Carlo entrou no quarto, despertando-a de sua apatia:

— Minha querida, preciso que venha até a sala. Rubens nos aguarda para uma conversa. — Carlo fez uma pequena pausa, aproximou-se e acariciou os cabelos da filha: — Você não é obrigada a confrontá-lo se não quiser. Não vou submetê-la a mais um desgaste.

Os olhos tristes de Simone voltaram-se para ele, com um diminuto brilho de esperança:

— Ele quer me ver? Quer conversar comigo?

Percebendo a ilusão à qual Simone estava se apegando e acreditando em uma possível reconciliação, Carlo apressou-se em esclarecer:

— Minha filha, você precisa ser forte! Tenho suspeitas de que Rubens estava fraudando a empresa... se apoderando de boa parte dos lucros em benefício próprio. Quando o acusei, ele foi irônico, mas não negou nem disse nada em sua defesa, o que só confirmou minha convicção. Ele disse que quer nos contar alguma coisa importante e que só o fará em sua presença.

Incrédula quanto ao que acabara de ouvir, Simone levou as duas mãos à boca, postas como em oração, pressentindo que o pior ainda estava por vir. De cabeça baixa, a moça buscou a segurança da mão paterna, e os dois seguiram juntos para a sala.

Enquanto isso, Bernadete passava pelo asilo para deixar com a diretora da instituição uma vultosa quantia para suprir as despesas pelos próximos quatro meses. Ela deu um beijo na mãe, que não a reconheceu, e saiu apressada para o aeroporto, onde teve a sorte de conseguir embarcar em um voo para a Europa. Da janela do avião, Bernadete observava em silêncio o infinito céu azul, única testemunha da lágrima solitária que lhe escorria pela face.

No *resort*, finalmente Rubens poderia externar toda a sua revolta e explicar a motivação de suas ações, que culminaram em grande tristeza e decepção para Carlo e Simone.

Pai e filha sentaram-se lado a lado, mãos unidas na apreensão inevitável, enquanto Rubens andava inquieto, imaginando como iniciaria seu discurso. Ele, por fim, concluiu que o melhor caminho seria a objetividade:

— Tenho certeza de que vocês dois estão me considerando um crápula da pior espécie, mas tive motivos mais do que justos para fazer tudo o que fiz! — Rubens fez uma pequena pausa e, diante do silêncio de seus ouvintes, prosseguiu, adquirindo uma segurança baseada na justiça de suas razões: — Vocês levaram toda a vida cercados de luxo, de tudo o que há do bom e do melhor. Simone teve a melhor formação, estudou nas melhores escolas e na melhor universidade.

A Bravia's é uma empresa reconhecida mundialmente, e a Pescados, com pouco tempo de atividade, tornou-se uma empresa sólida e de sucesso graças ao meu esforço e determinação. É justo que eu fique com a maior parte dos lucros.

Carlo ouvia Rubens, intrigado com o rancor que percebia na voz do rapaz:

— Então, você estava me roubando porque achava que era um direito seu ficar com os lucros da Pescados? Não imaginou que eu estava apenas esperando a empresa se firmar para lhe dar sociedade majoritária? Você é meu genro. É claro que eu pensaria em lhe oferecer meios para que pudesse ter uma vida estável ao lado de minha filha e...

— Mas qual é a relação de suas atitudes na empresa com a forma como começou a me desprezar, a destruir nosso casamento? Éramos felizes juntos. — Simone interrompeu o pai, com grande dificuldade para articular as palavras.

Rubens parecia um vulcão prestes a expelir toda a aversão que sentia, dia após dia, preso àquele casamento de conveniência. Não se importava com a dor que estava causando, pois considerava a sua, durante toda a vida, ainda maior, e eles eram os culpados. Em cada palavra ferina, o prazer do sabor da vingança:

— Simone... eu nunca te amei!

Uma onda de choque percorreu o corpo de Simone, e lágrimas surgiram incontroláveis em seus olhos. Carlo passou o braço sobre os ombros da moça, incapaz de aliviar o desgosto da filha.

Rubens prosseguiu:

— Me casar com você apenas fazia parte do plano. Quando a conheci e vi que era bonita e atraente, achei que não seria um grande sacrifício, mas eu estava enganado! Cada dia ao seu lado foi um tormento! Eu não conseguia suportar sua voz melosa me fazendo declarações de amor o tempo todo, querendo adivinhar meus desejos para me cercar de mimos e cuidados. Transar com você era um martírio, só minimizado quando eu estava no auge de minhas necessidades masculinas. Não suportava seu jeito de menina mimada, sempre paparicada pelo pai, achando que ele era o melhor homem do mundo. Você não tem ideia do quanto está equivocada! Queria que eu fosse igual a ele, sem saber que não há honra nos homens de sua família. Todos são uns ladrões sem escrúpulos, que fizeram fortuna e usufruíram de bens que não lhes pertenciam.

Simone não suportou ouvir as palavras agressivas do marido e baixou a cabeça entre os braços, tentando blindar seus ouvidos e fugir da terrível realidade que lhe era atirada na face sem nenhuma piedade. O corpo da moça tremia entre os soluços descontrolados, e Carlo apertava-a entre os braços, sentindo o rosto rubro de ódio pelo homem cruel e insensível que tinha diante de si:

— Chega, Rubens! Eu o proíbo de dizer mais uma palavra contra minha filha. Minha vontade agora é de quebrar a sua cara, mas quero saber a que você se refere quando atinge a honra de minha família.

Rubens sentou-se e esticou as pernas, enquanto usufruía o alívio do desabafo relaxando cada músculo de seu corpo:

— Me refiro ao seu avô Dante, um calhorda, safado, que construiu fortuna roubando meu avô Ralph, esse sim um homem honrado e trabalhador! — concluiu, enquanto cravava o olhar acusativo sobre Carlo.

Carlo não compreendia:

— O que você está dizendo? Meu avô Dante foi um grande homem, que chegou ao Brasil sem nada e trabalhou duro para construir o patrimônio que mantemos até hoje. O que seu avô tem a ver com isso?

— O canalha do Dante roubou a empresa de meu avô! Ralph chegou ao Brasil muito antes de Dante e já possuía uma empresa de pesca em franca ascensão. Não era ainda uma grande empresa, contudo, tinha tudo para se tornar próspera. Seu avô se aproximou do meu, fez-se de amigo, e anos depois conseguiu aplicar-lhe um golpe, ficando com a empresa e como todo seu pequeno patrimônio.

— Isso não pode ser verdade! — exclamou Carlo, estupefato.

— Claro que é verdade! Ou acha que eu me arriscaria neste plano, se não estivesse bem fundamentado na verdade que você, agora, quer negar. Foi exatamente isso que aconteceu. Dante roubou tudo o que era de Ralph. Quando constatou que estava irremediavelmente sem nada, meu avô ainda tentou pedir ajuda a Dante para que ele lhe desse pelo menos os meios para retornar à Noruega, sua terra de origem. Nessa época, ele estava casado e meu pai já havia nascido, ainda era um garotinho. Dante, no entanto, o escorraçou cruelmente, como não se faz nem a um animal, e, dizendo que o que Ralph ia fazer de sua vida não era problema dele, deu ordens expressas proibindo sua entrada na empresa que havia sido sua. Meu avô era uma pessoa justa com os empregados e, alguns, ao perceberem o que estava ocorrendo, pediram demissão. Dante, no entanto, pouco se importou. Dizia que quem não estivesse com ele para tocar os negócios estaria contra ele, deixando claro que não hesitaria em demitir quem se mostrasse solidário a Ralph.

— Isso só pode ser um grande mal-entendido. Você nem era nascido, Rubens! Como sabe de tudo isso? Como pode ter certeza de que não confundiu as coisas? De que não é vítima de uma intriga? — foi a pergunta repleta de aflição feita por Simone.

— Claro que tenho certeza do que estou falando, pois ouvi inúmeras vezes essa história ser contada por meu próprio pai. E vocês vão saber de tudo agora! — Rubens respirou fundo em uma breve pausa e continuou: — Vendo que não tinha nenhuma chance com Dante, meu avô mudou-se de cidade com a família. Ele foi para uma praia longe daquele lugar, onde viveu da pesca até o fim de seus dias. Meu pai cresceu em meio a muitas dificuldades e à escassez. Teve pouco estudo e, quando se tornou um adolescente, passou a pescar com o pai. Quando meus avós morreram, ele se mudou, arranjou um emprego em uma fábrica de sardinhas enlatadas e assim, na incerteza de dias melhores, tocou sua vida. Ele casou-se, teve uma filha, mas nunca conseguiu progredir, passando a acreditar em um destino penoso, de muito trabalho e poucas alegrias.

Nesse momento, o que parecia impossível para uma pessoa tão fria e calculista como Rubens aconteceu. Muito emocionado, ele ficou com a voz embargada e, enquanto continuava sua narrativa, seus olhos brilhavam:

— Com o passar dos anos, inconformado com seu infortúnio, meu pai começou a beber muito e entregou-se ao alcoolismo. Passava noites fora de casa, e seu casamento foi sendo aniquilado aos poucos.

Simone não conteve a ironia, associada ao ressentimento que se apoderava de sua alma:

— Pelo jeito, o mau-caratismo é hereditário. Bela herança seu pai bêbado deixou para você.

Rubens fez menção de se levantar e, fulminando Simone com os olhos, respondeu furioso:

— Jamais se atreva a mencionar meu pai novamente nesses termos, pois não sei o que sou capaz de fazer!

Carlo colocou-se de pé diante de Rubens, disposto a cometer uma loucura:

— Posso não ter sua juventude, mas, se ousar se aproximar de minha filha, juro que o mato!

Ponderando que não valia a pena o confronto físico, Rubens se satisfez em ver o estado lastimável em que se encontravam os dois à sua frente e prosseguiu:

— Minha irmã já era mocinha, quando meu pai começou um caso extraconjugal com minha mãe, e eu não demorei a nascer. Minha mãe também era pobre, e o caso com meu pai alcoólatra só lhe trouxe dissabores. Ela sempre me dizia que eu era a única coisa boa daquela relação. Ele nunca largou a esposa e viveu entre as duas famílias até ser devorado mortalmente por uma cirrose hepática.

Nessa altura, enquanto Simone se mantinha inquieta e alimentando um profundo ódio de Rubens, Carlo inesperadamente se aquietou e, sem expressar nenhum sentimento, pôs-se de cabeça baixa, enquanto ouvia atentamente o relato.

— Eu cresci também envolvido com o mar, seguindo a tradição de minha família. Fui pescador autônomo e trabalhei no porto até conseguir um emprego em uma grande empresa de pescados, onde permaneci até decidir começar meu plano para reaver, ao menos, parte da fortuna que foi roubada de minha família.

Tomada de horror, Simone não se conteve e, num impulso inesperado, atirou-se contra Rubens, desferindo vários socos no marido, que nem sequer foram sentidos por ele. O rapaz limitou-se a tentar contê-la segurando seus braços, enquanto Carlo a puxava de volta para o sofá, buscando acalmar a filha.

Quando os ânimos serenaram, Carlo perguntou hesitante:
— Como se chamava seu pai?

Após um longo suspiro, Rubens respondeu:
— Odin! O nome do principal deus nórdico.

Como se fosse um objeto sólido e sufocante, o silêncio preencheu todo o ambiente até ser rompido por Simone:

— Não sei se você é louco, capaz de criar essa história comovente, ou apenas um ser desprezível, um ladrãozinho barato, que vive de aplicar golpes como esse. Mas se pensa que vai sair impune daqui, está muito enganado. Vou ligar agora mesmo para a polícia e registrar uma denúncia contra você. Você vai mofar na cadeia, que é o lugar de gente de sua laia.

Quando ela ia pegar o celular, Carlo conteve a filha segurando-a pelo braço.

Havia decepção em seu rosto e vergonha em sua alma:
— Não faça nada, filha.

— O que está dizendo, meu pai?! Não pode deixar esse monstro impune.

Sua voz estava enfraquecida, e com esforço ele disse:

— Rubens pode estar dizendo a verdade!

Simone deixou seu corpo cair para trás no sofá, incrédula pelo que acabara de ouvir.

Rubens fechou os olhos por um instante, também exausto devido aos últimos acontecimentos e certo de que aplicara o golpe fatal em Carlo. Pelo que ouvira, Rubens estava certo de que conseguiria arrancar ainda mais dinheiro do sogro, além de sair livre.

— O que está dizendo, papai? — insistiu Simone aflita.

— Me lembro de ouvir esse nome, Odin, algumas vezes em casa. Sempre em conversas sussurradas entre meu pai e meu avô já muito velhinho ou entre meus pais. Tenho uma vaga lembrança de quando, já garoto, estava na empresa, e a secretária avisou que um tal Odin queria vê-lo. Meu pai chamou a segurança e, sem hesitar, mandou que o colocassem para fora. Me lembro de perguntar a razão de tal atitude, mas ele desconversou dizendo que era um pobre coitado, um bêbado, que vivia incomodando empresários em busca de uma ajuda impossível de ser realizada.

Novamente, o peso das palavras recaiu sobre os três como a laje esmagadora da verdade, soterrando as ilusões e mentiras.

Passada a emoção ao constatar a veracidade da narrativa de Rubens, Carlo tentou tomar as rédeas da situação:

— Você se diz vítima, mas se esquece de que agora as vítimas somos nós. Voltou sua vingança para pessoas inocentes. Apenas herdamos, eu e Simone, o patrimônio deixado por Dante para meu pai. Já lhe ocorreu que nada sabíamos sobre isso? Que não tivemos nenhuma participação no suposto golpe de Dante?

— Suposto não! É fato! Dante roubou Ralph, e isso é incontestável. Quanto a não saberem de nada, não tenho certeza se devo acreditar nisso, mas, de qualquer forma, vocês vêm usufruindo de uma vida que foi roubada de minha família. Dante está morto, não pode mais pagar pelo que fez, o que também vale para seu pai. Alguém teria que arcar com os erros do passado, e só podia ser você, Carlo. Lamento não poder dizer que sinto muito! E agora que sabe toda a verdade, acho que poderemos chegar a um bom acordo para abafar a vergonha de ver o nome de sua família na lama. Se fizer algo contra mim, contarei toda essa história para a imprensa. Será um desastre para suas empresas; você pode ficar arruinado. Melhor pensar em uma decisão conciliadora sobre um bom valor, e tudo ficará resolvido.

Simone encarou o pai apavorada, percebendo que Rubens tinha todas as cartas na mão. Realmente seria um desastre se aquela história fosse revelada à mídia, mas se recusava a ceder à chantagem do marido e temia que seu pai o fizesse.

Carlo ficou quieto e pensativo por alguns instantes para, em seguida, se levantar em silêncio. Rubens estava certo de que o sogro cederia à pressão e foi pego desprevenido quando Carlo, inesperadamente, investiu contra ele, aplicando-lhe um golpe certeiro no queixo, o que fez o genro tombar sobre a mesa.

Simone deu um grito desesperado e agarrou-se ao pai, colocando seu corpo entre o de Carlo e o de Rubens, tencionando evitar um revide.

Ao contrário do que ela imaginara, Rubens levou a mão ao queixo dolorido e recobrou o equilíbrio, enquanto Carlo esbravejava:

— Você acreditou que eu compactuaria covardemente com essa sua estratégia? Que eu cederia à sua chantagem, temendo um escândalo? Você não me conhece! Vou denunciá-lo agora mesmo. Ao ouvir sua história, que acredito ser verdadeira, mas não exatamente como foi contada por você, cheguei a pensar em entrarmos em acordo, afinal, nem você nem nós temos culpa pelos erros que nossos antepassados cometeram. Mas depois percebi que você não queria apenas que a justiça se concretizasse. Percebi que você não passa de um pilantra e aproveitador inescrupuloso! Que se dane o escândalo! Não vou ceder, porque você sempre iria querer mais. Um tipo clássico de vagabundo chantagista, mas que não levará um tostão nosso! E será obrigado a devolver o que já roubou.

Rubens apenas soltou uma gargalhada e nada respondeu.

De repente, Carlo lembrou-se de um detalhe:

— Você falou algumas vezes sobre sua irmã... ela está com você nisso? Se estiver, também responderá criminalmente.

Ainda rindo, Rubens sentiu mais prazer com a revelação que estava prestes a fazer. Queria ver Carlo sofrer uma decepção infinitamente maior:

— Tem certeza de que vai querer denunciar minha irmã? Tenho muitas dúvidas quanto a isso, porque você é um grande otário! — Rubens começou a rir sem se conter. — Minha irmã não é tão esperta quanto eu e entrou nisso porque eu precisava de um suporte. Ela mesma me disse que vocês não eram responsáveis pelas ações de Dante.

— Pelo que vejo, o grande malandro da família é você, mas vou denunciá-la assim mesmo.

— Vá em frente, então. Denuncie Bernadete!

Foram poucos segundos sem reação ante a revelação impactante, mas Carlo gritou de repente:

— É mentira! Vou matar você! — E atirou-se novamente contra Rubens, sem que Simone conseguisse segurá-lo dessa vez. Rubens, contudo, conseguiu esquivar-se e correu em direção à porta, por onde saiu rapidamente.

Esbaforido, Carlo disse para Simone:

— Ligue imediatamente para a polícia. Rubens vai tentar fugir. Mande a polícia para o cais. Vou atrás desse patife.

— Papai, por favor, tenha cuidado. Espere a polícia chegar.

— Ele fugirá antes que ela chegue. Tenho amigos que me ajudarão a deter Rubens, fique tranquila — concluiu e saiu atrás do genro sem hesitar.

Quando chegou ao cais, a lancha de Rubens começava a se afastar, mas não o suficiente para impedir que Carlo desse um grande salto, conseguindo cair desajeitado no interior da embarcação. Recompondo-se o mais ligeiro que pôde, ele subiu até o local onde Rubens estava no controle do barco, e ambos se atracaram em uma luta violenta, tudo levando a crer que um dos dois não sobreviveria.

O desfecho, contudo, foi ainda mais estarrecedor. Enquanto se agrediam, Rubens esqueceu-se completamente da navegação, e os dois homens não se deram conta de que a lancha desviava-se de sua rota original, aproximando-se dos rochedos no final da praia, contra os quais, em poucos minutos, ela se chocou, provocando uma explosão violenta e ensurdecedora.

CAPÍTULO 11

Simone chegou à praia a tempo de testemunhar a explosão. Tomada pelo pânico, a moça atirou-se na água, descontrolada e inconsciente de sua ação inútil e perigosa. Ela, então, foi contida por Arnon e levada de volta para a areia.

Socorristas envolveram-na em um cobertor, que não foi eficaz para amenizar o tremor que dominava o corpo gelado de Simone. Seus olhos ganharam um aspecto vítreo, como um portal para o vazio perturbador de sua incapacidade de compreensão:

— Ela está em choque! — alertou Arnon, enquanto solicitava, nervoso, que alguém providenciasse uma bebida quente.

— A ambulância está aqui em frente. Vamos, a moça precisa se deitar — respondeu o socorrista.

Simone foi colocada na maca e no interior do veículo, sem esboçar nenhuma reação.

Assim que Arnon se certificou de que Simone havia adormecido, induzida por um forte calmante aplicado em sua veia, ele afastou-se e foi caminhando em direção às pedras, onde já se encontravam a polícia e os bombeiros:

— Boa tarde, comandante. Alguma novidade? — perguntou ao chefe da equipe de resgate, enquanto observava, ainda perplexo, os destroços em chamas que consumiam não apenas a embarcação, mas suas derradeiras esperanças de encontrar Carlo com vida.

— A equipe já está vasculhando a área, mas até agora nenhum corpo foi encontrado.

— Existe alguma esperança de encontrá-los com vida?

Uma brisa leve soprou, como se pudesse levar pelo ar as palavras ditas baixinho, sem o poder inerente à convicção:

— Foi um acidente terrível, mas, se os dois homens foram atirados ao mar no impacto explosivo, eles podem ser levados pela correnteza e ainda chegarem com vida a alguma faixa de areia. Contudo, se estiverem muito feridos ou inconscientes... a morte, mesmo que não aconteça imediatamente, acabará ceifando suas vidas por afogamento. Desculpe a sinceridade, mas acredito que o senhor não esperava outra postura de minha parte. Já vi de tudo nesse trabalho, e acredite que milagres acontecem. Vamos ter fé. E a moça, como está?

— Adormeceu na ambulância. Vamos levá-la ao hospital, pois ela está em choque. Não sei qual será sua reação ao acordar, se o pior acontecer — e voltou novamente o olhar em direção ao mar, onde pôde ver os mergulhadores em seu incansável trabalho de resgate. — Por favor, se tiver qualquer novidade, entre em contato comigo — Arnon finalizou, entregando seu cartão para o oficial e despedindo-se.

No âmbito de suas sensações, nenhum significado, do real ou imaginário. A plenitude envolta em sons borbulhantes, de intensidade tênue e reconfortante. Um querer ficar, deixar-se levar por aquele sereno e desconhecido contexto. Até que seus olhos se abriram e, imediatamente, a água começou a invadir seus pulmões.

Debatendo-se e tomado pelo medo, nadou guiado pela refração da luz solar no fundo do mar, chegando à superfície com grande dificuldade. Assim que sentiu o ar abastecendo-o, nadou a esmo, obstinado, até sentir que uma onda o arremessava para frente vigorosamente. Ele não impôs nenhuma resistência e, quando sentiu a areia fofa sob seus pés, imprimou um novo esforço. O corpo curvado para frente, pernas flexionadas e braços abrindo-se lateralmente como se estivesse nadando até cair exausto na areia úmida, onde desfaleceu.

Quando recobrou os sentidos, a noite já havia chegado, trazendo com ela o ar marinho úmido e frio.

Carlo tremia, e seu corpo era uma estrutura dolorosa e pesada para suas débeis forças naquele momento. Sem se levantar, reparou que suas roupas estavam rasgadas e seus braços feridos. Pensou que provavelmente seu rosto também estivesse ferido, pois sentia escorrer até sua boca o gosto ferroso de sangue.

Lançou um olhar embaciado ao redor e não reconheceu a praia onde se encontrava. Existia uma enorme falésia que se estendia ao longo da areia até onde a vista podia alcançar, mas não havia vegetação. Por alguns instantes, Carlo tentou relembrar aquele cenário nas proximidades do estaleiro, nas cidades vizinhas, mas estava certo de nunca ter visto algo parecido por aquela região.

Confuso, e com muita dificuldade, ele levantou-se e começou a caminhar em busca de ajuda. Pensou que talvez fosse melhor ficar onde estava, porque alguém já devia estar à sua procura, uma equipe de resgate, certamente. O frio, contudo, era intenso e, mesmo sentindo fortes dores, Carlo pensou que andar aqueceria um pouco seu corpo. Decidiu não ir muito longe. Talvez encontrasse alguém, um pescador, durante o percurso.

Suas ideias estavam confusas, e Carlo não tinha lembranças nítidas do acidente, mas um pensamento estava claro e presente com toda intensidade: queria encontrar Rubens. Se o genro não tivesse morrido, ele o mataria com suas próprias mãos.

Os passos de Carlo estavam lentos e desequilibrados. Vencido pelo esforço executado, ele deixou seu corpo tombar novamente na areia.

Carlo ficou deitado de barriga para cima, mirando o céu negro e obscuro, sem o brilho da lua e o cintilar das estrelas. O som das ondas era sua única companhia. E, então, Bernadete invadiu seu presente, trazendo lembranças de um passado recente e feliz.

Sentindo o coração doer mais do que qualquer ferimento, Carlo lembrou-se das palavras de Rubens afirmando que Bernadete era sua irmã e cúmplice no plano para roubar seus bens.

"Isso não pode ser verdade. Conheço minha esposa, vivemos momentos de intensa felicidade. Ela me ama e é correspondida. Só pode ser mais uma mentira arquitetada por esse ser abjeto, com o único intuito de desestabilizar meu emocional e o de minha filha", pensou.

Uma lágrima desamparada desceu lentamente pelo rosto de Carlo, desenhando nas linhas que marcavam sua experiência de vida o tracejar de uma alma angustiada pela dúvida e pelo pesar.

Impossível precisar o tempo decorrido desde que Carlo conseguira chegar à terra firme, porque ele parecia estar abandonado em uma lacuna da existência.

Estava prestes a adormecer de exaustão, quando sentiu uma presença muito próxima. Carlo virou a cabeça com dificuldade até se deparar com um homem ao seu lado.

O homem reluzia como se possuísse luz própria, e Carlo apertou os olhos para se certificar de que aquela figura não era fruto de sua imaginação. A voz do desconhecido soou como um bálsamo para o desterro no qual se encontrava:

— Você não devia ter tentado caminhar. Está muito fraco ainda.

— Estava me observando? Eu não o vi em lugar nenhum... — indagou confuso. — Quem é você?

95

— Um amigo que apenas quer ajudá-lo.

— Não me recordo de já o ter visto alguma vez.

Junto com a resposta, um sorriso suave e afável:

— Você passou por uma situação muito traumática. Fique tranquilo... quando se sentir melhor, se lembrará. É melhor sairmos daqui, pois você precisa de cuidados e repousar para se restabelecer.

Virando o corpo com dificuldade e apoiando-se sobre o braço esquerdo, que estava menos ferido, Carlo disse:

— Tem razão, preciso ficar bem o quanto antes. Tenho contas a acertar com o canalha do Rubens. Se eu sobrevivi ao acidente, ele também deve estar por aí. Você não o viu? Também o conhece?

— Sim, eu o conheço, mas ainda não o vi. É melhor esquecer isso agora. Deve pensar em cuidar de si próprio.

Franzindo o cenho, Carlo retrucou:

— Se você o conhecesse, jamais me pediria isso. Não vou deixar passar em branco o que ele fez à minha filha Simone. Ele vai pagar também por ter me roubado. Não vou esquecer de jeito nenhum!

Um suspiro longo e profundo antecedeu as palavras do recém-chegado:

— Você está cheio de ódio no coração, e isso só lhe fará mal e retardará sua recuperação.

— Claro que estou com ódio. Na verdade, estou espumando de ódio. Você não sabe o que ele fez? — Carlo deu um risinho sarcástico. — Não deve saber, caso contrário, me daria razão. Parece ser um bom homem.

— Sei que ele não agiu corretamente, mas você deve deixar que a justiça faça o que tiver de ser feito. A dos homens ou a de Deus. Tudo vai ficar bem. Vou levá-lo comigo e logo verá que não há nada que possa ou deva fazer.

Carlo começou a se irritar:

— Estou começando a achar que você está mancomunado com Rubens. Você deve ser o cúmplice dele, e não

Bernadete, como ele queria que eu acreditasse. Pilantra, bandido! Vou destruí-lo com minhas próprias mãos!

O homem baixou a cabeça por uns instantes e silenciou em oração íntima. Carlo não prestava muita atenção, só conseguia focar em se vingar de Rubens.

— Para onde quer me levar? É uma armadilha? Acho que não devo confiar em você.

— Não é nada disso. Pode confiar. Quero apenas tirá-lo daqui e levá-lo a um lugar onde será muito bem atendido. Vamos! Eu o ajudo a se levantar — concluiu, aproximando-se um pouco.

Carlo esquivou-se com uma expressão de desconfiança:

— Não vou a lugar algum! Não sem antes saber onde está Rubens e acertar nossas contas — Carlo olhou em volta e perguntou: — Que lugar é este? Também não reconheço esta praia. Estou confuso.

— Já lhe disse... venha comigo. Quando estiver recuperado, conseguirá compreender que o melhor a fazer é não guardar esse rancor e desejo de vingança. Você não merece conviver com uma carga assim, tão destrutiva, pois sempre foi um bom homem. Não se deixe dominar por sentimentos negativos, que não lhe trarão nenhum benefício. Eles só lhe trarão mais dor e sofrimento.

Cada vez mais acometido pela ira, Carlo retrucou:

— Não adianta vir com essa conversa fiada. Rubens destruiu os sonhos de uma vida feliz que Simone projetou nesse casamento e tentou manchar a imagem de minha amada Bernadete, envolvendo seu nome em suas artimanhas sórdidas. É um ladrão barato, da pior espécie, e vai ter que pagar por tudo o que fez. Não confio na justiça! Eu mesmo vou acabar com ele.

— Ao menos, acredite na justiça divina. As próprias ações de Rubens serão seus juízes, os mais implacáveis. Ele acertará suas contas mais dia, menos dia, mas, enquanto você alimentar esse ódio, fortalecerá os laços que os unem. Pense em se cuidar e, com o tempo, entenderá tudo o que aconteceu, as razões por trás de todas as coisas. Então, até poderá perdoá-lo.

Carlo soltou uma gargalhada gutural:

— Perdoá-lo?! Jamais! E você, com esse seu jeito calmo e amigável, está dissimulando sua real intenção, querendo proteger Rubens, contudo, não vai conseguir me confundir. Não vou com você a lugar nenhum! Logo estarei melhor e irei atrás daquele calhorda. Você não vai me impedir! E depois, vou dar um jeito de voltar ao estaleiro. Não entendo direito o que está acontecendo, mas preciso ver Simone. Ela deve estar preocupada comigo. Talvez a polícia já tenha levado Rubens... não sei de nada.

Com um profundo sentimento de piedade, o homem falou:

— Só posso levá-lo, se concordar em vir por seu próprio entendimento.

— Já disse que não vou!

— Lamento muito, sinceramente — concluiu, virando-se para ir embora.

Carlo inquietou-se:

— Aonde você vai?

— Não posso ficar aqui. Outras pessoas precisam de mim. Mas, se precisar, se mudar de ideia, pode me chamar que virei sem demora — e começou a caminhar, afastando-se.

Enfurecido, Carlo amplificou sua voz, que saiu entrecortada pelo ódio e pela indignação:

— Que se dane você! Não preciso de sua ajuda. Quero destruir Rubens! Se for preciso, eu o matarei e sei bem cuidar disso sozinho.

O homem ainda olhou para trás mais uma vez antes de sumir inexplicavelmente:

— Meu nome é Haziel. Se precisar, é só chamar.

CAPÍTULO 12

Sentado ao lado do leito hospitalar, exatamente como fizera nas últimas quarenta e oito horas, Arnon observava a palidez serena de Simone. Ele a conheceu ainda menina, a viu crescer em meio aos barcos, sempre atenta a todo o processo construtivo e encantada com as embarcações, demonstrando desde pequena que seguiria os passos do pai e que assumiria, um dia, a direção do estaleiro. O que ele nunca imaginou é que Simone tivesse de tomar para si essa responsabilidade tão prematuramente.

Queria vê-la acordar, certificar-se de que ela estava bem, mas temia a reação da moça diante dos fatos que ele teria que lhe apresentar.

Quando os olhos da jovem começaram a abrir lentamente, buscando referências de sua situação, Arnon soube que não poderia se esquivar da triste missão que lhe cabia naquele momento. Não havia mais ninguém velando pelo bem-estar de Simone. Essa constatação fez o velho coração do homem vivido e experiente se enternecer e se preocupar com o futuro incerto da filha de Carlo.

Ciente da circunstância delicada, Arnon pediu à enfermeira que chamasse o médico para uma avaliação do estado de saúde de Simone. Após o exame, o diagnóstico foi positivo. Embora ainda enfraquecida pelo período acamada, sua saúde não apresentava nenhum problema sério. Ela poderia ter alta naquele mesmo dia.

Acompanhando o médico ao corredor, Arnon perguntou se poderia colocar Simone a par da situação e foi orientado que o fizesse o mais breve possível. Caso ela tivesse alguma perturbação grave em seu estado emocional, ele adiaria a alta médica.

E foi assim que Arnon decidiu não protelar mais o que precisava fazer e voltou para o quarto, encontrando Simone já sentada e bebendo um copo de suco. Assim que o viu, ela perguntou com a voz embargada:

— Meu pai...?

Arnon segurou sua mão e respondeu com a segurança que só a verdade oferece:

— Não o encontraram ainda, o que pode ser um ótimo sinal. Talvez ele tenha conseguido nadar até alguma praia próxima.

— Há quanto tempo estou aqui?

— Dois dias.

— Já o teriam encontrado se estivesse vivo. — Ela constatou, baixando resignada a cabeça.

— Não vamos nos precipitar. Não encontraram nenhum corpo, então, nos resta uma esperança. O comandante responsável pela equipe me garantiu que já presenciou muitos milagres em situações semelhantes.

— E Rubens?

— Nada ainda!

Simone ajeitou-se no leito, colocando as pernas para fora enquanto dizia decidida:

— Preciso ir embora. Quero acompanhar as buscas. Preciso saber como estão as coisas em casa, na casa de meu pai... — um súbito arrepio a acometeu, quando se lembrou de perguntar: — E Bernadete? Por que não está aqui?

Arnon engoliu em seco:

100

— Liguei para a casa de seu pai logo depois que você foi internada para pedir que Bernadete viesse ficar com você, mas uma funcionária me informou que a patroa havia desaparecido... Bernadete levou suas coisas, muitas malas, e sumiu sem dar nenhuma explicação.

Simone não conteve as lágrimas:

— Então era tudo verdade! Rubens e Bernadete são irmãos, e ela estava com meu marido nesse plano sórdido. — A dor em seu peito era devastadora: — Pobre papai! Como ele conseguirá superar tamanha traição? O que será de nós? — refletiu, sem a certeza de que ainda poderia estar ao lado do pai. — Me ajude, Arnon. Preciso ir. Você pode ficar comigo?

Ele lançou um sorriso afetuoso a Simone:

— Não a deixarei um só minuto, fique tranquila.

Pouco tempo depois, os dois chegaram ao apartamento de Simone, que, ao entrar, identificou em cima da mesa de jantar a carteira do pai, esquecida quando ele correu no encalço de Rubens. A moça pegou o objeto e abriu-o com as mãos trêmulas. Quando viu uma foto de Carlo e Bernadete juntos, virou-se para Arnon e abraçou-o soluçando:

— Por quê, Arnon? Por que a vida teve que ser tão cruel conosco, que nunca fizemos mal a ninguém?

Arnon não era um homem de fé e só entendia a vida que se apresentava diante de seus olhos, concreta, que ele considerava real:

— Não sei, minha querida. Só sei que vocês foram vítimas de um louco ou de um mau-caráter, que se aproveitou do bom coração de seu pai e do seu amor. Mas Rubens vai pagar por tudo o que fez! Ainda vão encontrá-lo, e ele será jogado na cadeia.

— E se ele estiver morto? Tudo estará acabado, e ele terá ficado impune.

Arnon franziu as sobrancelhas, demonstrando sua indignação e revolta:

— Se existe um inferno, a alma desse canalha vai direto para lá! Isso eu lhe garanto.

Simone não respondeu, mas, em seu íntimo, era o que desejava para a alma de Rubens. Ela pediu que Arnon a esperasse enquanto terminava de arrumar suas coisas. A tarefa havia sido interrompida quando Carlo chegou com Rubens para aquela terrível conversa, que ela agora lutava para esquecer.

Quando tudo ficou pronto, a campainha tocou. Arnon abriu a porta da casa e temeu que o pior tivesse acontecido ao se deparar com o comandante da equipe de resgate, que, sem entrar no apartamento, foi logo dizendo:

— Senhor Arnon, sinto muito trazer essa notícia, mas os corpos foram localizados. Nada mais pode ser feito. Ambos estão mortos.

Simone estava entrando na sala e chegou a ouvir a notícia. Quando Arnon percebeu a presença da moça, preparou-se para ampará-la, mas ela aproximou-se da porta, impassível, a face retesada sem nenhum traço de emoção, as costas eretas pela musculatura rígida:

— Comandante, sou a filha de Carlo e eu mesma tomarei todas as providências a partir de agora. Nossa família se resumia a nós dois. Como devo proceder?

O comandante olhou aturdido para Arnon, que sinalizou que ele respondesse:

— Senhora, os corpos serão levados ao Instituto Médico Legal. Devido às circunstâncias das mortes, será feita a necropsia, e depois os corpos serão liberados para serem entregues às respectivas famílias.

— E se ninguém reclamar um corpo, o que acontece?

Mais uma vez o oficial surpreendeu-se com Simone:

— Bem, alguém da família precisa fazer a identificação. Na ausência de parentes, outra pessoa pode fazer o reconhecimento e solicitar a liberação do corpo, mas é algo bastante burocrático.

Simone mantinha-se estática e inexpressiva:

— E se não aparecer ninguém para essa solicitação...

— O Instituto Médico Legal costuma ficar com o corpo por até trinta dias. Caso não apareça nenhum familiar para a identificação, ele será encaminhado para ser enterrado como indigente.

Simone voltou o olhar seco em direção a Arnon:

— Eu farei o reconhecimento do corpo de meu pai. Quanto ao outro, que a polícia faça o que quiser com ele... que joguem aos tubarões, no lixo, pouco importa. Não farei o reconhecimento.

— Ele é oficialmente seu marido. Você precisará do atestado de óbito para regularizar sua situação, caso queira se casar novamente um dia... — Arnon respondeu relutante.

Simone deu de ombros:

— Farei o reconhecimento, pegarei o atestado de óbito, mas não estou interessada no corpo. Arnon, veja como pode ajudar a me livrar desse estorvo.

Em silêncio, Arnon assentiu com a cabeça. A frieza de Simone estava deixando-o desconcertado.

— Já podemos ir ao IML fazer o reconhecimento, não é, comandante? — Simone questionou.

— Sim. Como é cedo, o corpo de seu pai pode ser liberado ainda hoje, no início da noite.

— Quero resolver isso o mais rápido possível. Depois, fretarei um helicóptero para o transporte de meu pai para a capital, onde farei o funeral. Ele tem amigos que vão querer se despedir.

Dizendo isso, Simone foi até o quarto, pegou sua bolsa e fez sinal para Arnon, que a acompanhou rumo ao necrotério.

Enquanto ela entrava no IML para a difícil tarefa de reconhecimento dos corpos, o funcionário de Carlo a aguardava ansioso. Sabia que a jovem sairia muito abalada, pois se tratava de uma situação extremamente penosa. Ao vê-la, no entanto, Arnon não sabia o que pensar. Simone parecia uma rocha inabalável, e isso o preocupava sobremaneira, pois conhecia o temperamento delicado e sensível da moça, muito

103

diferente do que estava presenciando. Intimamente, Arnon atribuía aquela postura a uma autodefesa e temia o momento em que Simone se desse conta da realidade.

Conforme prometera, Arnon viajou com Simone, providenciou o funeral e avisou aos amigos de Carlo sobre a cerimônia. Fez tudo para não sobrecarregar ainda mais a jovem.

A cerimônia, seguida da cremação do corpo do empresário, foi rápida e discreta, e finalmente Simone foi para o apartamento do pai para tentar reorganizar sua vida. O vazio imperava no ambiente e em sua alma. Seu coração transformara-se, da noite para o dia, em um deserto desprovido de vivacidade e sentimentos.

Arnon concordou com um pedido de Simone para que ele ficasse morando com ela até as coisas se ajeitarem. Ele tinha sido um amigo e homem de confiança do pai, e a moça precisaria de sua colaboração para tocar os negócios e algumas decisões pessoais, sobre as quais foi informado na semana seguinte, quando Simone retomou as atividades na empresa:

— Preciso que você contrate um detetive particular. Alguém que seja competente, sério e discreto, como a profissão exige. Não importa quanto isso me custará, mas quero o melhor.

— O que você está planejando? — Arnon questionou intrigado.

— Descobrir onde se meteu Bernadete!

— Não prefere fazer um boletim de ocorrência e denunciá-la por ter roubado seu pai?

— Não quero a polícia envolvida nisso. Preciso saber quem é essa mulher, procurar entender as razões que a levaram a compactuar com Rubens. Tudo indica que ela não tinha conhecimento do que aconteceu ao avô, ou, se tinha, não se interessou em vingar-se. Mesmo assim, Bernadete aceitou o convite de Rubens.

— E o que vai fazer quando a encontrar?

— Ainda não sei. Quando chegar a hora, saberei que providências tomar.

Carlo permanecia sem noção de tempo, situação e localização. Andava a esmo de um lado para outro sem saber o que fazer. Estava com fome, frio e sede e não encontrava ninguém a quem pedir ajuda.

Ele imaginava que seus ferimentos começariam a cicatrizar com o passar do tempo, mas isso não acontecia. Ou eles pioravam ou continuavam do mesmo jeito.

As ideias de Carlo estavam embaralhadas. Ele pensava na filha e seu coração apertava por não conseguir notícias. Em alguns momentos, sentia que estava prestes a morrer, mas a obsessão de encontrar Rubens e acertar as contas com ele o mantinha em pé.

Muitas vezes, Carlo gritava ensandecido, chamando pelo inimigo e fazendo juras de morte até cair exausto e adormecer. Quando acordava, o ritual de busca recomeçava.

A aparência de Carlo começou a transformar-se por meio de um envelhecimento célere e incomum, e seu rosto assumia, a cada dia, uma expressão cadavérica que expressava fixamente todo o seu ódio.

Os dias eram sempre escuros e densos, mas, em alguns momentos, ele podia ver entre as nuvens cor de chumbo uma tonalidade escarlate, viva e rutilante, reduzida a um pequeno espaço daquele céu enegrecido, e que logo desaparecia.

Em uma ocasião, Carlo avistou um grupo de pessoas. A princípio, sentiu um grande alívio, pois elas poderiam prestar-lhe ajuda. Mas, quando se aproximaram, ele apenas conseguiu ficar aterrorizado e estacou sem nada dizer. Eram homens e mulheres, maltrapilhos, de aparência primitiva, e estavam imundos, exalando um profundo mau cheiro. Uns se arrastavam como zumbis, e outros estavam com ferimentos ainda piores que os seus. Ao verem Carlo, um deles gritou para o que seguia à frente do grupo e que parecia ser uma espécie de líder:

— Veja, chefe! Mais um que podemos usar como nosso escravo — falou muito rápido, com uma excitação demente.

O outro olhou com desinteresse para Carlo:

— Negativo. Veja como está decrépito; isso aí não nos servirá para nada. Eu já o vi antes. É um louco que só tem em mente matar alguém... — e riu de satisfação, prosseguindo:

— Mais um idiota que não sabe o que está acontecendo com ele. Só nos trará problemas. Vamos embora.

E afastaram-se sem que Carlo compreendesse o que ele dissera, mas livre do medo que aquelas criaturas lhe causaram.

Às vezes, as dores eram horríveis, abatiam-no e deixavam-no desfalecido por vários dias.

Solidão, delírio, tormento.

Assim o tempo passava para Carlo, enquanto o ódio impregnava sua alma doentia e desesperada.

Em algum outro ponto daquela região sombria, Rubens acordava de um longo sono. Ao seu lado, um homem grande e forte, que se assemelhava a um guerreiro mouro, não só pelo porte, mas também pelas vestes que usava, observava-o em silêncio. Quando o viu, Rubens manteve-se tranquilo ao perguntar:

— Quem é você? O que aconteceu comigo?

Muito sério, o outro respondeu:

— Você não tem ideia? Realmente não sabe o que aconteceu?

Ao reparar em seu próprio corpo, Rubens percebeu os vários ferimentos:

— Houve um acidente com a lancha... eu estava lutando com... — ele sentiu o impacto das lembranças e continuou: — Foi uma briga com meu sogro... esqueci da condução do barco, e a lancha se chocou contra as rochas... Que droga! Estou morto?

O outro apenas assentiu discretamente com a cabeça.

Rubens cerrou os punhos:

— Aquele maldito! Foi tudo em vão! E quem é você?

— Me chamo Ariouk; sou um dos líderes daqui. Eu vi quando tudo aconteceu e o trouxe para cá, pois você precisava de cuidados. Sei que podemos formar uma bela aliança, mas quero conversar mais com você antes de tomar uma decisão.

— Então morrer é isso? Isso aqui não se parece com o céu! Onde estão os anjos, as flores, a música angelical e todas as belezas que alguns adoram relatar lá na Terra?

Ariouk sacudiu a cabeça de um lado para o outro, cruzou os braços musculosos e respondeu:

— Você trazia todas essas belezas dentro de si quando morreu?

— O que você está dizendo?

— Que sentimentos ocupavam seu ser quando você sofreu o acidente? Posso responder: você estava carregado de ódio e sentimento de vingança. Sua cabeça estava infestada de planos para prejudicar outras pessoas.

— Eu apenas queria justiça! — Rubens respondeu irritado. — Aquela família roubou meu avô, que poderia ter construído um belo patrimônio e dado conforto para todos nós. Em vez disso, por causa do safado do Dante, avô de Carlo, só conheci o trabalho árduo e muita pobreza durante toda a vida, enquanto eles viviam no luxo. Era um direito meu! Por acaso estou sendo castigado por isso? Por querer justiça?

Ariouk não era exatamente paciente, mas lhe interessava analisar o comportamento do recém-chegado:

— Isso não é um castigo. Essa ideia de céu e inferno, de punição, não passa de um meio de controle, de manipulação, que existe na Terra desde sempre. Você veio para cá porque aqui é o lugar que se adapta à sua vibração espiritual, apenas isso. E eu já o esperava, sabia do seu potencial.

— Como assim? Você me acompanha?

— Quando você começou a alimentar seu plano de vingança, seus pensamentos e sua vibração me atraíram e, desde então, nos tornamos parceiros. Com meus conhecimentos, posso me aproximar de quem ainda está na Terra e arregimentar muitas almas para objetivos em comum. Muitas de suas atitudes e decisões foram sugeridas por mim. — Ariouk sorriu com orgulho. — Eu apenas achei que você demoraria mais para chegar aqui, o que não impediria que continuássemos atuando juntos.

— Não sei se entendo bem o que está dizendo.

— Nosso vínculo se estabelece por formas semelhantes de encararmos a vida... e a morte.

— Me sinto vivo, nunca pensei que isso fosse possível. Acreditei a vida toda que tudo acabava quando morremos.

— Agora você sabe que não é assim.

— Por que está aqui?

— Porque eu quero. Sou um líder, tenho liberdade para agir conforme meus desejos e tenho aqui os que me servem e me obedecem. Aqui quem manda sou eu!

— Se eu quiser, posso ir embora?

— Claro que sim, você é um espírito livre. Por isso desejei ter essa conversa com você, para saber como se sente agora que sabe que seu corpo físico morreu. Existem outros, que vivem em outra região mais parecida com aquele céu que você descreveu. De vez em quando, eles aparecem por aqui e tentam resgatar alguns de nós. Eles mentem, tentam nos enganar com falsas promessas de uma vida gloriosa e cheia de paz.

— E por que você não partiu com eles? Onde vivem não é um lugar melhor?

— Melhor? Um lugar cheio de regras, onde temos de obedecer às determinações de superiores, sempre trabalhando sob ordens e envolvidos com muito estudo e palestras cansativas e intermináveis, sem nenhuma liberdade. Não quero isso para mim! Uma vida chata e sem aventura e diversão. Me responda uma pergunta: quando você falou com sua mulher no dia do acidente, disse coisas horríveis para ela... Eu estava ao seu lado e presenciei tudo. Você se arrepende do que fez a ela? Sente remorso pelo seu plano de vingança e por ter ferido pessoas que o receberam tão bem em suas vidas?

Rubens nem sequer hesitou ao responder:

— De jeito nenhum! Não suportava a vida ao lado de Simone e, como já lhe disse, meu plano era uma ação justa. Só me arrependo da besteira que fiz quando entrei na lancha, do meu descuido. Não poderei usufruir dos milhões que consegui tirar de Carlo. Esse é meu único arrependimento... um desperdício.

De repente, Rubens parou, apertou os olhos e sentiu a raiva dominar seus sentidos:

— E Carlo? Sabe o que aconteceu com ele? Sobreviveu ao acidente?

— Não! Ele também está morto.

— Pelo menos isso — Rubens respondeu com prazer. — Ele está aqui?

— Em uma região não muito distante.

Rubens gargalhou:

— Então ele se ferrou também! Não foi para o céu. — E riu de sua constatação.

Ariouk não conteve o riso também:

— Ele está muito mal e louco atrás de você. Está obcecado com a ideia de matá-lo.

— Carlo não sabe que eu morri?

— Ele nem tem consciência da própria morte. Está ferido, desorientado, sem noção do que está acontecendo. Um espírito perturbado, repleto de ódio e desejo de vingança.

— Ah! Como eu gostaria de encontrá-lo, de poder presenciar sua angústia e jogar naquela cara safada a realidade: que ele está morto, acabado. Se não poderei usufruir da fortuna que me pertencia, ele também não poderá.

Ariouk perscrutou minuciosamente as reações de Rubens e concluiu que sempre estivera certo. Aquela alma diante de si não trazia nenhum vestígio de remorso, nenhum traço de arrependimento; era um homem frio e calculista, profundamente ligado à materialidade, e alguém que descontaria facilmente todas as suas frustrações e sua raiva, impedindo que outras pessoas fossem felizes. Exatamente o que Ariouk queria ao seu lado. Ele, que fora um guerreiro, mas que nunca lutara pela paz. Suas guerras sempre aconteceram para subjugar os mais fracos, roubar tudo o que aumentasse seu poder e patrimônio, em uma ganância desenfreada e em um sadismo violento usado contra seus inimigos. Quando foi abatido por um exército adversário, o ódio de Ariouk transportou-o para onde vivia agora. Ele não queria esquecer, não queria perdoar aqueles que o mataram, não queria entender os sábios desígnios da vida, por isso, escolhera ficar onde estava.

Ariouk finalizou a conversa com Rubens fazendo uma promessa tentadora:

— Você terá sua oportunidade de ficar frente a frente com esse Carlo, e ainda lhe garanto que poderá se vingar dele aqui, no reino dos mortos. Tenho meios de permitir que você conclua seus planos, inclusive afetando duramente Simone. Terá o prazer de ver a destruição de seus inimigos.

Os olhos de Rubens cintilavam de prazer, quando os dois homens apertaram as mãos selando a nefasta cumplicidade.

CAPÍTULO 13

Foram dias conturbados e difíceis na Brávia's, enquanto Simone tentava, junto com os funcionários, retomar as atividades da empresa.

Arnon tornara-se um assessor atento, dedicado e sempre presente, procurando poupar Simone de preocupações e aborrecimentos, mas, em suas observações sobre o cotidiano profissional e pessoal da filha de Carlo, a postura que a moça adquirira após a morte do pai o estava deixando preocupado.

Apenas em um breve momento, no apartamento do *resort*, Arnon presenciou a dor que o sentimento de ter sido usurpada do melhor que havia em si causou a Simone. Foi um instante fugaz para, logo em seguida, ela assumir um comportamento reservado e aparentemente inabalável. Ela passara a tratar qualquer questão com objetividade, racionalizando cada decisão, parecendo uma máquina programada para resolver as situações de forma insensível e impessoal.

Arnon pensava que essa atitude seria um reflexo temporário da impactante e violenta perda, afinal, Simone não perdera apenas o pai, mas também o marido, que, antes de morrer, levara consigo as esperanças e os sonhos da moça. Se uma situação assim já seria um grande baque para pessoas maduras e experientes, o que isso poderia causar a uma jovem no início de uma vida brilhante? Isso era o que Arnon se perguntava diariamente.

Ele jamais abordou Simone para que falasse sobre seus sentimentos ou a aconselhou a buscar um acompanhamento médico ou psicológico, mas sabia que algo estava errado com ela. Simone sempre soube se impor ante os funcionários da empresa e era muito respeitada, contudo, tinha atitudes delicadas, gentis, sempre preocupada com o bem-estar de seus colaboradores. Agora, limitava-se a ser minimamente educada e nada mais.

Apesar da mudança de Arnon para o apartamento de Carlo, quando estavam em casa, Simone apenas trocava algumas palavras com ele na hora do jantar, sempre abordando assuntos sobre a empresa ou fazendo um ou outro comentário sobre futilidades. Depois, Simone recolhia-se a seu quarto, e os dois voltavam a encontrar-se apenas na hora de irem juntos para a empresa.

Era uma casa sem sorrisos, sem alegria no ar. Era preciso esperar que o tempo curasse as feridas profundas, e Arnon estaria ao lado de Simone, o que deu um novo sentido à sua vida. Era um homem sozinho, ficara viúvo poucos anos depois de se casar, não tinha filhos e passara a vida dedicando-se ao trabalho como um escudeiro fiel de Carlo. Sentia que era sua obrigação cuidar de Simone, por quem nutria um carinho de pai. Onde quer que Carlo estivesse — e se realmente existia algo além da morte —, ele ficaria feliz com sua dedicação.

O tempo, contudo, nem sempre é capaz de trazer as respostas esperadas, porque o ser humano, baseado em experiências impessoais ou particulares, costuma rotular os períodos da vida e dos acontecimentos, esquecendo-se de que o tempo necessário para cada episódio, bom ou ruim, segue a verdade divina. A concepção humana para o conceito temporal é sempre mesclada a expectativas e ansiedades, o que, muitas vezes, é fator determinante para frustrações e decepções.

É preciso confiar na sabedoria da vida, acreditar que tudo está certo como está e aproveitar cada minuto de uma espera, seja qual for, para fortalecer o espírito e a fé em um mundo maior. Cada amanhecer é a certeza de que ainda há muito a ser realizado!

Arnon criara a própria perspectiva sobre o quanto duraria o sofrimento de Simone e agora não conseguia vislumbrar a realidade de suas esperanças. Precisava pensar em alguma coisa para ajudar a jovem a recuperar sua alegria de viver.

Chegando ao continente europeu, Bernadete hospedou-se em um hotel confortável e simples. Conseguira partir do Brasil com um bom pé-de-meia, mas a incerteza quanto ao seu futuro a fazia ser bastante contida nos gastos.

Desde que decidiu partir, em nenhum momento Bernadete teve paz. Ela não sabia se Rubens havia sido preso e se Carlo tinha colocado a polícia em seu encalço. Ela só tinha a certeza de que a ida do marido ao litoral fora o estopim para que a verdade viesse à tona. Rubens não assumiria tudo sozinho, e, àquela altura, Carlo e Simone já deveriam saber da participação de Bernadete.

Precisava apagar seu rastro de fuga, pois a polícia facilmente saberia seu destino ao checar as companhias aéreas. A preocupação com a mãe também a atormentava. Sabia que a pobre senhora terminaria seus dias na clínica, necessitava de uma assistência vinte e quatro horas por dia e, embora não reconhecesse mais a filha, Bernadete achava que, estando por perto, poderia de alguma forma amenizar o sofrimento da mãe. A equipe de cuidadoras era excelente, mas a culpa pelo abandono repentino estava consumindo seu coração.

Qualquer deslocamento que fizesse agora teria que ser realizado por terra e o ideal seria que Bernadete comprasse um carro, mas não em uma loja. Não seria difícil encontrar uma pessoa vendendo um veículo usado, e, assim, a transação não exigiria nenhuma burocracia, pois o proprietário receberia o pagamento à vista, em dinheiro. Dessa forma, não haveria registro de seu deslocamento. Bernadete providenciaria tudo o mais rápido possível. Seria uma imprudência permanecer mais que poucos dias no lugar onde desembarcara.

Com a agonia dominando seu coração, Bernadete saiu pela cidade buscando meios de ligar para a clínica e receber notícias da mãe. Ela acabou adquirindo um cartão pré-pago e fez a ligação de um telefone público. Assim que conseguiu contato, o mundo desabou sobre seus ombros. Poucas horas após se despedir da mãe, a mulher faleceu enquanto dormia. Procurando manter o controle, Bernadete conseguiu conversar com a direção do estabelecimento e foi informada de que a quantia que ela enviara era mais do que suficiente para que providenciassem um funeral digno. Ela então explicou novamente que estava no exterior, que não poderia voltar naquele momento e solicitou que a mãe fosse cremada e que suas cinzas fossem depositadas em um jardim. Bernadete tentava justificar sua ausência de forma insistente, movida pela culpa, mas ouviu palavras consoladoras da diretora da clínica:

— Fui testemunha de seu amor e do cuidado com sua mãe. Fique tranquila pois cuidaremos de tudo. Sua presença neste momento seria simbólica, mas para o espírito não existem limites. Onde você estiver, o amor a conectará com sua mãe, e ela receberá as vibrações emanadas de seu coração.

Bernadete emocionou-se indo às lágrimas, mas sabia que a senhora tinha razão. O que restava de sua mãe na clínica era apenas o envoltório de uma alma linda, que estaria unida à sua onde estivesse.

Acertados os detalhes, ficou definido que o dinheiro que restasse após as despesas do funeral seria doado para alguma instituição de caridade a critério da direção da clínica, e Bernadete recebeu muitos agradecimentos por essa atitude:

114

— Temos uma instituição que acolhe famílias carentes. Damos abrigo, alimento e as encaminhamos para possíveis vagas de trabalho. Cuidamos do corpo e da alma, fazendo também um trabalho de evangelização muito bonito, para qualquer pessoa que queira participar.

Surpresa, Bernadete mencionou:

— A doutora Mônica, médica de minha mãe há anos, me disse em uma ocasião que seguia a doutrina espírita. A senhora também?

— Sim, Bernadete. Quase todos nós aqui da clínica somos espiritualistas.

Após um breve silêncio, Bernadete concluiu:

— Gostaria de saber mais sobre essa questão de vida após a morte.

— Quando voltar ao Brasil, venha nos fazer uma visita. Mas se quiser, por enquanto, veja nas livrarias a infinidade de livros disponíveis que podem começar a esclarecer suas dúvidas.

— Obrigada! Vou procurar. E agradeço-lhe o convite. Irei visitá-la assim que possível.

Bernadete desligou o telefone com uma sensação ambígua, uma emoção nova e desconhecida de medo e leveza, uma esperança injustificada diante de suas atuais circunstâncias. E um discreto sorriso, mais perceptível ao coração que aos lábios, surgiu em seu caminho.

O tempo passava, e Arnon percebia que Simone estava se fechando cada vez mais. O distanciamento das tragédias da vida costuma amenizar o sofrimento, e fica a saudade eterna, que se transforma em lembranças doces que permanecem em todos os corações. Com Simone, no entanto, estava sendo diferente. Quanto mais ela se afastava daquele dia fatídico, mais sua revolta revelava-se silenciosa e preocupante. A moça não queria superar o ocorrido, não queria esquecer,

115

não queria se fortalecer. Ao contrário! Sempre que podia, voltava ao assunto, ruminando os acontecimentos impossíveis de serem digeridos.

Por mais que Arnon tentasse desviar o foco da atenção de Simone, a moça sempre voltava a falar sobre Rubens, o roubo e o acidente. Em uma ação premeditada, ele conversou com o detetive e pediu que não tivesse pressa em sua missão de encontrar Bernadete. Tinha consciência da culpa da mulher de Carlo e de sua obrigação de pagar pelo crime, mas não achava que Simone estivesse pronta para enfrentar a situação. Não tinha certeza da correção de sua atitude, mas considerava que estava fazendo o melhor e foi protelando a investigação sem que Simone percebesse a artimanha do amigo. Na hora certa tudo se resolveria.

O sentimento negativo proveniente da alma aflita e atormentada de Simone foi um caminho aberto para Rubens conseguir se aproximar. Ele estava sendo auxiliado por Ariouk, que se comprazia com o desejo de vingança ainda fervilhante nas ações do novo comparsa.

O primeiro encontro entre o ex-casal aconteceu em uma tarde, quando Simone estava sentada sozinha em sua sala na empresa. Rubens mal acreditava na figura que encontrou sobrepondo a imagem da jovem bonita e vivaz com quem havia se casado. Simone estava esquálida, um fiapo de gente, se comparada à exuberância de outros tempos. Ela não podia vê-lo, mas sentiu um imenso desconforto repentino quando o visitante se aproximou e murmurou palavras em seu ouvido:

— Finalmente nos reencontramos. E, desta vez, ficaremos juntos por muito tempo. Você e seu pai me destruíram, mas vou destruir sua vida também. Você nunca mais terá paz.

Em um gesto impulsivo, Simone passou o braço violentamente sobre sua mesa de trabalho, jogando os vários objetos e papéis no chão e causando um ruído alto, que fizeram a secretária e Arnon entrarem sobressaltados na sala. Os dois estacaram diante de Simone, que, após derrubar tudo,

116

soluçava com a cabeça apoiada nos braços cruzados sobre a mesa revirada.

Ao voltarem à região obscura onde estavam vivendo, Rubens não conteve sua euforia:

— Você viu, Ariouk, como consegui desestabilizar Simone? Nunca imaginei que isso fosse possível. Não permitirei que ela tenha um minuto sequer de felicidade! — Rubens fez uma pequena pausa e continuou: — E quando poderei ver como Carlo está? Estou ansioso por isso.

Calmamente, Ariouk respondeu:

— Exatamente! Você está ansioso demais, excitado demais após seu encontro com Simone. Na hora certa, você satisfará seu desejo. Mas o que pretende?

— Quero continuar minha vingança. Se não pude concluir meus planos em vida na Terra, me vingarei aqui. Agora que descobri que a morte não é o fim, penso que tenho uma nova oportunidade e não a desperdiçarei.

— Pode ser também uma nova oportunidade para esquecer tudo isso e começar novos caminhos — comentou Ariouk, querendo certificar-se de que Rubens não vacilaria nem se desviaria de seus objetivos.

— Esquecer?! Nunca! Não permitirei que eles vivam como se nunca tivessem feito mal a ninguém.

— Carlo está morto... — ironizou Ariouk.

— Mas Simone está viva... ao menos, aparentemente. Eu a achei acabada, destruída, mas ainda é pouco. Você me disse que Carlo nem sabe que morreu, e eu quero ter o prazer de contar a novidade a ele — concluiu rindo.

Auxiliando Rubens, Ariouk não agia por caridade. Ele queria utilizar a energia densa do outro para suas próprias ações, que visavam unicamente a atender a seu instinto primitivo e ao desejo de espalhar a discórdia e o mal em seu caminho. Ele via a si mesmo como um injustiçado pela vida enquanto esteve encarnado e, por se considerar mais inteligente, forte e capaz de grandes realizações, acreditava que todos deveriam se submeter ao seu comando. Ariouk nunca visava ao bem-estar alheio. Tudo o que ele fazia era em prol de sua vaidade e satisfação pessoal e revoltava-se ao constatar que nunca recebera o valor devido. Morreu carregado de ódio, do qual jamais conseguiu se libertar.

Quando descobriu que a vida continua, Ariouk viu a chance de desenvolver todo o potencial que acreditava ter e decidiu que seria poderoso e temido naquele lugar onde estava agora. Ele começou a se aproximar de espíritos angustiados, revoltados e desesperados, aproveitando-se de suas fragilidades para subjugá-los e torná-los seus escravos. Ariouk conseguiu reunir um grupo que atuava sob suas ordens, um exército de alucinados, ao qual, agora, queria agregar Rubens.

Carlo prosseguia perambulando sem rumo, em um desvario incessante e extenuante. Matar Rubens era sua obsessão, e isso o consumia ferozmente, impedindo que seu espírito se recuperasse de todas as feridas, que se apresentavam cada vez mais purulentas.

Com o corpo largado nas pedras e buscando um descanso que nunca chegava, Carlo sentia os lábios ressecados e machucados pela salinidade da água do mar, que ele insistia em beber quando tinha sede. Não tinha mais nenhuma noção de suas ações e foi naquele momento que ouviu uma voz chamando seu nome. Ele não a reconheceu de imediato, mas a certeza de que alguém finalmente o encontrara o abasteceu de forças para se levantar e seguir em direção ao som. O resgate o tiraria daquele lugar terrível, e, quando recuperasse sua saúde, acertaria as contas com Rubens.

Qual não foi a surpresa de Carlo quando, após alguns passos alquebrados, ele se deparou com a figura de Rubens bem diante de seus olhos injetados, que se projetaram furiosos contra o inimigo.

Cambaleante e sem forças, Carlo atirou o corpo doente contra Rubens, que se esquivou com habilidade, deixando seu oponente desabar com a cara na areia. Apesar das dores e dos ferimentos sofridos no acidente, Rubens recebera um tratamento paliativo do mouro e conseguia estar em melhor forma que o sogro.

A certa distância, sem poder ser visto, Ariouk a tudo observava.

Rubens só faltava espumar seu ódio entre os dentes cerrados e, gritando, dirigiu-se a Carlo, que tentava se reerguer:

— Finalmente, eu o encontrei! Quero ver como você vai se virar agora, sem seu dinheiro e poder. Sofrerá ainda mais do que eu e minha família sofremos a vida toda e pagará por ter usufruído de uma fortuna que não lhe pertencia.

— Miserável! Vou matá-lo! O que fez a mim e à minha filha foi imperdoável! A cadeia será pouco para um ser ignóbil como você.

— Não seja idiota! Você não pode fazer nada contra mim! Olhe para si. Não passa de uma caricatura grotesca e macilenta do homem que foi um dia. Seu corpo está sangrando e há pus brotando por todos os lados. Acha que tem forças para investir contra mim? — Rubens, provocativo, concluiu às gargalhadas.

Enquanto Carlo olhava para si demonstrando grande confusão mental, Rubens não se conteve mais:

— Sabe por que você não vai me destruir? Porque já estamos mortos, Carlo. Você já era, velho.

Com uma expressão alienada, Carlo soltou as palavras lentamente, procurando compreender o que acabara de ouvir:

— Você disse que estamos mortos?! Isso é mentira! Impossível! Estamos feridos em decorrência do acidente que sofremos, mas estamos aqui. Posso vê-lo, falar com você, e meu corpo sente dor, fome e sede. É impossível que estejamos mortos. Você está querendo me confundir, contudo, não me fará de idiota.

119

— Você é um imbecil. Olhe para você, olhe para mim, veja o que restou de nós. A lancha explodiu nas pedras, e nós dois morremos. E agora você também sabe que o fim não é o que imaginávamos. Aqui estamos nós, Carlo. Somos a prova de que a morte não existe.

Carlo foi abaixando-se lentamente até se sentar, incapaz de encontrar argumentos que refutassem as afirmativas de Rubens, enquanto o pânico começava a dominar sua alma:

— Meu Deus! E Simone? O que será de minha filha? E minha querida Bernadete?

Rubens não acreditava que Carlo pudesse estar tão cego:

— Querida Bernadete? Você ainda não entendeu nada? Sua querida esposa era minha irmã e estava comigo no plano de recuperar pelo menos parte do que era nosso. Ela se casou com você com esse objetivo apenas.

Carlo não conseguia mais evitar a verdade e gritou a dor que dilacerava seu coração:

— Por quê?! Eu nem sabia da existência de vocês. As coisas que Dante fez aconteceram muito antes de eu nascer! Não entende que nunca tive participação nisso?

— Não me interessa. Se eu tivesse chegado até você, falado sobre toda a história, você me daria uma parte de sua fortuna? Claro que não! Esse era o único meio de tentar recuperar uma parte do patrimônio de minha família.

— Acabou, Rubens! Nem eu nem você usufruiremos de nada disso. Valeu a pena? O que será de Simone agora? O que será de nós? Como estará minha filha?

Foi com um prazer indescritível que Rubens respondeu:

— Simone está um lixo. Nem se parece com a menina mimada que você criou.

Sem compreender, Carlo perguntou aflito:

— O que está dizendo? Como sabe disso?

— Porque estive com ela. Sei como me aproximar de quem ficou na Terra. Sua filhinha jamais será feliz outra vez.

Tomado de uma fúria que resgatou uma força que Carlo não teve tempo de perceber de onde vinha, ele levantou-se e arremessou violentamente seu corpo contra o de Rubens, que, pego de surpresa, foi atingido e derrubado no chão. A luta recomeçou feroz, dando continuidade ao embate do dia do acidente, até que Ariouk surgiu e os afastou.

Carlo nem sequer prestou atenção no intruso:

— Se ainda me sinto vivo, vou descobrir um jeito de acabar com você — gritou descontrolado.

Rubens não se intimidou:

— Você não tem forças para isso! Eu farei da sua vida e da vida de Simone um verdadeiro inferno.

Sentindo uma dor aguda atingir-lhe o peito, Carlo desfaleceu, enquanto Ariouk se afastava com Rubens, levando-o quase à força para longe dali.

CAPÍTULO 14

A Brávia's jamais voltou a ser a empresa dinâmica dos tempos de Carlo. Os projetos estavam sempre rodeados de problemas, a maioria deles resultantes das exigências descabidas de Simone. Tudo a desagradava, e a moça conduzia as reuniões com um temperamento irritadiço ou enfadonho, explicitamente desinteressado, o que já começava a gerar comentários entre os funcionários, inclusive entre aqueles que não trabalhavam diretamente com ela.

Simone nunca mais quis voltar ao litoral e, quando sua presença era requisitada para supervisionar a finalização de uma embarcação, ela esquivava-se do compromisso, relegando as decisões à sua equipe de engenheiros, que assumia a tarefa receando os resultados diante do atual temperamento inconstante que a moça vinha apresentando.

Alguns poucos, mas sinceros amigos da época da faculdade, voltaram a procurar Simone após um período de respeito ao luto. Convidavam-na para jantares e confraternizações, mas ela sempre declinava sem muitas explicações. No início, havia uma insistência por parte dos amigos, que queriam de qualquer maneira ajudar Simone a se reerguer e a reassumir sua vida, contudo, diante de tantas negativas, eles foram se afastando ao perceberem a inutilidade do empenho.

Fechada em sua dor solitária, a filha de Carlo foi se tornando cada vez mais amarga e irreconhecível.

Todas as noites, após o jantar, Simone trancava-se em seu quarto e, até adormecer, passava horas pensando no pai, em sua história e em Rubens. Ela via e revia a trajetória de seu encontro com aquele que viria a ser seu marido, misturando sentimentos que se intercalavam entre a saudade daquilo que nunca existiu e a profunda tristeza pelo sofrimento causado em sua vida, justamente por quem lhe jurou amor na alegria e na tristeza.

Em vários momentos, aflorava em Simone uma intensa raiva de Dante, o verdadeiro responsável por toda aquela tragédia. Ele, com sua ambição desmedida, passara por cima das conquistas alheias como um trator, indiferente ao dano que causaria não só ao avô de Rubens, mas aos descendentes de ambos os lados. Ele espalhara a tristeza, deixando um legado de lágrimas e vergonha.

Durante toda a sua vida, Simone aprendeu com o pai o valor do senso de justiça, a conquista por meio do trabalho honesto, o respeito aos valores que compõem a estrutura do homem civilizado, e tudo agora a levava a crer que nada valera a pena. Por que ser bom, se o mal circula livre por toda a parte, por todas as esferas da sociedade? Por que ser correto, se o incorreto segue impunemente pela vida? Por que amar, se o ódio nos torna impotentes e indefesos com suas artimanhas?

Simone não tinha respostas para nenhum desses questionamentos e havia muito desistira de procurá-las. A moça acabou aceitando como verdade absoluta que o caminho que a protegeria de futuras decepções e de sofrimento era fechar seu coração para qualquer resquício de empatia. A ela agora só interessava realizar suas vontades e fazer o que considerava que seria bom e justo para sua vida. Os outros que cuidassem de suas vidas, porque, para a moça, só a dela importava.

Rubens estava começando, tão cedo, a se tornar um estorvo. Ele cumpria todas as ordens que recebia com eficiência e destreza (disso Ariouk não podia se queixar), mas seu único foco era continuar sua trilha de vingança contra Carlo e Simone. Diariamente, ele pedia com insistência para o chefe ajudá-lo a interferir na vida da ex-mulher. Queria assediá-la o tempo todo e precisava ser contido em sua ânsia. Cedendo, por fim, aos pedidos, Ariouk decidiu agir:

— Rubens, terei uma conversa com Carlo agora. Facilitarei a aproximação entre ele e a filha. Atormentado como está, será uma péssima influência e terá fácil acesso ao espírito fragilizado e rancoroso de Simone. Com certeza, isso criará grandes problemas e sofrimentos para ela.

Exultante, Rubens disse excitado:

— Perfeito, mestre! E quando agiremos? Imediatamente?

Franzindo o cenho, Ariouk respondeu imperativo:

— Você não irá a lugar algum. Carlo não me conhece, e eu preciso ganhar a confiança dele. Se você estiver junto, isso não será possível. Fique aqui. Quero que execute algumas tarefas enquanto eu estiver fora.

— Mas isso não é justo! Não quero perder esse espetáculo.

— Você poderá presenciar a derrocada de Simone no momento certo. Por enquanto, sua presença só obstruirá o sucesso de meu plano.

Contrariado, Rubens acatou as ordens de Ariouk e viu-o partir sem lhe fazer mais nenhum questionamento.

Carlo andava na escuridão da praia sentindo a inferioridade de seu ser diante das falésias e da condição na qual se encontrava. Determinado a encontrar novamente Rubens, seguia sem rumo, entretanto, nunca conseguia ir muito longe. Às vezes, parecia que ele tinha caminhado horas, mas tinha a sensação de não ter saído do lugar. A paisagem era monótona, e ele não encontrava nada que lhe servisse de referência a respeito de sua posição. Esporadicamente, Carlo ouvia gritos, choros e gargalhadas, sem identificar a origem e a direção, o que o deixava temeroso em relação ao que poderia encontrar pela frente e o fazia retornar a lugar nenhum, pois nunca sabia exatamente de onde havia partido.

Ariouk encontrou Carlo em pé, molhando os pés na água daquele mar escuro e fétido, e aproximou-se com cautela:

— Parece que você está precisando de ajuda.

Carlo direcionou o olhar esbugalhado para o recém-chegado e nada respondeu.

Ariouk insistiu:

— Você não está nada bem. Me deixe ajudá-lo de alguma forma.

— Quem é você? O que quer comigo?

— Eu apenas auxilio quem precisa. Sou uma espécie de guardião deste local, e é meu dever socorrer os necessitados.

— Pois para mim você parece um guerreiro. Não sei se devo confiar em suas palavras.

— Insisto que pode acreditar em mim. Percebo quando alguém está emanando energias frágeis e debilitadas. Sou um amigo...

Carlo ainda o olhava desconfiado, e Ariouk continuou:

— Vejo que não está convencido ainda, mas pense bem... que alternativa lhe resta? Olhe em volta... Alguém mais se aproximou oferecendo-lhe algum tipo de apoio?

Carlo examinou o entorno e, não encontrando argumentos para contestar o questionamento de Ariouk, encarou-o novamente, calado e analítico. Nesse instante, o mouro percebeu que o homem estava cedendo à sua abordagem e pensou que chegara a hora da cartada definitiva:

— Sei que você está em busca de vingança, e eu posso ajudá-lo a concretizar seu desejo. Tenho meios de levá-lo até a pessoa que você mais amou na vida. Gostaria de ver como está sua filha, Simone?

Sem conseguir controlar as lágrimas, Carlo respondeu entre soluços:

125

— Poder ver como está minha querida filha é o que mais quero! — Carlo fez uma pausa e falou: — Me diga uma coisa: me disseram que estou morto. Não consigo compreender.

— Sim, você está morto. Seu corpo físico morreu. A matéria se deteriora e desaparece, mas o espírito permanece.

Revirando os olhos com ar alienado, Carlo voltou a falar:

— Me leve até minha filha, eu lhe imploro. Preciso saber como ela está... Simone poderá me ver?

— Não! Mas, se ela estiver em sintonia com você, poderá sentir sua presença, mesmo que não tenha consciência de que você está lá.

— Podemos ir agora?

— Neste exato momento. Venha, se apoie em meu braço.

Logo em seguida, os dois espíritos foram esmaecendo até desaparecem.

Simone acabara de participar de mais uma reunião tensa com um cliente e sua equipe e entrou no escritório batendo a porta violentamente.

Assim que se sentou em sua cadeira, Carlo chegou com Ariouk.

Ao ver o aspecto daquela figura excessivamente difícil de ser associada à imagem que guardava de sua filha, Carlo foi tomado novamente por um ódio incontrolável. Ele aproximou-se de Simone e, com a voz alterada e nervosa, começou a falar:

— Minha querida! O que aconteceu com você? Como pode estar assim, tão abatida... — ele falava e chorava. — Acho que você não pode me ouvir, mas o homem que me ajudou a chegar até aqui me disse que percebe minha presença. Não sei como, contudo, isso não importa. Quero que saiba que encontrei o canalha do Rubens no lugar onde estou. Ele também morreu no acidente. Juro a você, minha filha, que acabarei com ele. Se não posso matá-lo, deve ter alguma maneira de destruí-lo. E eu descobrirei.

Ariouk observava sem interferir, e Carlo prosseguiu:

— Agora eu sei que Berna estava mancomunada com Rubens para nos prejudicar. Eles realmente são irmãos. Não sei o que aconteceu com ela, mas você não pode permitir que fique impune. Você precisa colocar Bernadete na cadeia. Não descanse até fazê-la pagar pelo que os dois fizeram juntos. Nós vamos nos vingar!

Simone inquietou-se na cadeira, passou a mão trêmula de modo nervoso no pescoço e depois na testa, enquanto seu semblante se fechava, contorcendo-se em uma careta, um trejeito quase doloroso.

A moça pegou o telefone sobre a mesa em um gesto abrupto:

— Arnon, venha até aqui imediatamente!

Ele entrou logo em seguida, já imaginando que algo ruim o esperava. Nos últimos tempos, não encontrava nenhuma razão para pensar diferente. Mal fechou a porta, Simone perguntou com voz ríspida:

— Por que o detetive não deu nenhuma notícia sobre o paradeiro de Bernadete até agora?

Tentando manter o controle, Arnon respondeu:

— Não é fácil encontrar o rastro de alguém que fugiu, Simone. Não temos muitos dados para oferecer de base na investigação. Sabemos que o que nos foi contado não passava de uma teia de mentiras.

Simone bufou, remexeu em alguns papéis e voltou-se novamente para Arnon:

— Pois não quero que faça mais nada! Esse detetive é um incompetente, e pensarei em uma solução melhor. Pode dispensar os serviços dele. Agora, pode ir. Quero ficar sozinha.

Arnon considerou melhor não dizer mais nada e retirou-se. Acertaria os honorários do homem e faria o que Simone havia mandado.

Carlo emocionou-se ao rever o funcionário e amigo e falou com Ariouk:

— Esse é Arnon; trabalhou comigo a vida toda e é uma excelente pessoa. Ele está assessorando minha filha. Isso é muito bom, me tranquiliza. Ainda não pegaram Bernadete. — Carlo aproximou-se novamente de Simone e disse: — Não desista, minha filha. Não descanse até colocar as mãos naquela mulher.

Ariouk fez um sinal para Carlo de que era hora de partir, mas o homem ainda teve tempo de ouvir a filha soltar um grito gutural ao arremessar um peso de papel contra a parede.

Ao voltarem para a praia, Carlo mostrou-se muito agradecido pela oportunidade que tivera, e Ariouk aproveitou para enredar ainda mais aquela pobre alma:

— Em algum momento, você terá oportunidade de retribuir o favor. Preciso ir agora, mas voltarei em breve para falarmos sobre sua vingança.

— Me leve com você... não suporto mais esta solidão.

— Não posso levá-lo comigo.

— Preciso sair daqui! Esse lugar é horrível!

— Você realmente quer sair daqui? Os missionários podem vir socorrê-lo, se pedir a ajuda deles sinceramente.

— Quem são esses missionários? Como posso falar com eles? O que preciso fazer? — Carlo indagou ansioso.

Com um sorriso de lado, Ariouk respondeu com a voz grave:

— Em primeiro lugar, perdoe seu inimigo e desista dessa vingança.

Carlo curvou-se como se tivesse sido golpeado no estômago:

— Perdoar Rubens? Jamais desistirei, nem que isso me custe permanecer neste inferno.

— Então, que seja feita sua vontade — Ariouk finalizou, desaparecendo em seguida.

Assim que Simone deu a ordem a Arnon sobre o detetive, ela juntou suas coisas e deixou a empresa. A secretária e Arnon ainda tentaram detê-la, argumentando que tinham outras questões pendentes e compromissos que demandavam sua presença, mas a moça, sem lhes dar ouvidos ou satisfação, retirou-se batendo a porta.

As atitudes da filha de Carlo estavam deixando Arnon extremamente preocupado. Os negócios começaram a ir mal, muitos clientes desistiram da aquisição de embarcações, engenheiros, projetistas e técnicos reclamavam da indiferença de Simone, e o serviço, muitas vezes, ficava estagnado aguardando uma resposta ou decisão da diretora, mas era em vão, pois ela não se dava mais ao trabalho de resolver as questões.

A empresa começou a perder dinheiro quase todos os dias, e Arnon só conseguia manter um prognóstico catastrófico se a situação não mudasse.

CAPÍTULO 15

Conforme havia planejado, Bernadete conseguiu comprar um carro sem a necessidade de se expor mais que o necessário e partiu assim que voltou ao hotel.

Ela estava sem planos para onde ir e sem perspectivas sobre como conduzir sua vida dali para a frente. Enquanto dirigia pelas belas estradas europeias, seu pensamento vagava pelo passado e pelo presente, questionando a validade de tudo o que fizera. Pensou em Carlo, na vida tranquila e feliz que levavam, nos bons momentos que passaram juntos, e, de maneira inesperada, seus olhos brilharam revelando uma saudade associada a um vazio que até então ela desconhecia.

Os sentimentos que brotavam no coração de Bernadete deixaram-na confusa e entristecida, impedindo-a de compreender seu próprio interior. Até a lembrança de Simone a envolveu em doces memórias, da confiança que a enteada depositara nela e da forma cruel como decepcionara a jovem com sua traição.

Como estariam Carlo e Simone agora? Será que Rubens conseguira fugir? A incerteza do rumo dos acontecimentos deixava o coração de Bernadete repleto de agonia e medo e foi com muito custo que ela conseguiu se desvencilhar daqueles pensamentos, ligando o rádio e procurando apreciar a paisagem.

Sem saber ao certo seu destino, Bernadete pensou em ir o mais longe que pudesse e, se fosse preciso, faria paradas em pequenos hotéis pelo caminho para descansar.

Todas as vibrações boas e suaves que Bernadete emitiu enquanto pensava em Carlo, em seus momentos de felicidade, chegaram até o marido, que estava sentado nas pedras mirando o escuro vazio à sua frente. A solidão e o ódio consumiam-no lentamente, mas, naquele momento, o pensamento de Carlo conectou-se às energias emitidas por Bernadete, o que o fez sentir uma profunda saudade da ex-mulher. Ainda lhe custava acreditar que ela fora capaz de tamanha traição, afinal, Carlo lhe oferecera o mundo, tanto em termos de sentimento, como em segurança material.

A boa impressão que Carlo sentiu com as lembranças, contudo, foi efêmera e desvaneceu-se assim que ele pensou em como Bernadete fora capaz de apunhalá-lo pelas costas. Com a cólera dominando seu espírito novamente, ele começou a gritar chamando por Ariouk. Queria seguir seu objetivo e se vingar de Rubens, mas Ariouk não apareceu, o que o deixou enlouquecido.

Os sentimentos ruins são como erva daninha, que cresce em meio a um belo jardim, sorrateira e ameaçadora. O ódio, a revolta, o desejo de vingança envolvem nosso interior e entremeiam-se com todos os sentimentos bons que possuímos, sufocando lentamente o que temos de melhor até enfraquecer nossa capacidade de discernimento e dominando nossas ações.

A melhor maneira de impedirmos esse avanço de maus pensamentos, que geram más ações, é vivendo cada dia conectados com a esperança, a fé e a alegria de viver. Mantendo-nos no bem, fortalecemos nossas forças para reprimir tudo o que pode nos conduzir a caminhos que nos levem ao encontro de dor e lágrimas.

Carlo, contudo, estava perdido e desorientado, sem a menor condição de receber o auxílio de que tanto necessitava.

O empresário bem-sucedido e pai amoroso era agora uma assustadora criatura guiada pela própria loucura.

Embora se mantivesse atento a todas as atitudes de Simone no comando da empresa, nada foi capaz de prevenir Arnon da sandice que ela estava prestes a cometer. Em uma reunião a portas fechadas na sala da diretoria, ele tomou conhecimento de que a moça colocaria a Brávia's à venda.

A notícia não poderia ter causado maior impacto em Arnon, que demorou alguns segundos para compreender o que acabara de ouvir. Simone justificou-se dizendo que não tinha mais condições emocionais para conduzir os negócios e que tinha uma missão muito mais importante, que era encontrar Bernadete, e a isso dedicaria toda a sua atenção e seus dias. A morte de Carlo não seria em vão.

Arnon usou todos os argumentos possíveis para dissuadir Simone de cometer o maior erro de sua vida, mas tudo o que conseguiu foi a promessa de que ela apenas iria abrir o capital da Brávia's e negociar quarenta e nove por cento das ações, mantendo-se, contudo, como sócia majoritária. A moça decidira, no entanto, que iria nomear o futuro sócio como presidente, e ele cuidaria de tudo enquanto ela se mantivesse afastada da empresa para seguir sua caça.

Simone deixou claro que contava com Arnon para permanecer como assessor do futuro dirigente; ele seria seu representante e acompanharia o desempenho da nova direção. A moça também solicitou que ele aplicasse as ações da empresa na bolsa de valores e que fizesse tudo o mais rápido possível. Simone queria desvencilhar-se o quanto antes de suas obrigações profissionais, pois seu pensamento estava fixo em Bernadete.

Arnon, por sua vez, sabia que era inútil contrariar Simone em seu estado atual e, conforme as determinações da moça, prosseguiu com a venda das ações.

Enquanto aguardava o resultado da negociação, Simone manteve-se afastada da empresa, deixando os funcionários em polvorosa. Tudo estava de pernas para o ar. Contratos foram cancelados e até alguns pagamentos, que dependiam da assinatura da diretora, foram protelados, deixando a Brávia's em uma posição de inadimplência, como nunca acontecera nos tempos de Carlo.

Depois de avaliar a questão, Arnon considerou que a venda de parte das ações poderia trazer algum benefício ao estaleiro. Se continuasse no rumo dado por Simone, com seu descaso e sua obsessão pela tragédia que assolara sua vida, a Brávia's terminaria seus dias como uma empresa falida — e isso ele não deixaria acontecer.

A primeira parada de Bernadete foi em Trujillo, Espanha. Ela desembarcara em Lisboa, onde permaneceu poucos dias, e decidira ficar um pouco mais de tempo em Madrid para tentar reorganizar a vida.

Bernadete estava dirigindo havia mais de três horas e precisava comer e descansar. Viajar de carro sozinha era bastante monótono, e o cansaço poderia causar um acidente fatal.

No centro da cidade, ela encontrou um local que parecia bastante agradável e, após pegar algumas informações, soube que se tratava de uma excelente hospedaria. O prédio era uma construção do século XVI que fora restaurada, e a arquitetura e o ambiente do local cativaram-na imediatamente.

Em pouco tempo, Bernadete já estava registrada e acomodada em seu apartamento. Exausta, ela nem se deu ao trabalho de desfazer as malas e atirou-se na cama, adormecendo em seguida.

O sono de Bernadete desenrolava-se muito agitado e repleto de imagens difusas, mas ela conseguiu reconhecer Carlo e Rubens. Ambos estavam muito feridos e se agrediam verbal e fisicamente. O rapaz parecia em melhores condições, e nenhum dos dois conseguia vê-la. Bernadete gritava, pedindo-lhes que acabassem com a briga, mas não era ouvida.

Bernadete revirou-se na cama. A testa da mulher gotejava suor, e seu rosto contorcia-se em uma expressão de agonia. De repente, ela levantou-se em um sobressalto. Todo o seu corpo tremia.

Já havia anoitecido, e a lembrança do pesadelo impediu-a de conciliar o sono novamente.

Embora não conseguisse ter uma percepção clara das imagens que lhe atormentaram, a má impressão que causaram a Bernadete ficou arraigada em sua alma, causando-lhe uma grande aflição.

Ela precisava saber o que estava acontecendo no Brasil. E se Rubens tivesse conseguido inventar alguma desculpa muito convincente, capaz de continuar convencendo Carlo e Simone de seu bom caráter? E se ela tivesse se precipitado na fuga, o que todos estariam pensando agora?

Será que Rubens, em sua sede de vingança, seria capaz de jogar a culpa nela de alguma forma para continuar roubando a fortuna de Carlo sozinho? Quando chegasse a Madrid, tentaria obter notícias em jornais ou pela internet.

A fome finalmente lhe atacou o estômago vazio, causando-lhe uma grande náusea, mas Bernadete estava cansada demais, física e emocionalmente, para pensar em sair em busca de um restaurante. Pediu um sanduíche e um suco, que foram suficientes para satisfazer seu apetite e, após o lanche, abriu uma das malas e retirou dois livros que havia comprado em Portugal. Um deles fazia parte da bibliografia básica da doutrina espírita, e o outro tratava sobre metafísica moderna.

Bernadete folheou os dois rapidamente sem muito interesse, mas se ateve a uma página de um deles onde estava escrito

"A carne é fraca". Leu algumas linhas e começou a pensar em como se metera naquela enrascada armada por Rubens. Nunca fizera mal a ninguém e levara sua vida até então com simplicidade e sem grandes ambições. Que tipo de sedução o poder do dinheiro exercera sobre ela para que aceitasse participar de um plano tão arriscado?

Ela lembrou-se de sua vida antes do reencontro com o irmão e questionou qual seria o preço de sua paz interior. Alguns milhares de dólares saqueados de Carlo? Nunca ouvira falar dele e, quando o conheceu, logo percebeu que era uma boa pessoa, assim como Simone.

A mente de Bernadete fervilhava perguntando-lhe seguidamente "por quê?". Ela, contudo, não conseguia encontrar nenhuma resposta, mas sabia que seria cobrado um preço por suas ações. Só não tinha ideia do quanto lhe custaria. O pior que poderia lhe acontecer seria passar seus dias em um presídio, misturada a todo tipo de bandido, e essa possibilidade lhe causava arrepios.

O que Bernadete não tinha noção era de que, talvez, tivesse de pagar um preço ainda mais alto.

Já Rubens, que em sua vida terrena sempre fora orientado pelas alternativas que lhe pareciam certas e justas — mas que o encaminhavam para sua própria ruína e a de terceiros —, encontrara ao lado de Ariouk e de seu bando um espaço em que continuaria a experimentar as ilusões de força e poder, sem perceber que se distanciava cada vez mais da oportunidade de recomeçar sua vivência espiritual em busca de lucidez e paz.

Na mente daqueles que conviviam com Rubens agora, havia um consenso: as atitudes do rapaz, no plano terreno ou espiritual, eram justificadas pela compreensão que possuíam sobre merecimento e justiça.

135

Todo tipo de infrator estava reunido com Ariouk. Um jovem, que em vida terrena fora assaltante e cometera vários crimes, assassinatos e sequestros, não se arrependia de nada. Em sua visão, os outros tiveram mais oportunidades — sempre negadas a ele — e lhe roubaram a chance de ser um cidadão rico e bem-sucedido. Ele pensava que nunca conseguira estudo e trabalho por culpa da sociedade que o cercava e, em seu entendimento, essas justificativas validavam seus crimes. Rubens sentia-se injustiçado por meio da ação de Dante e não se considerava um criminoso, mas alguém que, por direito, tentava recuperar o que lhe pertencia. E Ariouk, por sua vez, não se sentiu reconhecido em vida terrena, e sua vaidade extrema e obsessão pelo poder fundamentavam suas atitudes.

Delinquentes de todos os tipos asseguravam que, no fundo, eram as vítimas e que o caminho que haviam seguido não tinha sido uma escolha, mas fruto da total falta de oportunidades, agarrando-se, cada vez mais convictos, a essa certeza.

O pensamento dessas almas desorientadas baseava-se em suas verdades interiores. Como mentiam, acreditavam apenas na mentira. Enganavam e estavam certos de que qualquer um só tinha a intenção de enganar.

Cada um acredita e projeta ao seu redor seus princípios e suas verdades, e, por essa razão, todas as vezes em que recebiam a visita de missionários de luz, de bons espíritos socorristas, rejeitavam qualquer tipo de auxílio ou conselho. Não acreditavam nas palavras daqueles que lhes ofereciam a oportunidade de um recomeço, de um tratamento espiritual e de uma jornada de paz e crescimento.

O bando achava que seriam apenas escravos daquelas criaturas que visivelmente se encontravam em alguma posição mais privilegiada que a deles. Não percebiam, contudo, que era apenas uma questão de opção pessoal e que poderiam alcançar os mesmos níveis daquilo que consideravam prosperidade.

E exatamente por terem o poder de decisão em suas próprias mãos que jamais eram forçados a seguir com os missionários, que, diante da certeza de que não estavam sendo compreendidos, se retiravam sentindo uma profunda piedade dos que ficavam. Os socorristas, contudo, nunca desistiam e, ao primeiro sinal de que alguém daquela região ansiava por ajuda, lá estavam eles, felizes, por resgatarem mais um espírito.

Cada um sempre será responsável pela estrada que decide percorrer.

CAPÍTULO 16

Arnon realizou todos os trâmites referentes às ações da Brávia's, ansioso para que tudo se resolvesse a contento e para que a rotina empresarial fosse restabelecida, e acompanhou pessoalmente o pregão da bolsa no dia da oferta para a venda. Carlo tornara a Brávia's reconhecida nacional e internacionalmente, mas foi surpreendente a rapidez com que apareceram interessados. Ao fim do dia, tudo estava resolvido.

O comprador era um bem-sucedido comerciante de equipamentos para esportes náuticos. Murilo Martins arrematou o lote de ações, realizando, assim, um antigo desejo. O empresário, que fora surfista na juventude e pegara ondas em famosas praias do Havaí, onde participou de alguns campeonatos, trabalhou durante anos sonhando com o dia em que teria seu próprio estaleiro. Iniciou sua carreira com uma pequena loja de pranchas de surfe e, com talento, seriedade e tino comercial, logo se tornou dono de uma cadeia de dez lojas que vendia tudo o que atendia aos esportistas náuticos, desde coletes salva-vidas, *jet skis*, pranchas de *stand up paddle* até barcos para prática do iatismo.

Quando Arnon entrou no apartamento, o silêncio era absoluto. O ar em qualquer ambiente era pesado, e o luto fazia-se presente por toda a parte. Apesar do temperamento discreto,

Carlo amava a vida e certamente desaprovaria as atitudes da filha.

Arnon passou pela sala, entrou no corredor que levava à área íntima e encontrou a porta da suíte principal fechada, como sempre. Bateu levemente e ouviu a voz fraca autorizando sua entrada.

As cortinas do quarto estavam cerradas, e Simone estava largada na cama e nem sequer se moveu, enquanto ele se aproximava para dar a notícia:

— Fechamos o negócio. Você tem um sócio agora.

Sem demonstrar ânimo, ela respondeu após um profundo e aliviado suspiro:

— Finalmente. Você já sabe como deve agir. A partir de agora, não me envolverei mais nos negócios até conseguir encontrar Bernadete.

— Você não percebe que será um trabalho inútil? A essa altura, ela já deve estar muito longe.

Com um olhar de viés e uma expressão que denotava sua satisfação, ela respondeu:

— Enquanto você resolvia a questão das ações, eu mesma fiz o trabalho que aquele detetive incompetente deixou de fazer e descobri que, no dia do acidente, Bernadete embarcou para Lisboa. Agora será fácil descobrir seus passos.

Espantado com a determinação de Simone, Arnon ainda tentou dissuadi-la:

— Engano seu. Desembarcando na Europa, Bernadete pode ter ido para qualquer lugar. Não será tão simples seguir seu rastro.

— Não duvide de que o farei.

— A propósito: como descobriu, sem a interferência das autoridades policiais, o rumo tomado por ela?

— Arnon, você às vezes é muito ingênuo. Existe algo que o poder econômico não consiga?

Ao ouvir a resposta, o homem baixou a cabeça e não foi preciso revelar seus pensamentos, porque a própria Simone se deu conta do que dissera:

— O dinheiro não pode trazer meu pai de volta! — ela completou com lágrimas nos olhos.

Arnon voltou a insistir:

— Desista dessa ideia, Simone. Entregue o caso à polícia. Eles encontrarão Bernadete, e ela pagará pelo que fez. Você e seu pai dedicaram suas vidas ao estaleiro. Você não pode abandonar tudo agora.

Finalmente, Simone sentou-se na cama e, fixando os olhos em Arnon, respondeu secamente:

— Bernadete prestará contas de seus atos, mas eu serei sua credora. Quero estar diante dela, ver o medo em seus olhos, quando ela se conscientizar de que não poderá mais fugir. Ver a angústia de Bernadete diante da perspectiva de passar o resto de sua vida na cadeia será um prazer indescritível. E eu quero saber que razões a levaram a compactuar com um plano tão sórdido. Ela foi recebida em nossas vidas com toda a consideração e com todo o respeito, mas inventou histórias mirabolantes para nos enganar e roubar. Quero ter a satisfação de colocar as mãos nela. E, se ela tentar fugir novamente... saberei que atitude tomar.

Arnon sentiu um calafrio:

— Você não está pensando em cometer uma loucura...

Um amargo sorriso emoldurou a resposta de Simone:

— Acha que eu seria capaz de matar aquela mulher?

Arnon ficou mudo, e ela respondeu:

— Fique tranquilo. Não chegarei a esse ponto, a menos que me sinta ameaçada. Então, será legítima defesa.

— Você me assusta falando assim. Eu não a reconheço mais, Simone. E ainda que a polícia prenda Bernadete, a pena que ela cumprirá não será longa. O crime que ela cometeu me parece que é furto, que é qualificado pelo abuso de confiança.

140

O crime prevê uma pena de até oito anos de reclusão. Ela não passará a vida toda na cadeia como você deseja.

Após alguns instantes reflexivos, Simone disse com um tom de desagrado:

— Não há justiça neste mundo. Aqueles dois mataram meu pai, e Rubens morreu sem pagar por seus crimes! E ela pegará apenas oito anos de prisão?

— Sinto muito, Simone, mas não houve um assassinato. O que aconteceu foi um acidente, uma fatalidade...

— Chega, Arnon! Eles foram os responsáveis indiretos, então, e ela pagará sozinha por tudo. Você não me impedirá de ir atrás de Bernadete.

Esgotado pelas infrutíferas tentativas de trazer Simone à razão, Arnon falou com cansaço:

— Quais serão seus próximos passos?

— Embarcarei para Portugal o quanto antes.

— Haverá uma reunião na Brávia's para apresentação do novo sócio, e sua presença é imprescindível.

— Quando será isso?

— Em uma semana, no máximo.

Contrariada, Simone perguntou:

— Realmente é necessária minha participação?

— Já falei que é imprescindível.

Simone deu de ombros e fez um sinal indicando que queria ficar sozinha, e Arnon deixou o quarto, consternado e apreensivo.

Uma semana depois, o novo executivo chegou ao escritório para assumir sua posição na presidência, decisão que fora comunicada a Murilo por Arnon.

A sala de reuniões já estava completamente ocupada por alguns diretores da empresa e pela chefia da equipe de projetos. Quando Murilo entrou, foi recebido com certa estranheza, pois, embora todos já soubessem dos últimos acontecimentos, custavam a acreditar que o lugar ocupado por Carlo durante toda a vida seria agora preenchido por um desconhecido. Ainda assim, a maioria absoluta dos funcionários concordou com a opinião de Arnon de que alguma mudança teria de ser feita para salvar a empresa. Baseados nisso, foi feito o necessário para que Murilo se sentisse bem-vindo.

Enquanto aguardavam a chegada de Simone, trocavam algumas palavras em uma conversa mais informal. Quando finalmente a moça entrou na sala de reuniões, Murilo foi tomado por um sentimento impactante.

Mais magra, um pouco abatida e aparentando ter mais idade, Simone continuava encantadora, e sua beleza não passou despercebida a Murilo, cuja figura também mereceu atenção por parte da moça. Ela, contudo, logo readquiriu sua postura fria e indiferente, dando início aos assuntos da pauta.

Após algumas horas, a reunião foi encerrada. Simone despediu-se de todos, desejou sorte e sucesso a Murilo e retirou-se carregando toda a formalidade que mostrara durante o encontro.

Bom observador que era, Arnon não deixou de notar os olhares interessados que Murilo lançou, o tempo todo, em direção a Simone.

A moça dirigiu-se ao apartamento determinada a arrumar sua bagagem e a partir para Portugal. Sabia que o tempo era seu maior adversário criando oportunidade para que Bernadete seguisse em liberdade, caso não se apressasse.

Havia uma batalha íntima atormentando Simone, que tinha uma profunda gana de confrontar Bernadete e fazê-la pagar por seus crimes e, ao mesmo tempo, sentia a indelével dor pela ausência do pai, a saudade dos risos e dos bons momentos e o peso absurdo que o rancor vinha agregando à sua vida todos os dias.

A moça chegou a cogitar acatar a sugestão de Arnon e procurar a polícia, mas, sem o objetivo de encontrar Bernadete, sua vida não teria mais nenhum sentido. O trabalho seria sua maior motivação e ela honraria a dedicação de Carlo, empenhando-se em manter a Brávia's no topo da lista dos grandes estaleiros do mundo, entretanto, seus sentimentos eram controversos. Simone não conseguia dissociar a empresa da culpa por toda aquela tragédia, e, em sua mente, o estaleiro estava manchado pela ambição de seu bisavô, pelo ódio de Rubens, pela ganância de Bernadete e pelo sangue de seu pai.

Essa havia sido a real motivação para ela decidir vender a empresa. Não suportava chegar ao trabalho e se sentir no âmago dos piores dias de sua vida. Ir atrás de Bernadete foi um pretexto conveniente para se afastar. Sabia da grande dificuldade de ter sucesso no seu plano, mas não suportaria ficar esperando a ação da polícia.

Como nenhuma denúncia havia sido feita, nenhuma falha mecânica foi apurada, e, sem testemunhas para relatar o que aconteceu no interior da lancha, as autoridades chegaram à conclusão de que ocorrera um acidente e arquivaram o inquérito. Dessa forma, para que a polícia expedisse um mandato contra Bernadete e abrisse uma investigação, Simone precisaria formalizar uma denúncia. A moça, contudo, não queria percorrer os trâmites legais, que a obrigariam a ficar imóvel, aguardando os resultados, algo que ela não suportaria.

Simone estava exausta, queria paz, mas estava partindo para a luta. Ela não conseguia enxergar que só encontraria a paz dentro de si mesma e a partir da compreensão e aceitação dos fatos.

Arnon e Murilo passaram o dia seguinte reunidos e estudando as medidas mais urgentes que precisavam ser tomadas, principalmente em relação ao destino da Brávia's Pescados, que ficara sem comando após a morte de Rubens e Carlo.

Já no final da tarde, os dois homens estavam cansados, porém, satisfeitos com as resoluções tomadas. Arnon, então, começou a preparar-se para se retirar, quando Murilo solicitou que ele ficasse mais um pouco, pois gostaria de ter uma conversa que fugia da relação de assuntos que tinham a tratar, mas de igual importância.

— Estamos nos conhecendo agora, Arnon, e minha intuição me diz que posso confiar inteiramente em você. Além do mais, as notícias circulam céleres e livres em determinadas situações, e eu já soube que você era mais que um funcionário de confiança de Carlo, mas também um grande amigo.

Um sorriso tímido e tristonho antecedeu a resposta de Arnon:

— É verdade! Eu e Carlo éramos muito unidos. Trabalhava com ele desde que assumiu a empresa. Foram muitos anos de convivência.

— E chegou aos meus ouvidos também que, após a morte de Carlo, você ficou responsável por auxiliar Simone diretamente. Me parece que, inclusive, vocês estão morando juntos.

— É fato que as notícias voam, e muitas vezes mais do que o necessário. — Arnou fez uma careta de reprovação. — Me mudei para a casa de Simone preocupado com a solidão dela. Essa moça não tem mais nenhum familiar e recebeu um duro golpe da vida.

Murilo ouvia com uma atenção serena:

— Realmente, deve estar vivendo momentos difíceis, mas que transmutarão e fortalecerão sua personalidade. Os golpes e as tragédias pessoais fixam estruturas muito mais resistentes e maduras no que somos do que os momentos de felicidade.

— Ninguém quer passar por isso...

— Evidente, mas o fato de não querer nunca impedirá que essas coisas aconteçam. Se são inevitáveis, que aprendamos

144

a superar cada um desses momentos sem esmorecer. Caso contrário, seremos aniquilados no primeiro golpe.

Arnon percebeu que havia um homem muito sensível por detrás da figura de empresário bem-sucedido, o que o deixou curioso:

— Tem razão. Mas... aonde exatamente você quer chegar?

Murilo fitou Arnon com a mansidão das águas tranquilas de um lago:

— Os encontros merecem respeito e atenção. Nada na vida transcende o necessário, e tudo o que acontece tem seu fundamento, sua causa e seu efeito. Existem os transitórios, com uma passagem rápida e não menos importante, e os definitivos... foi o que senti ao conhecer Simone.

Tentando não demonstrar sua falta de entendimento, Arnon apenas perguntou:

— Você está apaixonado por Simone?

Um sorriso franco acompanhado de um brilho no olhar já seria quase a resposta:

— Quando eu a vi, soube no mesmo instante que era ela. Como em um reencontro que acontece sem o anseio da espera, você apenas sente... Foi como o barco chegando seguro ao porto, depois de uma longa viagem...

Arnon coçou a cabeça e franziu o cenho:

— Parece que está apaixonado, sim, mas acho que você tem um grande problema pela frente. Simone não está nada bem e me parece cada dia pior. Não sei como ajudá-la, e isso tem me deixado angustiado.

— Percebi que a alma de Simone está carregando um peso maior do que ela consegue suportar e queria muito fazer algo para aliviar essa carga. Poderia me dizer exatamente o que está acontecendo?

— Claro. A verdade é que ela não consegue esquecer o que aconteceu: a morte do pai e a traição de Rubens. Além disso, está obcecada para encontrar Bernadete, a ex-mulher de

145

Carlo, que fugiu, e ninguém sabe para onde. Em vez de, na medida do possível, esquecer esses acontecimentos e entregar a questão à polícia, ela fica o tempo todo relembrando de cada detalhe. Simone praticamente só fala disso, a ponto de negligenciar a empresa que ela tanto ama... ou amou, já nem sei.

Após alguns instantes de silêncio, Murilo respondeu:

— Talvez ela se sinta responsável pelo que houve e está, de certa forma, impondo uma penitência a si própria. Não me parece que ela seja o tipo de pessoa que sente obsessão pela tragédia.

— E existem pessoas assim? — perguntou Arnon espantado.

— Muito mais do que você imagina, e cada qual com suas razões. Sabe aquele tipo de pessoa que busca todas as notícias das editorias policiais e fica vidrado na televisão quando uma grande tragédia ocorre no mundo?

— É verdade. Até conheço algumas assim, mas não Simone. Isso eu lhe garanto. — Arnon fez uma pausa: — Mas não sei o que você pode fazer. Simone está ansiosa para partir para a Europa atrás de Bernadete e deve embarcar em breve.

Mordendo os lábios, Murilo respondeu:

— Quando não conseguimos enxergar a solução e o nosso desejo for sincero e justo, a vida nos mostra o caminho. Vou pensar sobre isso e observar os acontecimentos. Os sinais são muitos! Não devemos deixar as oportunidades passarem.

Metade do que Arnon ouvia era um mistério para ele:

— Murilo, posso fazer uma pergunta muito pessoal?

— Claro.

— Você é muito religioso?

Novamente sorrindo, Murilo respondeu:

— Não, Arnon, não sou religioso, mas tenho uma grande fé em um poder maior que habita em nós, em cada um de nós, e acredito que somos apenas uma pequena fração da grandiosidade da existência. A vida é fantástica, e quanto mais aprendemos a compreendê-la, mais nos tornamos leves, completos... e felizes.

CAPÍTULO 17

Após a conversa com Murilo, Arnon pensou durante muito tempo em como poderia aproximar Simone do sócio, contudo, sabia que qualquer tentativa de inserir a moça nas questões da empresa seria infrutífera. Ela deixara claro que estava temporariamente desligada dos negócios, e ele sabia que Simone se esquivaria de qualquer assunto referente à Brávia's. Também sabia muito pouco sobre Murilo e temia acabar colaborando para que a moça se envolvesse novamente com alguém que pudesse lhe trazer problemas no futuro.

O fato de Murilo ser um empresário bem-sucedido não era uma referência irrefutável da probidade de seu caráter. Em algumas discussões entre amigos, Arnon sempre defendia seu ponto de vista com veemência ao afirmar que o fato de uma pessoa possuir um trabalho não significava que ela possuía um bom caráter. Basicamente, as pessoas trabalham porque precisam se sustentar, manter suas necessidades primárias ou, em muitos casos, suas necessidades totalmente supérfluas, mas indispensáveis em determinados estilos de vida. E tudo o que sabia a respeito do novo sócio da Brávia's era que ele construíra sua empresa em bases sólidas e, ao que parecia, por vias legais.

No mais, Arnon pouco sabia sobre Murilo, mas o que o motivou a colaborar para a aproximação entre o empresário e Simone foi a conversa que tivera com ele, na qual sentiu que estava diante de um homem de bem. Arnon, contudo, pensava que não deveria agir com imprudência, pois Simone não suportaria uma nova decepção.

Enquanto Arnon teorizava sobre como poderia ajudar, Murilo articulava suas próprias ações com a urgência dos corações apaixonados. Ele sabia que Simone estava prestes a embarcar para a Europa e não podia prever quanto tempo ela ficaria fora e, muito menos, como retornaria da viagem. Considerava um esforço vão a tentativa de encontrar Bernadete e temia, inclusive, pelo encontro das duas. Ele nada sabia sobre a personalidade da ex-mulher de Carlo e receava pela segurança de Simone. Teria que encontrar um jeito de impedi-la de embarcar, uma tarefa que, diante das exposições de Arnon sobre o caso, não seria nada fácil.

Murilo passou a manhã toda organizando o trabalho na empresa e, quando chegou a hora do almoço, deixou o escritório sem vacilar, pegou o carro e dirigiu-se ao apartamento de Simone.

Quando o porteiro anunciou que o sócio da empresária havia chegado, a funcionária da casa nem sequer consultou Simone e autorizou a subida do visitante. Quando ele saiu do elevador com um sorriso discreto, a funcionária da casa já o esperava à porta e o olhou com admiração. Foi inevitável ela, rapidamente, fazer uma comparação entre Murilo e Rubens.

Murilo já estava chegando aos quarenta anos, era moreno, e seus cabelos, quase negros, já estavam levemente grisalhos. O rosto do empresário possuía uma expressão branda, e seus olhos escuros transmitiam franqueza. "Que moço simpático e bonito", pensou a funcionária, enquanto o acompanhava até o *living*, ausentando-se em seguida para avisar a patroa sobre a chegada de Murilo.

149

Simone ficou contrariada com a visita inesperada do sócio, contudo, após ponderar sobre a situação, achou que não seria adequado se utilizar de qualquer subterfúgio para não o receber. Murilo poderia querer falar-lhe sobre algo importante, que talvez tenha ficado pendente. Não que naquele momento ela estivesse preocupada com a empresa, pois sabia da competência e da seriedade de Murilo e tinha Arnon como seu homem de confiança, no entanto, não queria correr o risco de estar em viagem e ter de retornar por alguma emergência. Simone, então, pensou que seria melhor verificar logo o que ele queria, esgotar todos os assuntos e viajar rumo ao seu objetivo, descansada e sem preocupações.

Ao chegar à sala, Murilo levantou-se para cumprimentá-la, procurando parecer agradável e amigável, mas a formalidade da filha de Carlo demarcou claramente os limites daquela conversa.

O empresário não pensara no assunto que abordaria com Simone, já que as coisas mais urgentes haviam sido discutidas na reunião, e acabou usando como gancho para o início da conversa a empresa de pescados, o que desagradou imediatamente a moça, afinal, a empresa possuía a marca de Rubens.

Desconcertado, Murilo começou a falar sobre a história da construção da Brávia's e, mais uma vez, deu-se conta de que o assunto remetia a lembranças difíceis para Simone. Recriminando-se de maneira íntima e profunda por sua atitude infantil, Murilo disfarçou e pediu uma bebida.

Enquanto Simone se retirava para providenciar a bebida, Murilo levantou-se e caminhou observando a decoração, composta por vários objetos de arte, e deteve-se diante de um quadro, uma pintura a óleo, de uma praia que lhe era muito familiar.

Quando Simone retornou, a moça encontrou-o absorto diante da imagem, tão entretido que ela teve receio de se aproximar e de resgatá-lo daquele momento tão íntimo.

Mas logo em seguida, percebendo a presença de Simone, Murilo virou-se, e a moça notou um intenso brilho em seu olhar, enquanto ele dizia pausadamente:

— Essa praia... um dos lugares mais lindos que já visitei.

Simone, enfim, aproximou-se:

— É uma pintura incrível, uma das minhas preferidas.

— Realmente é bela, muito fiel à realidade do local.

— Me parece que você conhece bem as praias do Havaí.

— Estive lá algumas vezes, na época em que eu surfava. Um lugar onde passei bons momentos.

Murilo afastou-se da tela e voltou para o sofá, em que se sentou em silêncio.

A funcionária entrou e serviu as bebidas, e os dois começaram a degustá-las sem trocar nenhuma palavra. Por fim, Simone perguntou relutante:

— Parece que essa pintura mexeu muito com você. Está diferente de quando chegou aqui.

Respirando fundo, Murilo respondeu após alguns segundos:

— Lembranças... que se mesclam entre imagens doces e felizes, e as de um momento triste que marcou minha vida. Talvez a maior decepção pela qual passei.

Constrangida, Simone respondeu:

— Me desculpe, eu não tinha a intenção... sei o quanto certas recordações podem ser dolorosas.

Novamente, o sorriso suave, tão característico da personalidade de Murilo, antecedeu a resposta:

— Não precisa se desculpar. Em minha vida, priorizo relembrar sempre tudo o que já me aconteceu de bom, mas, em alguns momentos, lembranças tristes são inevitáveis. Elas chegam e vão embora. Não permito que me definam.

Simone franziu as sobrancelhas levemente, sentindo que aquelas palavras a haviam atingido fortemente, mesmo que ela não tivesse a consciência exata de seus próprios sentimentos. A resposta de Murilo, contudo, aguçou sua curiosidade.

Não com o intuito meramente indiscreto, mas algo dentro de si, como um alerta quase imperceptível, apontou para uma oportunidade de acrescentar algo à sua existência:

— Você se incomodaria de falar sobre isso? Você sabe... passei por uma situação horrível recentemente...

— Eu sei. Sinto muito pela perda de seu pai e de seu marido.

Simone sentiu o impulso de responder: "Não precisa sentir pela morte de Rubens. Era um ser repugnante, e eu o odeio com toda a força de minha alma. Minha missão agora é encontrar a irmã dele, Bernadete, que foi casada com meu pai e o traiu. Dois canalhas. Mas ela vai pagar pelo que fizeram", contudo, os pensamentos passaram rápido por sua mente inquieta. Ela, então, nada disse.

Murilo começou a contar a Simone um episódio vivido anos atrás:

— Estava com tudo pronto para participar de meu terceiro campeonato no Havaí, e eu era cotado como o favorito ao título mundial. — A voz de Murilo soava melancólica, e ele continuou. — Tinha uma namorada, Denise, e nós fazíamos muitos planos de uma vida juntos. Meu melhor amigo, Denis, que dividia o aluguel comigo da casa onde morávamos, também iria participar do campeonato, e viajaríamos todos juntos.

— Seria seu primeiro título mundial?

— Sim, e abriria o caminho para que eu construísse minha vida como atleta do surfe.

— Mas o que aconteceu?

— No dia do embarque, minha mochila, contendo todos os meus documentos, inclusive passaporte e dinheiro, e minha prancha simplesmente desapareceram. Isso aconteceu no momento em que estávamos embarcando na van que nos levaria ao aeroporto.

Simone arregalou os olhos:

— Como assim? Uma prancha não é algo que suma sem que ninguém perceba.

— Mas foi exatamente o que aconteceu. Outros surfistas dividiram o aluguel da van, e havia muita gente... era uma grande alegria e muita movimentação. No entanto, ninguém viu nada; eu só percebi o ocorrido, quando fomos fechar o bagageiro após conferir tudo. Não encontrei no carro nenhum pertence meu.

— Como você se arranjou?

— Não havia tempo para fazer nada, pois o voo partiria em poucas horas, e eu não tinha uma reserva de dinheiro nem passaporte... Tive que ficar no Brasil e desistir, naquele momento, de meu sonho.

— Bem, pelo menos você teria outras oportunidades. Imagino sua decepção, mas sua vida não acabou com aquele episódio.

— Claro que não. Nossa vida só acaba quando desistimos dela, e eu não iria desistir. Tudo, no entanto, começou a mudar quando Denise me disse que embarcaria com o pessoal.

— Ela surfava também? Iria participar do campeonato?

Murilo franziu o cenho:

— Não. Iria apenas como minha acompanhante.

— Inacreditável! Que falta de solidariedade absurda. Ela deveria ter ficado ao seu lado, pois sabia o quanto estava decepcionado.

— Pois é... mas não foi apenas falta de solidariedade, foi falta de amor.

Simone lançou uma expressão interrogativa para Murilo.

— Enfim, minha ausência não alterou em nada o andamento do campeonato, mesmo eu sendo o favorito ao título — ele fez uma pausa reflexiva e continuou a falar: — É engraçado como sempre temos o costume de nos darmos importância demais. Todos embarcaram, o campeonato aconteceu, e Denis foi o campeão.

Simone observava Murilo intrigada, achando aquela situação muito esquisita. Ele prosseguiu com seu relato:

153

— Mas as mentiras nunca se sustentam por muito tempo, principalmente quando não existe uma grande preocupação em esconder a verdade.

— Como assim? O que houve?

— As notícias chegaram muito rápido. Em resumo: havia indícios de que Denis fora o responsável pelo desaparecimento de meus pertences, o que, obviamente, impediria minha viagem. Todos sabiam que, com minha participação, ele não teria a menor chance de ganhar a disputa. E quando chegaram ao Havaí, em pouco tempo Denis e Denise começaram a se mostrar um feliz casal de namorados.

Com os lábios entreabertos de surpresa, Simone articulou as palavras lentamente:

— Sua namorada... e seu melhor amigo?

— Exatamente isso. Eles já eram amantes havia algum tempo e planejaram tudo muito bem. O prêmio seria em dinheiro, e os dois nem sequer voltaram ao Brasil. Moram juntos até hoje em Maui.

Simone ficou indignada:

— E você não o denunciou?

— Como poderia fazer isso? Ele estava fora do Brasil, e eu não tinha nenhuma prova de sua armação. Preferi deixar para lá. Naquele momento, eu estava mais preocupado em aprender a lidar com a dupla decepção.

— Ao menos, você deveria ter feito uma denúncia ao comitê responsável pelo campeonato. Quem sabe isso não o fizesse perder o título e o prêmio em dinheiro? Seria uma bela resposta à traição dos dois.

Murilo bebeu devagar um gole de sua bebida e respondeu:

— E que benefício isso me traria?

— Ora! A satisfação de ver seu falso amigo se dar mal! — ela disse com satisfação e sarcasmo.

Nesse instante, o olhar de Murilo pareceu invadir os recantos mais profundos da alma de Simone, quando falou:

— Isso não me traria satisfação... Agindo com mesquinha-ria e sentimentos pequenos e negativos, só prolongaria a situa-ção que tanto me feriu e ainda me colocaria no nível deles.

Simone permaneceu estática, e ele prosseguia:

— Tive de escolher entre alimentar meu rancor ou decidir o rumo da minha vida, buscando ser feliz novamente. Com o apoio de meus pais, abri minha primeira loja de pranchas, aban-donei os campeonatos... e hoje estou aqui como seu sócio em um dos maiores e mais respeitados estaleiros do mundo.

Um grande incômodo começou a tomar conta de Simone, que esperava que Murilo, em sua narrativa, lhe mostrasse que ela estava certa em querer vingar-se de Bernadete e que não podia deixá-la escapar impune, mas o que viu foi um homem conformado com a situação triste que se abatera sobre sua vida, alguém que talvez jamais concordasse com suas atitu-des. A moça, então, desistiu de conseguir algo produtivo com aquela conversa:

— Não consigo entender sua passividade.

Murilo aproveitou a oportunidade:

— No fundo, eu sinceramente agradeço por tudo o que aconteceu.

— Você só pode estar brincando! — Simone externou sua irritação.

— É verdade! Eu amadureci, busquei uma nova ativida-de, que me deu uma vida confortável e estável, e descobri que amo o que faço. E ainda cheguei à conclusão de que, de certa forma, devemos ser gratos aos inimigos, que, no intuito de nos derrubarem, acabam nos tornando mais fortes, nos dirigindo a uma viagem interior de descobertas inacreditáveis e maravilhosas, se soubermos aproveitar as chances que os meandros da existência nos apresentam. Não acredite que tudo na vida é assim, tão raso quanto parece. Nessa mara-vilhosa aventura que é viver, nada é tão óbvio, tão estático e hermético, tão visível e palpável.

— Você não tem noção do que aconteceu comigo. Se soubesse, daria razão às minhas colocações.

Murilo não queria transparecer que soubera de tudo por meio de Arnon:

— Seja lá quais forem as circunstâncias, você não pode permitir que esses sentimentos tão ruins se alojem em sua alma, Simone. No meu caso, o que me deu forças para prosseguir foi a consciência de que nunca fiz mal a ninguém e que sempre agi corretamente. Não tenho pesos e culpas em minha bagagem. Causar sofrimento em alguém, deliberadamente ou por irresponsabilidade, deve ser uma carga pesada demais. Sou feliz, porque isso não faz parte de minha vida. Do resto, das nossas dores, a vida, o tempo e o entendimento nos ajudam a superar.

— Um dia, você acabará sabendo de minha história; sei que, em algum momento, tudo virá à tona. Eu não permitirei que a culpada por todo o meu sofrimento, a única que pode ainda arcar com as consequências, saia livre.

Dizendo isso, Simone levantou-se e caminhou até a janela, enquanto mudava de assunto:

— Afinal, desculpe, mas ainda não compreendi a razão de sua visita. Acho que, naquele dia, discutimos todo o necessário na reunião.

Murilo levantou-se e aproximou-se:

— De fato, nos distanciamos do assunto inicial... na verdade, eu queria saber quais são seus planos para o futuro, quando pretende reassumir os negócios. Pela experiência que possui, gostaria de trabalhar ao seu lado, mas acho melhor deixarmos esse tema para outra ocasião.

— Não conte muito com isso. Você sabe que, por razões pessoais, me ausentarei por tempo indeterminado e que devo partir em poucos dias.

— Vou aguardar.

Dizendo isso, Murilo agradeceu a bebida e a conversa e despediu-se sem acrescentar mais nada e sem esperar que Simone dissesse mais alguma coisa.

Quando Murilo se aproximou da saída, a porta se abriu de repente, e Arnon estacou surpreso ao se deparar com o empresário indo embora. Murilo cumprimentou-o com um breve aceno de cabeça e um sorriso e entrou no elevador.

CAPÍTULO 18

Bernadete caminhava pelas ruas de Madrid com uma inquietante sensação de inexistência. Não carregava em sua bagagem nenhum afeto, nenhum encontro à sua espera, nenhuma saudade a ser curada... Um alguém sem ninguém, sem direção, e nenhum lugar para onde voltar.

Acomodou-se em um pequeno hotel no centro da cidade e, trancada em seu quarto, começou a buscar na internet alguma notícia sobre Rubens e Carlo.

O receio de encontrar uma foto sua estampada em algum jornal, associada ao crime cometido por seu irmão, deixava Bernadete angustiada, mas ela precisava saber a verdade: se Rubens estava preso e se havia sido denunciada por Carlo.

Não demorou muito para Bernadete se deparar com a manchete que a deixou desnorteada: "Empresário Carlo Agostinelli, dono de um dos maiores estaleiros do país, morre em acidente de lancha junto com o genro".

Bernadete sentiu o ar lhe faltar no peito oprimido pelo choque. "Como assim? Carlo e Rubens mortos?", ela pensava aflita.

Sem conseguir acreditar no que lia, Bernadete, com a mão trêmula, rolava freneticamente a tela do *notebook*. "Então, nada foi descoberto? A morte foi um acidente, uma fatalidade?". O pensamento de Bernadete seguia as informações, buscando esclarecimentos, mas tudo o que conseguiu foi a certeza de que não havia nenhuma menção ao seu nome relacionada aos crimes de Rubens. Não havia nenhuma notícia sobre roubo, nenhuma denúncia.

"Será que me precipitei ao fugir?", ela pensava, enquanto desligava o computador. "Como estará Simone? Se nada soube sobre o plano de Rubens, o que estará pensando a respeito de meu desaparecimento?".

Bernadete caminhou até a janela e, com o olhar perdido em direção à Puerta de Toledo, sentiu que talvez tivesse criado uma situação comprometedora para si mesma sem a menor necessidade. Se nada tivesse sido descoberto, sua atitude certamente pareceria suspeita para Simone.

Toda a preocupação de Bernadete foi deixada de lado quando ela pensou em Carlo. Morto! Uma dor profunda a fez voltar para a cama e liberar em lágrimas o que sentia: a triste constatação de que não poderia voltar no tempo e consertar os erros cometidos.

Precisava saber em que circunstâncias ocorreram aquelas mortes. Talvez Carlo tivesse descoberto tudo antes do acidente. Será que ele chegara a telefonar para Simone? Bernadete pensou em ligar de um telefone público, pois assim a enteada não teria como saber sua localização. "Não!", pensou aflita. Seria muito arriscado.

"O que farei de minha vida agora?", questionou-se e adormeceu exausta, física e emocionalmente.

Os dias que se seguiram foram de solidão profunda e de incertezas excruciantes. A boa quantia da qual dispunha não lhe abria as portas para a tranquilidade como ela esperava.

Não podia planejar o futuro, se estava amarrada ao passado. Um passado do qual não conseguia se desvencilhar, embora, do fundo de sua alma, tudo o que queria era conseguir esquecer.

Como não tinha como descobrir o que realmente acontecera naquele dia em que Carlo fora ao litoral para atendendo a um chamado urgente de Simone, Bernadete temia ser descoberta onde quer que estivesse. Quando estava em lugares públicos, em meio à multidão, cada olhar que era dirigido a ela lhe parecia ameaçador e suspeito, apesar de sua presença incógnita. O que Bernadete não se dava conta era de que apenas seu remorso a perseguia.

Sentindo dores cada vez mais fortes lancinando seu corpo, Carlo permanecia sozinho e chamava por Ariouk desesperadamente até que finalmente foi atendido:

— Por que demorou tanto a vir?

— Tenho muitos compromissos importantes. Não posso ficar à sua disposição.

— Você disse que sabe que estou buscando vingança. Me ajude, então, a encontrar Rubens e descobrir uma forma de fazê-lo sofrer tudo o ele que fez a mim e a minha filha sofrermos.

Cruzando os braços em uma postura de quem sabe de sua superioridade, Ariouk respondeu:

— Vou fazer melhor. Me aguarde aqui. Mais tarde, trarei uma visita para você.

— Vai me trazer Rubens? — perguntou Carlo.

— Melhor... muito melhor.

Mais uma vez, Ariouk desapareceu sem deixar vestígios, abandonando Carlo à sua insana existência.

Após horas intermináveis, sem certezas e sem fundamentos, Bernadete recolheu-se para dormir. A cada dia, ela circulava menos pelas ruas da capital espanhola, sempre temendo ter seu paradeiro descoberto. Estava ficando paranoica, tinha a sensação de que alguém a vigiava e passava a maior parte do dia trancada em seu quarto. À noite, ela começou a recorrer a ansiolíticos adquiridos sem nenhuma recomendação médica, sem mensurar o risco que isso poderia lhe trazer.

Abatida pelo efeito dos remédios, Bernadete caiu em um sono profundo e escuro.

Em determinado momento, uma voz soou por todo o quarto, grave e baixa:

— Bernadete... Bernadete...

Ela remexeu-se na cama, abriu os olhos e só conseguiu captar o breu que a cercava, o que a deixou confusa, visto que sempre deixava a cortina aberta para que as luzes da cidade criassem uma claridade tênue no ambiente durante toda a noite.

Então, ela ouviu o chamado:

— Bernadete...

O corpo de Bernadete arrepiou-se inteiro, e ela assustou-se com o que parecia ser um pesadelo, que piorou quando viu se materializar bem à sua frente a figura imponente de Ariouk.

Bernadete tentou gritar, mas sua voz ficou presa na garganta, que parecia travada. Ela, então, permaneceu estática, com a atenção vidrada na direção do visitante:

— Bernadete, não tenha medo. Não vou lhe fazer nenhum mal.

Gaguejando, ela respondeu:

— O que está acontecendo aqui? Como entrou em meu quarto?

— Venha comigo. Quero levá-la para ver uma pessoa.

— Veio me buscar? Você é a morte?

Ariouk soltou uma gargalhada abafada:

— Não seja tola. Você está apenas dormindo.

Confusa, Bernadete nada disse, e Ariouk continuou:

— Você se sente culpada, está atormentada. Senti a negatividade em sua aura, a cercando como uma nuvem negra. Venha comigo e poderá se livrar desse martírio.

Enquanto Ariouk falava, Bernadete foi se deixando levar sem nenhum domínio de sua consciência, e logo os dois desapareceram do quarto, deixando para trás o corpo imóvel e adormecido de Bernadete sobre a cama.

Pouco depois, Ariouk e Bernadete chegaram à praia escura e deserta. Fazia muito frio, e ela apenas vestia uma camisola leve, que esvoaçava com o vento gelado. Bernadete olhava para os lados sem coragem de fazer qualquer pergunta e começou a enjoar com o cheiro fétido que vinha daquele negrume aquático.

Ariouk começou a caminhar à sua frente, e, com medo de perdê-lo de vista e de ficar sozinha naquele lugar lúgubre, Bernadete seguiu-o a passos vacilantes. Ela, então, ouviu a voz potente de seu acompanhante, que dizia aos gritos:

— Hei, onde você está? Não mandei que me esperasse? Trouxe sua visita! — Ariouk chamou uma, duas, três vezes e já estava se aborrecendo, quando finalmente Carlo apareceu, com seu andar manco e contorcido.

— Estou aqui. Estava deitado e com muitas dores. Veja! O ferimento em minha perna parece pior, há pus por todo o lado.

Enquanto se aproximava, Carlo viu surgir lentamente, por detrás do grande homem, um rosto aterrorizado. Ele não conseguiu conter o espanto:

— Bernadete!

— Carlo?!

Ele sentiu o rosto rubro de ódio:

— Então, você também morreu, sua traidora miserável, bandida! — ele gritava e seguia em direção à esposa que, com medo, utilizou o corpo de Ariouk como escudo, enquanto ele ria da cena patética que presenciava.

Quando conseguiu articular as palavras, Bernadete disse com voz trêmula:

— Meu Deus, Carlo, você está péssimo! Não sei o que está acontecendo aqui, mas, por favor, me ouça.

— Estou péssimo? É mesmo? Por culpa de seu irmão... a culpa é toda de vocês por eu estar assim. Vocês me mataram.

— Mentira! — ela gritou. — Nunca matei ninguém.

— Não diretamente, mas vocês criaram toda a situação que culminou em minha morte. E vão pagar por isso.

— Rubens já pagou com a própria vida — ela respondeu.

— Será que não percebe? A morte não existe. Rubens está por aqui também, já encontrei o canalha. E você? Como morreu?

— Não estou morta... não é? — ela dirigiu a pergunta a Ariouk, que respondeu com prazer:

— Não, mulher. Você não está morta. Apenas consegui interceptar seu espírito durante o sono. Queria trazê-la até aqui, para que visse com seus próprios olhos o resultado de suas ações e para que Carlo pudesse falar com você.

Bernadete e Carlo não entendiam bem o que estava acontecendo, mas, tomado pela raiva, ele acabou dizendo:

— Seus dias estão contados, Bernadete. Simone já sabe o que você e Rubens fizeram. No dia em que fui ao litoral, ele acabou confessando tudo. Eu o estava perseguindo para denunciar vocês dois, quando sofremos o acidente que tirou nossas vidas. Saiba que Simone a encontrará, e você irá para a cadeia.

Bernadete começou a gritar:

— Não, Carlo! Não posso ir presa. Não... não... — ela colocou as mãos na cabeça, enlouquecida com o que acabara de ouvir, e começou a girar o corpo em desespero.

Na cama, Bernadete debatia-se e gritava. Ela acordou sobressaltada e banhada de suor. O coração da mulher estava acelerado, e ela mal conseguia respirar.

Bernadete bebeu um pouco da água que estava em uma jarra ao lado da cama e passou o resto da madrugada sentada no chão, com as pernas recolhidas junto ao peito, com uma fisionomia doentia.

Depois que Ariouk deixou o espírito de Bernadete de volta em seu quarto, Carlo questionou:

— O que aconteceu com ela? — perguntou Carlo sobressaltado com o que vira.

— Quase não consegui transportá-la de volta. Parecia uma louca. Ela acordará com uma baita dor de cabeça — concluiu Ariouk rindo.

— Não entendo como conseguiu trazer Bernadete até aqui. Como será agora?

— Ela não terá uma noção exata do que aconteceu, mas a impressão do encontro que tiveram ficará nela como um mau presságio. Você jogou na cara dela que sua filha se vingará.

— E se ela não se lembrar de que se encontrou comigo? De nada terá adiantado.

— Pode ter certeza de que você a deixou apavorada. Como lhe disse, Bernadete não se lembrará do que aconteceu, contudo, você conseguiu implantar no íntimo dela o medo e o tormento.

Com um sorriso torto, Carlo falou:

— Desejo que ela enloqueça de pavor! Ela pagará por tudo! — E, franzindo as sobrancelhas, olhou para Ariouk: — Só queria entender uma coisa: eu e você nos conhecemos recentemente. Por que parece querer me ajudar em minha vingança?

Ariouk deu um suspiro cansado:

— De vez em quando, tudo aqui parece sem sentido e monótono, mas pessoas como você, Bernadete, Rubens e sua filha dão significado a tudo.

Carlo sentou-se na areia e, de cabeça baixa, pediu:

— Me leve até Rubens. Me diga como posso fazê-lo sofrer... sofrer muito... eternamente.

— Você terá sua oportunidade. Saiba esperar. — E Ariouk desapareceu.

164

Quando foi informado pela camareira de que havia dois dias que uma hóspede não saía do quarto e não permitia a entrada da funcionária para a limpeza diária, mantendo a placa de não perturbe, o gerente do hotel ficou muito preocupado.

Ele, então, dirigiu-se ao aposento de Bernadete e bateu com insistência à porta, chamando pelo nome dela, sem, contudo, receber resposta. Receoso de que ela tivesse sentido algum mal súbito, o gerente do hotel usou uma chave mestra e entrou no quarto, encontrando a hóspede caída no chão. Enquanto a colocava na cama, ele ordenou que o socorro médico fosse chamado. O atendimento foi rápido, e o gerente ficou aliviado ao ser informado de que não se tratava de nada grave, mas salientou que Bernadete estava desidratada e desnutrida. Eles montaram um suporte ao lado da cama e administraram-lhe soro intravenoso, e uma enfermeira ficou responsável por fazer o acompanhamento até que a paciente tivesse condições de se reerguer, o que aconteceu três dias depois, nos quais Bernadete praticamente dormiu o tempo todo.

Já restabelecida, ela teve de prometer ao médico e ao gerente do hotel que tomaria os medicamentos e se alimentaria corretamente.

Quando ficou novamente sozinha, Bernadete caiu em um choro intenso até não ter mais forças para verter nenhuma lágrima. Ela, então, levantou-se e pegou um dos livros na mala. Ao abri-lo de maneira aleatória, leu com atenção: "Não podeis ser felizes sem mútua benevolência".

Bernadete fechou o livro e sentou-se na poltrona em frente à janela, enquanto o lindo entardecer riscava o céu com uma mescla de tonalidades tão perfeitas que só poderiam ser feitas com pincéis em mãos divinas.

"Estaremos todos errados?", questionou-se.

Ela prosseguiu perdida em seus pensamentos: "A ganância de Dante gerou o ódio em Rubens, que ludibriou minhas ambições com a ilusão do enriquecimento fácil camuflado de justiça. Isso tudo culminou na morte de Rubens e

Carlo, despertando a ira e o desejo de vingança em Simone...
Quanta insanidade, meu Deus!".

Uma derradeira lágrima desceu-lhe pela face. "Como o ódio se propaga em círculo, alimentando a si mesmo, cada vez mais intensamente. O que poderá deter essa trajetória repulsiva?".

Como uma voz distante, veio a resposta: "O amor, Bernadete. Somente o amor".

CAPÍTULO 19

As malas estavam abertas sobre a cama de Simone, mas ela não terminara de guardar suas roupas. Em vez de se ater à tarefa pela qual tanto aguardara, andava de um lado a outro do quarto, inquieta, enquanto aquelas palavras voejavam em sua mente, ao sabor das memórias da conversa que tiveram.

Ela não queria pensar em Murilo, pois tinha de manter o foco em seu objetivo, mas, sem que se desse conta, o sócio mexera com suas emoções de tal forma que criara, em algum lugar muito íntimo, um caminho aberto para a Simone que existia antes do acidente, antes de Rubens e da tragédia que se abatera sobre sua vida.

Irritada com sua ausência de determinação em seguir com a preparação da viagem, Simone tomou um banho e saiu.

Na empresa, Arnon estava deixando a sala de Murilo quando viu, com surpresa, Simone chegando, passos firmes e expressão hirta:

— Não esperava vê-la aqui. Está precisando de alguma coisa? Algo referente à sua viagem?

Simone estacou diante do amigo e, por alguns segundos, conseguiu lhe dirigir palavras afetuosas. Deu um beijo suave em seu rosto e disse com carinho:

— Você tem sido meu anjo bom, Arnon. Obrigada, mas quero apenas trocar algumas considerações com Murilo. Ele está muito ocupado?

Quase sem acreditar no que lhe parecia um milagre, Arnon apressou-se em responder:

— Não, minha querida. Com certeza, ele terá prazer em recebê-la. Quer que a acompanhe?

— Obrigada, mas não é necessário. Ainda consigo me lembrar do caminho até a sala da presidência — ela respondeu com uma entonação melancólica, passando a mão pelo rosto de Arnon.

Quando abriu a porta da sala de Murilo, e seus olhares se cruzaram, foi um choque de sentimentos distintos. Simone chegou disposta a desafiar as afirmações de Murilo, buscando argumentos que fortalecessem seu desejo de vingança, e ele, por sua vez, sentiu que havia uma chance de resgatá--la daquele universo triste e solitário no qual estava vivendo.

Murilo apenas observou Simone em silêncio, enquanto a moça puxava a cadeira e se sentava bem de frente para ele, do outro lado da mesa:

— Vou lhe contar toda a minha história, e você entenderá minhas razões.

E, sem esperar que Murilo fizesse algum tipo de comentário, Simone começou a falar de sua infância, do relacionamento repleto de amor e companheirismo que mantinha com o pai, de sua dedicação aos estudos e da determinação ao assumir o cargo na empresa. Por ser muito jovem e ocupar uma posição de chefia, relembrou o quanto precisara empenhar-se para ter sua capacidade reconhecida por todos os funcionários e para que não fosse vista apenas como a filha do dono do estaleiro. Tendo que assumir uma postura mais austera para ser respeitada, deixou de lado, por muito tempo, os sonhos e devaneios tão comuns às moças de sua idade, mas eles sempre existiram — fez questão de frisar.

Murilo ouvia a tudo com muita atenção e muito respeito, pois ela estava abrindo o coração como ele não imaginara que ela pudesse fazer, e acabou sabendo muitos detalhes que Arnon não lhe contara.

Quando Simone chegou ao ponto em que Rubens a salvou dos assaltantes na praia, a voz da moça mudou, e era nítido o abatimento que aquelas recordações ainda lhe causavam. Falando quase sem pausas, ela relatou tudo. Falou das mentiras de Bernadete, que fingira ser uma milionária interessada em comprar um iate apenas para conseguir se aproximar de Carlo; das expectativas de uma vida a dois cercada de amor ao lado de Rubens e do desejo de um dia ter filhos; da segurança ao lado do marido; da felicidade de dividir com ele a direção da empresa que ela tanto amava; e, por fim, de ter visto o pai tão feliz ao lado de Bernadete.

Simone, então, começou a relatar as traições, as noites de Rubens ao lado das prostitutas, os roubos cometidos por ele e pela irmã, as brigas, e, enfim, o acidente que causou a morte de seu pai. Ao final do relato, a moça estava com os olhos embaçados pelas lágrimas.

Murilo levantou-se e saiu, voltando em seguida com água e café para os dois. O empresário abriu a gaveta de sua mesa, retirou uma caixa de lenços de papel e colocou-a diante de Simone, que agradeceu apenas com um gesto de cabeça.

Ele esperou que a moça concluísse seu desabafo, mas, como ela se manteve calada, perguntou:

— Por que você decidiu me contar tudo isso, Simone?

Recompondo-se com dificuldade, Simone respondeu:

— Para que entendesse por que estou me afastando da empresa e as razões que tenho para encontrar Bernadete e fazê-la pagar por seus crimes. Quero lhe mostrar que esse é o único caminho que disponho para recuperar a paz que roubaram de mim. Só conseguirei prosseguir com minha vida quando colocar aquela mulher na cadeia. Infelizmente, não poderei fazer justiça com relação a Rubens, afinal, ele morreu sem ser punido por seu crime.

Simone terminou de falar, na expectativa de receber palavras de apoio incondicional, contudo, Murilo ficou quieto e pensativo até, por fim, dizer:

— E por que é importante que eu entenda suas razões?

Um pouco desconcertada, ela respondeu:

— Bem... somos sócios agora, e é importante que saiba que, se estou agindo assim, de uma maneira que pode parecer irresponsável, é porque tenho motivos que legitimam minhas ações.

— Em nenhum momento, cogitei considerá-la uma pessoa irresponsável. Sei de sua seriedade profissional.

Novamente, Simone ficou desconcertada, não encontrando uma justificativa sensata para ter ido ao escritório despejar fatos tão íntimos em um quase desconhecido.

— Você se sente de alguma forma responsável por tudo o que aconteceu? — Murilo perguntou sem rodeios.

Ela abaixou a cabeça:

— De certa forma sim. Se eu não tivesse me envolvido com Rubens...

— Eles teriam encontrado outros meios para alcançarem seus objetivos, Simone. A própria Bernadete envolveu seu pai e poderia ter articulado tudo sem a participação direta do irmão. Inclusive, foi ela quem abriu caminho para que ele chegasse até você.

— É verdade. Mas, se meu casamento não tivesse acontecido, as coisas ficariam mais difíceis para eles. Talvez levassem mais tempo para agir, e, quem sabe assim, tivéssemos a oportunidade de descobrir alguma coisa.

Havia tanta fragilidade na mulher à sua frente que Murilo se comoveu com tamanho sofrimento. As mais recentes ações de Simone não condiziam com a essência e o bom caráter da moça. A natureza íntima dela lutava contra sentimentos que jamais fizeram parte de sua vida, mas que, diante das atuais circunstâncias, ela os considerava lícitos.

Murilo decidiu correr o risco e aprofundar a viagem para o interior daquelas feridas:

— Simone, vejo que você considera que suas decisões atendem somente ao desejo de justiça... Já procurou analisar friamente que Rubens agiu movido pelos mesmos sentimentos?

A indignação explodiu por meio de palavras ásperas:

— É muita ousadia sua! Você me ofende ao me comparar com aquele bandido! Ele apenas queria enriquecer de maneira fácil, roubando pessoas trabalhadoras e inocentes. Nunca ouvi tamanho absurdo!

Procurando manter a conversa sob controle, Murilo disse com cautela:

— De forma alguma a estou comparando a ele, muito menos justificando os atos criminosos e reprováveis que Rubens cometeu. Apenas peço que reflita: tanto ele quanto Bernadete tiveram uma vida repleta de dificuldades e tristezas. Em vez de procurar um caminho correto para obter aquilo que considerava lhe ser devido, o ódio o cegou e o fez lidar com uma situação real — o fato de Dante ter roubado seu avô — de uma forma que conseguisse compreender. Sentimentos ruins, quando não são controlados, criam fantasias, enredos fantásticos, que, na maioria das vezes, não correspondem à realidade.

— Você está, sim, querendo fundamentar o comportamento de dois criminosos.

— Procure entender, Simone, que meu único objetivo é lhe mostrar outra perspectiva sobre toda essa situação. O que aconteceu é fato consumado, e você não tem o poder de mudar as coisas que passaram, contudo, agora está vivendo uma oportunidade ímpar de crescimento e aprendizado. E você não pode deixar que ela se perca, pois, se fizer isso, todo esse sofrimento terá sido em vão.

Com uma risada nervosa, Simone respondeu:

— Isso não tem a menor graça. Quem tem de aprender algo é Bernadete, não eu. E só quando eu puder olhar nos olhos dela e lhe mostrar que tenho o poder de fazê-la pagar pelo crime que cometeu, de colocá-la na cadeia, essa mulher talvez aprenda a não errar novamente.

Sentindo que sua tentativa não trazia o resultado esperado, Murilo abateu-se por um certo desânimo, mas não quis desistir:

— Simone, também lhe contei tudo o que aconteceu comigo. Não foi fácil esquecer o que me fizeram. Eu também era jovem, tinha meus sonhos, mas, diante da adversidade, fiz minha escolha e optei por mim, pela minha felicidade e pela integridade de tudo o que me definia.

— Também estou optando por mim. Por meu desejo de que Bernadete pague pelo que fez.

Murilo identificava em Simone a condição de alguém com poucos conhecimentos sobre a finalidade da existência, e, se estava determinada a seguir com seus conceitos, a moça encontraria em Murilo a mesma firmeza:

— Está enganada, Simone. Você optou por permitir ações impulsionadas por sentimentos que nunca lhe pertenceram. Se perdeu de si mesma, consumida pela revolta, exatamente como Rubens fez.

— Para você, é fácil falar, pois a situação pela qual passou nem foi tão grave. Claro, foi triste, contudo, não se compara ao que vivi — ela pegou a bolsa, deu um profundo e tenso suspiro e disse já se levantando: — Bem, acho que vir até aqui foi uma grande equívoco. Pense o que quiser a meu respeito, mas farei o que acho ser o certo. Você não entende!

Simone virou-se e já ia saindo sem esperar resposta, quando, ao abrir a porta, Murilo falou:

— Nunca menospreze a dor alheia.

Com o semblante rígido, Simone encarou-o sem palavras e saiu batendo a porta.

Arnon e Simone novamente se cruzaram no corredor, e ela não lhe dirigiu nem um cumprimento, passando feito um foguete. Ao perceber que a conversa não havia sido boa, ele entrou preocupado na sala de Murilo:

— Acabei de ver Simone saindo.
— O que achou?
— Parecia furiosa. O que disse a ela?
— Ainda menos do que gostaria.
— Imagino se tivesse dito tudo — Arnon considerou, enquanto arqueava as sobrancelhas.
— Você sabe de meus sentimentos por Simone. Ela é uma mulher encantadora, mas que está se deixando dominar por desejos que só arruinarão a vida dela. Preciso tentar impedi-la de prosseguir com isso, antes que descubra que consumar essa vingança, que chama de justiça, não lhe trará a satisfação que espera. Não se fizer da forma que está fazendo.
— Você também acha que Simone deveria entregar o caso à polícia?
— Claro! Essa seria a atitude correta. Deixar que a polícia apure os fatos e puna os responsáveis, enquanto ela trabalha para reconstruir a vida após retirar todos os escombros. Quero muito resgatá-la de si mesma.

Arnon acrescentou compassivo:

— Pobre garota! Espero do fundo do coração que você consiga.

Murilo dirigia seu carro de volta para casa, totalmente absorto em seus pensamentos.

A trajetória de sua vida poderia parecer comum a observadores estranhos: nenhum grande desafio a vencer, nenhum feito extraordinário digno de premiação, nenhum holofote sobre sua existência, mas só ele sabia cada passo que percorrera para se tornar o homem que era.

Geralmente as pessoas exaltam, e não sem razão, situações de superação física, financeira e social, mas não costumam atribuir valor à superação espiritual, ao aprimoramento moral. A maioria nem sequer pensa na importância dessa questão.

Em reuniões familiares, na presença dos pais, tios e avós, Murilo gostava de abordar seus questionamentos existenciais. Em uma ocasião, ele mencionou o quanto pensava nos seguintes diálogos:

— Por exemplo! — dizia em sua jovial excitação. — Dois conhecidos se encontram, e um deles acabou de comprar um carro novo, último modelo. O outro logo o elogia, o parabeniza pela aquisição e, em alguns casos, não sei quantos raros, sente uma pontinha de desejo de ter condições de possuir um bem tão valioso.

A família assentia afirmativamente, alguns comentários surgiam em burburinho, e Murilo prosseguia:

— Mas me digam... quantas vezes alguém aqui ouviu o seguinte diálogo entre dois conhecidos: — Estou muito satisfeito. Estudei e li muito, fiz uma viagem de conhecimento interior, me livrei de certos vícios, como julgar as pessoas pela aparência, criticar no outro aquilo que não percebo que existe em mim, e aprendi a ver o próximo com maior empatia, entendendo que cada ser humano está em um determinado estágio de desenvolvimento e que todos nós somos aprendizes.

Houve um silêncio generalizado.

Murilo prosseguiu entusiasmado:

— No máximo, o ouvinte dá um sorriso, acha interessante e muda de assunto. As pessoas fogem do que conhecemos como "papo-cabeça", de autoajuda! Poucos admitem que precisam se modificar, se aperfeiçoar como pessoa, entender e dominar suas más tendências e as engrenagens da vida, e essa não é uma tarefa fácil... O materialismo se sobrepõe à evolução espiritual, considerada supérflua e coisa de quem não precisa ganhar o pão de cada dia — Murilo colocou a mão no queixo, diante de sorrisos e olhares afetuosos e anuentes, e completou: — Vocês não acham que o mundo seria muito melhor se houvesse um maior equilíbrio entre o material e o espiritual? Se as pessoas dessem o mesmo valor a ambos?

Esse era o jovem Murilo. Ele tivera uma infância feliz, uma vida confortável e bem estruturada, sem luxos, mas nunca lhe faltara nada essencial. Era filho único e possuía uma relação muito harmoniosa com os pais, ambos professores.

Quando começou a se interessar por esportes e optou pelo surfe, Murilo recebeu apoio integral da família, que procurou ajudá-lo financeiramente para que ele realizasse o sonho de se profissionalizar.

Naquele jovem de aparência tranquila sempre existiu, contudo, uma inquietação interior. Murilo não conseguia entender certas situações cotidianas que lhe pareciam extremamente injustas. Fome *versus* fartura, riqueza e extrema pobreza, violência, situações caóticas, guerras, egoísmo, comportamentos humanos que pareciam primitivos em pleno século 20. Eram muitos os questionamentos naquela alma ainda adolescente.

Quando ocorreu o episódio envolvendo Denis e Denise, Murilo sentiu sua confiança na vida ficar profundamente abalada. Se seu melhor amigo e sua namorada tinham sido capazes de uma ação tão sórdida, e ainda tão jovens, que tipo de pessoas eles se tornariam no futuro? E se alguém de sua convivência próxima foi capaz de tal atitude, o que esperar da humanidade?

No primeiro instante, Murilo sentiu decepção, raiva, vontade de desistir de tudo e viver como um andarilho sem rumo e sem esperança. O que importava? As pessoas eram capazes de trair, ofender, machucar o outro por puro egoísmo e exaltação do ego. "Que mundo horroroso!", ele pensou na época.

Após ter várias conversas com os pais, Murilo foi acalmando seu coração e descobrindo o quanto aquele ressentimento estava bloqueando a possibilidade de enxergar novos caminhos.

Quando perceberam que o filho estava mais sereno, os pais ofereceram-lhe um espaço no quintal da casa para que ele pudesse começar sua produção e a venda de pranchas de surfe.

Ainda com o coração amargurado, Murilo agradeceu, começou a trabalhar com muita dedicação e aos poucos foi percebendo que o trabalho recuperava sua autoestima e tornava seus dias mais alegres e vigorosos. Entretanto, sua ânsia para compreender a vida e seus mistérios permanecia. Ele não conseguia aceitar que pessoas como Denis e Denise seguissem impunemente, quem sabe criando armações para prejudicar outras pessoas pelo caminho.

O sinal fechou, e ele lembrou-se das palavras de Simone. "Você deveria ter denunciado Denis ao comitê do campeonato". Na época, contudo, ele questionou-se sobre o que aquela atitude lhe traria de positivo e concluiu que, se o fizesse, se sentiria pequeno e mesquinho.

Um dia, então, ele decidiu procurar ajuda, e a mãe sugeriu-lhe que conversasse com Clara, uma vizinha muito querida e muito sábia, e buscasse os aconselhamentos dela. E foi dessa forma que Murilo descobriu o mundo que existe além de nossa limitada percepção.

Murilo adquirira a base de sua formação em vários cursos em um centro espírita indicado por Clara, onde conheceu todas as obras básicas do espiritismo. Depois de muito tempo, deixou de frequentar o centro e ampliou suas pesquisas e leituras, sempre buscando estudos comprovadamente sérios.

E assim Murilo foi aprendendo sobre o autoconhecimento, a entender as situações que cercavam sua vida e a se respeitar como a pessoa que era, com todas as suas imperfeições, que foram sendo sanadas quanto possível ao longo dos anos.

Conhecendo a si mesmo, em um processo rico e inesgotável, ele aprendeu também a perceber a vida de outra forma. Compreendeu que, nas ocorrências que nos cercam, não existem vítimas nem algozes, que tudo acontece em favor de nosso crescimento e amadurecimento e que saber lidar com as adversidades de maneira positiva é uma forma de viver com a dignidade fortalecedora.

Depois de anos após a traição sofrida, Murilo pensava em Denis e Denise e chegava a sentir uma comoção profunda. Não era arrogância ou elevação à sua superioridade intelectual. Ele apenas conseguia perceber o quanto os dois eram ignorantes sobre a condição de tudo o que existe. Pessoas pequenas, de uma enorme pobreza sensorial, que um dia descobririam que haviam desperdiçado suas vidas.

Dessa forma, Murilo excluiu o rancor de seus dias e, embora tivesse ouvido de muitas pessoas que vivia em um mundo irreal, que era passivo, que não corria sangue em suas veias, como dissera Simone, ele escolhera ser feliz, ter uma vida em paz e uma alma leve e isso incluía não deixar que o exterior interferisse em seu equilíbrio. As pequenas coisas tão desagradáveis que ocorrem no dia a dia deixaram de receber dele mais importância do que realmente mereciam.

Murilo não entrava mais em discussões desnecessárias, afastava-se sempre que possível de gente negativa, colérica, de pessoas que viviam como rolos de poeira sendo levados pelo vento. Sempre estava disposto a ajudar quem quer que fosse, desde que sua ajuda fosse bem-vinda, e esse talvez tenha sido um de seus maiores aprendizados: nada pode ser feito em benefício de quem se recusa a ser feliz.

Ele estava realmente apaixonado por Simone e faria tudo o que estivesse ao seu alcance para devolver a ela a alegria de viver, se esse fosse seu real desejo.

CAPÍTULO 20

Simone chegou em casa, sentindo o desgaste emocional que a conversa com Murilo lhe causara. A moça deitou-se na cama, envolvida em uma solidão avassaladora, buscando compreender o sentido de tudo por meio de suas sensações e da percepção de seu sofrimento.

A causa de todo o mal que a cercava era muito clara: Rubens e Bernadete. Ele estava morto, e ela não podia fazer mais nada para puni-lo. Bernadete, contudo, estava livre, usufruindo do dinheiro roubado. Talvez até estivesse envolvida com outro homem — quem sabe uma próxima vítima de suas artimanhas —, e vangloriando-se, intimamente, do plano articulado com sucesso. Esses pensamentos reavivaram o ódio no coração de Simone, como o sopro do vento em uma brasa quase extinta.

As palavras de Murilo eram vãs. Como ele poderia compreender a gravidade dos danos que aqueles dois causaram à vida de Simone? As teorias do empresário chegavam a ser impressionantes e lindas nas páginas dos livros, mas a realidade era dura e cruel, uma guerra de foice entre o bem e o mal, e a punição severa daqueles que cometem erros era a única solução. Estava longe de ser Deus, Jesus ou uma santa e não lhe cabia perdoar ou relevar as atitudes de gente que existia apenas para causar mal ao outro. Não havia justificativa para os roubos, as intrigas, mentiras e traições. A justiça precisava ser feita a qualquer preço.

Não interessavam a Simone os motivos e as dificuldades que Rubens tivera. Ele fora fraco quando não lutou para melhorar suas condições de vida e egoísta quando pensou só em si e atingiu pessoas que nada sabiam sobre as atitudes de Dante. E Murilo ainda tentara amenizar os fatos mencionando que Rubens também, de acordo com seu entendimento, só buscara justiça. A verdade é que ele não passava de um canalha, que usara de desculpas para justificar seus crimes.

De um salto, sentindo o rosto superaquecido pelas emoções, Simone levantou-se e recomeçou a arrumar suas roupas nas malas. Partiria o quanto antes. Ansiava por colocar as mãos na fugitiva e, se possível, queria encontrá-la usufruindo das benesses de seu crime, de preferência acompanhada, para poder fazer a denúncia e desmascará-la publicamente.

"Seria a glória, a suprema humilhação, a perfeição", pensou com um sorriso de viés.

O que sua capacidade sensitiva não conseguiu captar foi a presença de Carlo no quarto, que, ao lado de Ariouk, emanava vibrações densas de incentivo aos pensamentos de vingança da filha.

Ao retornarem ao local do umbral onde Carlo vivia seus momentos de angústia e revolta, o corpo dele estava em carne viva e seu quadro geral piorava com rapidez, devido ao grande esforço que ele necessitava empreender em cada ida ao orbe terrestre.

Ariouk concluiu que, em pouco tempo, o pobre empresário já não conseguiria sequer se levantar e precisaria se mover, caso conseguisse, como uma criatura rastejante e ressequida. Concluiu também que aquele homem não poderia lhe oferecer um mínimo de diversão e movimento que lhe quebrasse o tédio ocasional e que estava na hora de se despedir:

— Bem, meu caro, acho que essa será a última vez que nos veremos.

Contorcendo-se de dor, Carlo voltou sua cabeça retorcida, mirou Ariouk com a vista turva pela debilidade e disse com uma voz cavernosa:

— Não pode me abandonar aqui. Preciso encontrar Rubens e acabar com ele! Você disse que me ajudaria...

— Uma das primeiras coisas que você deveria ter aprendido é que não se pode confiar em nada nem em ninguém neste lugar — respondeu com desdém. — Sua história perdeu a graça, e eu não tenho nada a ver com sua vingança. Isso é problema seu.

— Por favor, eu lhe imploro... me ajude a sair daqui. Eu posso me recuperar e logo estarei melhor. Me ajude a encontrar Rubens! Depois de acabar com ele, lhe serei eternamente grato e farei o que quiser.

— Olhe para você! Não me servirá para nada.

— Me tire daqui... — Carlo implorou mais uma vez, quase desfalecendo.

Sem nenhum indício de empatia ou piedade, Ariouk falou:

— Você possui a única chave capaz de abrir a porta para sua liberdade, Carlo.

— Não... entendo... — falou fracamente, antes de sua voz quase desaparecer.

— Você é muito burro, e não cabe a mim ensinar nada a ninguém. Encontre por si só a resposta de que precisa.

Ariouk desapareceu, enquanto Carlo gemia com as últimas débeis forças que lhe restavam.

Quando retornou para seu posto de comando, o mouro deparou-se com Rubens falando com um grupo de homens em uma espécie de comício ou algo do gênero. Ariouk ficou observando a cena a certa distância e manteve-se oculto. De onde estava, ele conseguia ouvir o que era dito, e o discurso de Rubens deixou-o furioso:

— Preciso que vocês se unam a mim em uma missão de grande importância. Temos que invadir o orbe terrestre para atacarmos com mais intensidade e precisão minha ex-mulher. Existem pessoas que estão tentando ajudá-la, e não posso permitir que isso aconteça. Ela precisa sofrer, enlouquecer, para que não continue a viver à custa do dinheiro e da fortuna que deveriam pertencer a mim. — Rubens fez uma pausa tentando acirrar os ânimos dos ouvintes. — Depois, precisaremos encontrar Carlo e fazer dele meu escravo para que continue sua existência sob meu jugo. É o que ele merece por ter causado minha morte.

Uma voz se fez ouvir no grupo:

— Precisamos aguardar as ordens de Ariouk. Obedecer às suas determinações.

Uma risada ecoou no vazio:

— Ariouk está fraco, apático. Venho insistindo para que me ajude, mas ele nada faz. Acho que perdeu seu poder, sua determinação. Se estivesse na Terra, eu diria que estava velho demais. O tempo de Ariouk acabou. Fiquem ao meu lado, me ajudem nesta missão e terão uma existência poderosa e cheia de aventuras. Podemos partir daqui; nós somos a força de Ariouk, e, sem nosso apoio, ele nada poderá fazer contra nós.

Foi então que a voz grave se ergueu estrondosa como um trovão, fazendo o grupo dar vários passos para trás, encolhido e assustado como um rebanho de ovelhas acuadas por uma alcateia:

— Eu deveria ter imaginado! Traidor uma vez, traidor sempre! — quando Ariouk se aproximou, Rubens teve a nítida impressão de que o mouro dobrara de tamanho, pois parecia um gigante aterrador. Ele sabia, entretanto, que aquilo deveria ser só uma ilusão, como muitas que ele vira serem possíveis naquele lugar, e não se deixou intimidar.

— Que bom que ouviu tudo, Ariouk, pois me poupa o trabalho de ter que me repetir. Cansei de esperar que me ajudasse em meus objetivos. Nós vamos embora para formar nosso próprio bando, mais ativo e dinâmico. E o grupo está me apoiando!

Ariouk voltou-se para os homens que tremiam sem controle, e todos apenas negaram com suas cabeças a afirmativa de Rubens.

Certo de que não teria de enfrentar um motim, mas uma insurreição patética e solitária de Rubens, Ariouk chegou lentamente até ele, agarrou-o pelo que restava de um colarinho na roupa rota e ergueu-o a uma altura acima de sua cabeça, com a facilidade de quem ergueria uma criança pequena. E em segundos, atirou Rubens contra umas pedras ao redor do local, com uma violência proporcional ao seu tamanho.

Com o choque, as feridas, que haviam sido causadas pelo acidente com a lancha e sido parcialmente curadas por Ariouk, começaram a reabrir. Delas jorravam pus e sangue, o que fez Rubens urrar de dor. Por estar ainda atrelado ao materialismo terreno, por falta de conhecimento e informação, ele experimentava, assim como todos os espíritos que habitavam o umbral, as mesmas sensações de quando encarnados.

Ariouk aproximou-se do corpo imóvel e contorcido sobre a pedra:

— Lei número um: entre todas as espécies de bandidos, dos ricos e poderosos aos mais miseráveis, não existe lealdade. Só duas coisas mantêm os conchavos: as conveniências e o poder. Não existem amigos ou cúmplices. Toda postura depende apenas das circunstâncias, e quem se envolve com bandido sabe que pode ser traído a qualquer momento. Só não esperava que você ousasse me enfrentar tão cedo, estando há pouco tempo aqui e não dominando as regras do jogo.

Com muito custo, Rubens conseguiu erguer-se. Precisava reverter aquela situação:

— Espere aí, Ariouk, podemos conversar. Talvez eu tenha precipitado um pouco as coisas e...

Um chute inesperado atingiu Rubens, fazendo seu corpo tombar novamente e rolar pela pedra até atingir o chão:

— Você acha que conseguirá me ludibriar? Lei número dois: aqui, não há uma segunda chance para traidores.

Sem dizer mais nada, Ariouk aproximou-se de Rubens, agarrou seus dois braços e arrastou-o até perto do grupo. Com a cabeça, ele sinalizou imperativo que alguns homens trouxessem uma corda. Rubens foi amarrado, e Ariouk saiu caminhando a passos seguros, puxando sobre seu rastro a criatura que gritava em desespero:

— O que está fazendo? Para onde está me levando?

— Para o lugar adequado para gente como você. Para o núcleo mais perverso que existe por essas bandas, cujo líder é um conhecido meu. Ele sabe exatamente como colocar rebeldes na linha. — Ariouk deu uma risada fantasmagórica. — Lá, os escravos são tratados sem piedade, então, não espere receber o tratamento gentil que recebeu de mim. — E prosseguiu arrastando Rubens, que se debatia aterrorizado. O rosto de Rubens permanecia coberto o tempo todo por terra, que invadia sua boca enquanto ele tentava cuspir em vão, impedindo-o de falar.

Ariouk continuou sua narrativa perversa:

— Torturas sem fim são os melhores argumentos contra a desobediência. Meu amigo, se você acha que conhece o sofrimento, descobrirá agora o que é o inferno!

E o cortejo desapareceu na escuridão.

Rubens nunca mais foi visto por aquelas bandas dominadas por Ariouk nem pelos arredores.

Sozinho, largado à própria sorte, Carlo permanecia deitado na praia, sem forças para tomar alguma iniciativa. Estava exausto, e seu corpo parecia estar sendo dilacerado.

Com os olhos fechados, ele tentava, em sua mente, visualizar cenários onde fora feliz, mas as imagens lhe chegavam turvas, como lembranças muito distantes, quase apagadas pelo tempo. Na impossibilidade de alcançar seu intento, Carlo chorou todo o seu desalento até desmaiar.

As ruas de Madrid estavam em festa em honra a San Isidro, patrono da cidade e dos lavradores.

Uma romaria formava-se na Pradera de San Isidro e nas ruas próximas, enquanto os participantes seguiam a tradição de beber a "água do santo", que brota de um manancial na Ermida de San Isidro.

Ao ser informada do evento pelos funcionários do hotel, Bernadete decidiu deixar seu confinamento e conferir a comemoração de perto.

Era uma comemoração de caráter religioso, e, naquele momento, ela considerava bem-vindo qualquer auxílio vindo dos céus.

Em seus dias reclusos, Bernadete entregou-se à leitura dos livros comprados em Lisboa, pesquisou na internet sobre assuntos relacionados ao estudo sobre a vida terrena e o mundo espiritual, leu sobre o poder e a força de nossos pensamentos, sobre as energias que estão por toda a parte — positivas e negativas —, estudou a relação entre causa e efeito e sobre a responsabilidade de cada um sobre a própria vida.

Bernadete também buscou por notícias do Brasil e acabou descobrindo que parte das ações da Brávia's havia sido vendida ao empresário Murilo Martins, que assumira também a presidência da empresa por período indeterminado, enquanto a sócia majoritária, Simone Agostinelli, se mantinha temporariamente afastada da companhia por questões pessoais.

"Questões pessoais?", pensou Bernadete ao ler a notícia. "O que deve estar acontecendo?", questionou-se, imaginando o abalo emocional que a enteada havia sofrido com a perda do pai. A ligação entre eles era muito forte.

Pensar em Carlo fez o coração de Bernadete doer com intensidade. Seus sentimentos deixavam-na confusa.

"A saúde de Simone deve estar muito abalada para causar o afastamento dela da empresa. Será que ela está internada? Meu Deus! O que fizemos?!", pensou Bernadete, entregando-se às lágrimas, como fazia quase diariamente desde que chegara a Madrid.

Com a tristeza acompanhando-a a cada hora de seus dias, Bernadete vestiu-se e saiu rumo à Ermida de San Isidro, onde cumpriu o ritual de beber a "água do santo". Depois, seguiu para a Igreja de San Isidro, na Calle de Toledo.

Bernadete queria rezar, pois aquela era a forma que ela conhecia para se conectar com o plano espiritual. Seu coração ansiava pelo perdão divino, para que pudesse se libertar do peso que carregava, promovido pela culpa que assolava sua alma.

Deus, em sua magnificência, poderia até lhe perdoar os pecados, mas ela sabia que não poderia ter o perdão de Carlo, já que ele estava morto. Além disso, Simone também jamais a perdoaria, e ela teria de conviver com isso.

CAPÍTULO 21

Arnon entrou sem bater na sala de Murilo:

— Acabei de receber uma ligação de Simone pedindo que eu providenciasse a compra de sua passagem para Lisboa.

— Para quando?

— Para daqui a três dias.

— Três dias... — repetiu Murilo com o semblante reflexivo.

Um silêncio expectante pairou sobre a sala.

Murilo revirava lentamente os olhos, como se buscasse enxergar uma solução. Queria impedir a partida de Simone, mas, pelas conversas que tivera com ela, sabia que teria poucas chances de ser bem-sucedido.

Percebendo o impasse do amigo, Arnon arriscou:

— Não temos saída, não é? Nada podemos fazer para que Simone desista dessa viagem.

— Talvez, se tivéssemos mais tempo...

— Ela está irredutível!

— Apesar das confidências que Simone me fez quando conversamos, a verdade é que mal nos conhecemos. Não posso agir impetuosamente, invadindo a privacidade dela de qualquer jeito. Não tenho esse direito, nem ela me deu tal liberdade.

— Mas... se Simone lhe falou de sentimentos e situações tão íntimas, de alguma forma abriu espaço para que você participasse da vida dela.

— É preciso ter cuidado e sensibilidade nessas circunstâncias. O fato de ela ter aberto seu coração para mim, não me dá salvo conduto para transitar livremente, interferindo nas ações e decisões dela.

— Murilo, eu acho que Simone lhe deu esse direito.

Com uma calma generosa, o empresário explicou-se:

— Arnon, faz parte da natureza humana entender que, se presto uma ajuda a alguém, seja material ou emocional, passo a ter o poder de julgar, questionar, opinar, criticar e decidir pela vida da pessoa beneficiada. O auxílio despretensioso, motivado apenas pelo desejo generoso, é bastante raro. Sem credores e devedores, apenas a amplitude do bem pelo bem.

Arnon ouvia com atenção:

— Seriam as coisas tão simples assim?

— A vida é simples, quando deixamos o excesso de reverência ao ego de lado, quando percebemos que não precisamos de inúmeras motivações externas para a conscientização de nosso próprio valor. Muitas pessoas fazem o bem sinceramente, com o intuito de ajudar, mas em algum lugar, em seu íntimo, precisam daquela atitude para mostrarem a si mesmas e aos outros que possuem o poder necessário para resolver uma questão alheia. Esse é o tipo de pessoa que jamais permite que o favor prestado seja esquecido, criando uma situação triste e fazendo do outro uma espécie de refém moral.

— Na teoria, tudo é muito fácil...

— Não adiantam as leituras, o estudo, as rezas ou o que quer que seja, se nada do que aprendemos for aplicado em nossas vidas. Se estou lhe falando sobre tudo isso, Arnon, é porque me trabalhei durante anos, e ainda o faço, para aplicar o aprendizado em minhas ações cotidianas — ele fez uma pequena pausa e prosseguiu: — Vou lhe dar um exemplo: há muitos anos, um grande amigo meu passou por sérios problemas pessoais, que lhe geraram uma grande dificuldade financeira. Apesar de sermos próximos, fiquei constrangido em abordar as questões que o envolviam, até que ele veio me pedir ajuda, uma quantia da qual eu dispunha, sem me gerar nenhum tipo de problema. Não perguntei o destino que ele daria ao empréstimo, quando me devolveria o dinheiro, o que havia feito para chegar àquela situação. Não disse nada que pudesse colocar meu amigo em uma posição mais constrangedora que sua própria situação já o tinha colocado. Eu sabia que o dinheiro não seria utilizado para nada ilícito. Eu tinha meios de ajudar, então, simplesmente o fiz. Entende o que quero dizer?

Enquanto analisava as palavras de Murilo, Arnon passou a mão pelo rosto e falou:

— Você expõe suas opiniões com tanta clareza e naturalidade que realmente faz tudo parecer simples.

— Mas é simples. Faça o bem, sem olhar a quem, sem esperar deferência como contrapartida e, acima de tudo, sem considerar sua ação como um passe de propriedade e direitos sobre o outro. Compreender isso é compreender o amor em seu significado mais amplo.

Arnon sentiu seus olhos brilharem emocionados.

A admiração que ele tinha por Murilo crescia a cada nova conversa e ele perguntava-se como um homem ainda tão jovem poderia ter uma sabedoria tão simples e, ao mesmo tempo, tão profunda.

— Bem, temos três dias ainda. Tentarei pensar em algo que seja convincente para dissuadir Simone dessa ideia louca de ir atrás de Bernadete — disse Murilo.

— E se não encontrarmos um jeito?

— Aí, teremos que deixar a vida seguir seu rumo. Se for preciso que Simone faça essa viagem para o bem dela, tenha certeza de que não conseguiremos encontrar uma solução e só nos restará enviar bons pensamentos a ela, desejando que vá e volte em segurança e em paz. Mas, se estiver ao nosso alcance fazer algo, por mais que nada nos inspire, a vida dará um jeito de resolver e nos mostrará o caminho.

— Você realmente acredita nisso?

— Com toda a certeza. Eu confio na vida.

— É isso que chamam de fé?

— Quem sabe... o que importa o nome que é dado a isso? O que importa é sentir.

CAPÍTULO 22

Durante toda a nossa existência, recebemos, seguidamente, demonstrações da força maior que atua ao nosso redor. Situações inacreditáveis acontecem, sem que seu real valor e sua verdadeira origem sejam percebidos, seja por falta de conhecimento, seja apenas por uma disposição voluntária de negar tudo o que não possa ser visto ou que não seja palpável.

Escapar ileso de um acidente fatal, desviar-se de um perigo iminente sem a consciência exata da decisão tomada, soluções que surgem de repente quando tudo parece perdido, uma cura inexplicável até para os médicos, encontros providenciais e inesperados, todas essas situações são consideradas coincidências, mas surgem no exato momento da necessidade. São os pequenos e grandes milagres que ocorrem no cotidiano e que passam despercebidos ou ignorados pela maioria.

Murilo sabia que os mecanismos da vida jamais falham, e esse conhecimento fez dele uma pessoa com profunda paz interior. Ele tinha o conhecimento para esperar o momento certo, agir quando possível e aceitar o imutável.

Compreender a ação do tempo devido não significa inércia ou conformismo, contudo, se, após inúmeras tentativas, algo não sair como o planejado, é necessária uma mudança de estratégia ou atitude, o que pode significar, por exemplo, aquietar a mente e o coração e se preparar para aceitar a interferência divina e estar atento ao sinais recebidos. Sem pressa, afobação ou desespero. Resolver e viver o hoje, confiando que o amanhã trará tudo o que necessitamos e, dessa forma, atrair o positivo, depurar a fé e a consciência de que somos os únicos responsáveis pela qualidade de nossas vidas.

Nessas horas, uma atenção voltada para o passado revela desafios que costumam cair no esquecimento. Quantas barreiras já foram transpostas? Quantas vitórias conquistadas? Quantas dificuldades superadas? É mais comum do que se imagina o ser humano menosprezar sua força interior e sua capacidade de resiliência e, na hora da dificuldade, sentir-se ansioso, perdido e sem esperanças, contudo, uma rápida análise da caminhada pode ser o impulso para a coragem de prosseguir com determinação e confiança nos dias que virão. Porque cada amanhecer é uma nova oportunidade para definirmos quem somos.

Era a manhã da véspera do embarque, e Arnon não conseguia dissimular sua ansiedade. Em casa, tentou várias vezes abordar o assunto com Simone, sem nenhum sucesso. Ela não lhe dava ouvidos.

Na empresa, ele compartilhava seus temores com Murilo, que permanecia quieto, talvez um pouco mais introspectivo que o usual, o que deixava Arnon impaciente e sem conseguir compreender o conformismo do amigo.

Enquanto isso, em Madrid, alheia ao que se passava no Brasil, Bernadete presenciava seu próprio renascimento. Ela sentia-se mais bem-disposta, no entanto, ainda não conseguia livrar-se do peso que transcendia seus limites de conhecimento.

A tristeza pelo confronto veemente e honesto com suas ações ao lado de Rubens enchiam-na de vergonha e culpa, mas havia algo mais, um sentimento cuja compreensão recente devastava seu coração. E foi então que descobriu que apenas uma conduta ética, após reavaliar seus valores morais, seria capaz de redimir seus pecados.

Seguir adiante com a decisão que acabara de tomar, apesar de sua convicção, não eliminava seus temores diante dos piores prognósticos, contudo, se não o fizesse, seria impossível reencontrar a paz e voltar a se encarar no espelho. A consciência de nossos erros e a humildade para repará-los talvez sejam uma das maiores demonstrações de bom caráter, amadurecimento e coragem.

Com gestos vagarosos, Bernadete começou a arrumar seus pertences dentro das malas. Em vários momentos, uma ou outra lágrima solitária insistia em deslizar por sua face, mas logo era contida pelas mãos seguras.

Quando tudo estava quase pronto, o ar no ambiente pareceu-lhe mais leve. A respiração mais suave e o ruído nas ruas pareciam não querer invadir a quietude do quarto e da alma de Bernadete.

Levando apenas algum dinheiro no bolso de seu cardigã, a câmera fotográfica que Carlo lhe dera, a cabeça povoada de incertezas e um coração machucado, ela deixou o hotel.

Ainda havia uma coisa que queria fazer na cidade.

Sem pressa e com destino não conhecido, Bernadete andejou pelas ruas da capital espanhola fotografando o inusitado e os detalhes pouco percebidos pelas muitas pessoas que cruzavam seu caminho. Ângulos perfeitos em cada percepção de beleza, em cada imagem que definia fielmente a cultura e o espírito daquele povo, surgiam em fotos que mais pareciam obras de arte.

Bernadete não sentiu cansaço ou fome, passou horas entretida com seu trabalho, e, quando se deu conta, a tarde já estava acabando. Ela, então, seguiu em direção aos Jardins do Retiro, sentou-se nas escadarias do Monumento a Alfonso XII, de frente para o lago, e aguardou o magnífico pôr do sol, que seria registrado por ela e por sua câmera em uma sequência perfeita.

Quem a olhasse veria apenas mais uma turista solitária, captando momentos através de suas lentes para depois serem compartilhados com os amigos. Quem a observasse não teria ideia do turbilhão de emoções que habitavam o interior daquela figura tão corriqueira. Era difícil imaginar que aquele olhar tão encantado com a beleza do céu queria, na verdade, guardar as cores da liberdade que temia perder, o toque da brisa entrando suave e abastecendo de vida seus pulmões, todos os aromas da sensação de independência absoluta.

Bernadete sabia que, a qualquer momento, tudo aquilo poderia lhe ser tirado, mas, resignada, espantou aqueles pensamentos da cabeça.

Como sabemos pouco e julgamos fácil as pessoas e tudo o que nos cerca.

Quando a noite chegou, ainda com leves resquícios do dia, ela direcionou toda a emoção de seu coração a Carlo. Agora, compreendia que a vida não se extinguia com a morte e que, após deixar o corpo físico, a alma fica livre para seguir seu caminho sem as amarras terrenas.

Por meio dos estudos, ela desenvolvera a consciência de que, após o desencarne, o espírito leva consigo a doçura ou a amargura de acordo com os sentimentos que experimentou na vida corporal.

Carlo era um homem bom, correto e sensível, e sua passagem para o plano espiritual deveria ter sido serena e repleta de descobertas surpreendentes, pelo seu pouco conhecimento sobre a continuidade da existência. Entretanto, o que preocupava Bernadete era desconhecer totalmente as reais circunstâncias que cercaram a morte do marido. Será que ele já sabia tudo a seu respeito no momento do acidente? O que ele e Rubens faziam juntos naquela lancha? Que tipos de sentimentos o acompanhavam no exato instante de seu desencarne?

Se Carlo partiu carregando o ódio, ressentimento e decepção, sua transição talvez não estivesse sendo tranquila, mas cercada de incompreensão e angústia. Ela sabia que o destino espiritual não passava de um reflexo dos pensamentos de cada um.

Tudo que Bernadete queria era ter a capacidade de saber como Carlo estava e, comovida, elevou seu pensamento. O verdadeiro desejo dela era de que o marido estivesse em paz, preparando-se, ao lado dos benfeitores espirituais, para a fantástica e maravilhosa viagem da alma.

Em silêncio e imersa em si mesma, ela rezou por Carlo, pediu-lhe sincero perdão e, como em uma conversa celestial, revelou-lhe sentimentos profundos e recém-descobertos. A prece de Bernadete era tão verdadeira e cercada da mais sincera afeição que ela não tinha dúvidas de que esta seria recebida onde quer que ele estivesse.

A imobilidade era cruel! Carlo não conseguia mais se mover nem gritar por socorro. A cabeça dele girava em pensamentos desconexos, e ele perguntava-se qual seria seu destino, já que estava morto. Por alguns instantes, deteve-se nessa questão para, pouco depois, chegar a uma conclusão enlouquecedora: "Se já estou morto e não posso morrer novamente, o que me resta é continuar existindo dessa forma? Como uma criatura imóvel, sofrendo essas dores horríveis, nesse abandono sem fim?", ele pensou tomado pelo desespero.

"Será mesmo a morte uma ilusão? Terei de passar a eternidade carregando o peso do ódio, que destrói o pouco que ainda me resta? Com que objetivo? Vingança? O que ganhei com isso? O que todos ganharam com a vingança de Rubens?

Não há vencedores nas guerras, assim como não há na vingança. Todos perderam a vida de alguma forma."

Carlo começou a chorar. Um pranto sem o vigor físico, mas com uma profunda solidez de alma. E foi então que o frio do lugar cedeu espaço a uma corrente de ar morna e aconchegante, e Carlo entregou-se ao conforto inesperado que o ambiente lhe fornecia e fechou os olhos.

Imagens do casamento com Bernadete, da lua de mel, dos dias felizes ao lado de Simone, do escritório na Brávia's surgiram tão nítidas e coloridas na mente de Carlo que ele parecia estar assistindo a um filme.

Não importava o que Bernadete fizera, não importava sua traição, ele a amava e amara cada um dos dias ao lado dela. Lamentava não ter mais a oportunidade de conversar com a esposa e tinha agora uma certeza íntima de que ela teria como se explicar, de provar que na realidade era uma boa pessoa e que se envolvera em uma situação reprovável, movida por um impulso inconsequente.

Carlo também nada mais queria com Rubens. Que ele prosseguisse cumprindo o destino que lhe fosse justo, mas não queria que isso acontecesse por suas mãos. Cada um, cedo ou tarde, passa por seu acerto de contas, e Carlo estava exausto, querendo paz e curar a alma e as feridas que martirizavam seu corpo ainda denso.

Começou a balbuciar algumas palavras, pedindo socorro com um sofrimento intenso, enquanto tentava, inutilmente, se lembrar do nome do homem que falara com ele quando ainda era um recém-chegado ao lugar e que prometera vir em seu auxílio caso precisasse.

A agonia pelo esquecimento deixava Carlos sem perspectivas de ser salvo, e ele já estava se entregando ao total desalento quando sentiu o calor aumentar com a proximidade de três homens envolvidos por uma linda luz própria.

O que caminhava um pouco à frente dos outros se aproximou dizendo com uma voz firme, mas emanando caridade e amor:

— Pronto, Carlo, estou aqui. Você não está só. Sou Haziel, se lembra de mim?

Conseguindo movimentar apenas os olhos, Carlo fixou-os na imagem deslumbrante:

— Como chegou aqui? Não consegui gritar por socorro e não conseguia me lembrar de seu nome. Como soube?

— Suas vibrações chegaram até mim, e eu havia lhe dito que estaria por perto caso precisasse. Quer vir conosco?

— Para onde vão me levar?

— Para um local onde você receberá cuidados para suas feridas e toda assistência espiritual de que necessita. Lá, repousará e se restabelecerá. Em breve, recuperará totalmente suas forças, confie em mim.

— Eu quero ir. Por piedade, me levem daqui.

— E quanto a Rubens?

— Não quero mais saber dessa história. Só o vi uma vez, não sei o que aconteceu com ele... e nem quero saber. Preciso de paz.

— Não quer mais se vingar?

Voltando a chorar, Carlo respondeu sem vacilar:

— O que tiver que acontecer com ele não acontecerá por meu intermédio. Quero só esquecer. Por Deus, me ajude!

Os dois homens, que até aquele momento se mantiveram atrás de Haziel, aproximaram-se e, com muito cuidado, ajeitaram o corpo de Carlo sobre uma maca.

Assim que foi acomodado, Carlo desfaleceu, e os quatro seguiram pela praia em direção a um portal de luz por onde passaram, desaparecendo em seguida e deixando para trás a escuridão da praia, o ódio e o medo.

CAPÍTULO 23

O tempo estava se esgotando, e Murilo não conseguia encontrar uma solução. A cada momento, ele percebia que qualquer tentativa de dissuadir Simone seria vista por ela como uma intromissão bastante infrutífera e inconveniente.

Sozinho em sua sala, Murilo orava para que alguma boa ideia o iluminasse. Pensava nos possíveis riscos que ela poderia correr, mas também se preocupava com a empresa. Conseguira organizar a desordem e acalmar os ânimos dos funcionários que se sentiram, durante muito tempo, inseguros com o fato de não terem um líder no comando, pois Simone era uma excelente profissional e estava, de fato, fazendo muita falta na criação dos projetos. Se tudo isso já não fosse motivo suficiente para sua inquietação, havia outra razão muito forte para querer que ela ficasse. Murilo a queria ao seu lado, declarar seu amor e mostrar-lhe que ela jamais ficaria sozinha novamente.

O silêncio, de repente, foi quebrado por suaves batidas à porta. A secretária entrou e ficou parada, expressando incerteza sobre como deveria agir.

Murilo finalmente a olhou, tentando decifrar a razão do constrangimento da moça:

— Pois não... você... — ele sentiu a atmosfera estranha. — Aconteceu alguma coisa?

Titubeando, ela respondeu:

— Senhor Murilo, é que tem uma ligação... Não sabia se deveria transferir para o senhor... e realmente fiquei sem saber o que fazer.

— Mas a ligação é para mim? — perguntou intrigado.

— Sim, senhor, mas... não sei se o senhor vai querer atender.

— Quem está na linha?

— É... a senhora Bernadete, viúva do senhor Carlo — a secretária informou, receosa da reação dele.

E o que ele fez a deixou atônita.

Murilo apenas uniu as mãos espalmadas rente aos lábios, fechou os olhos, baixou um pouco a cabeça e, compenetrado, permaneceu assim por alguns segundos, agradecendo a Deus. Por fim, com a voz branda, ele voltou-se para a secretária:

— Pode passar a ligação.

Pouco depois, o telefone sobre a mesa tocou, e Murilo atendeu à ligação com sua expectativa sob controle:

— Alô?

Fez-se um breve silêncio.

— Senhor Murilo Martins? Meu nome é Bernadete... fui casada com Carlo Agostinelli.

— Sei quem é a senhora. O que deseja?

Ser reconhecida imediatamente por Murilo desestabilizou-a. O que ele saberia a seu respeito? Ela não conseguia identificar o sentimento de seu interlocutor, mas ele não lhe parecera hostil:

— Tomei conhecimento que o senhor agora preside a empresa que foi de meu marido. Estou voltando ao Brasil em alguns dias e gostaria que tivéssemos uma reunião em particular.

A respiração de Murilo acelerou levemente:

— Quando pretende chegar?

— Acredito que em dois ou três dias. Assim que me instalar no hotel, ligo novamente.

198

— Ficarei aguardando.

— Por favor, peço-lhe que nosso contato e minha volta ao Brasil sejam mantidos em sigilo absoluto. Depois de nossa conversa, o senhor estará livre para agir como achar melhor.

— Confie em mim. Ninguém saberá de nada.

— Obrigada.

O clique do outro lado da linha encerrou o diálogo, deixando Murilo pasmado, pensando em que assunto Bernadete poderia querer tratar com ele.

Jamais deixaria Simone saber da chegada de Bernadete. Primeiro precisava ouvir o que ela tinha a dizer. O ódio que Simone sentia poderia atrapalhar e criar uma situação incontrolável.

Murilo chamou Arnon e a secretária, e, quando os dois entraram na sala, ele virou-se para a moça:

— Peço-lhe que não comente com ninguém sobre essa ligação — e enfatizou: — Com ninguém, em hipótese alguma!

— Sim, senhor. — E obedeceu ao sinal para deixá-los a sós.

Arnon aguardava desconfiado:

— O que está acontecendo aqui?

— É melhor você se sentar — Murilo respondeu, enquanto Arnon aceitava a sugestão.

— De que ligação você estava falando?

— Da ligação que acabei de receber de Bernadete.

Arnon deixou o corpo arriar sobre o encosto da cadeira:

— Bernadete?! O que ela queria com você? Onde ela está?

— Não sei, não me disse. Mas desembarcará no Brasil em poucos dias e solicitou uma reunião privativa comigo.

— O que ela pode querer? Como chegou a você?

— Não tenho essa resposta, no entanto, minha posse na Brávia's foi divulgada em diversos canais, inclusive na internet. Se ela estava buscando alguma notícia de Carlo, com certeza viu em algum lugar.

— Então já sabe que Carlo morreu.

— Com certeza.

— E o que faremos agora? O embarque de Simone é amanhã. Ela precisa saber.

— De jeito nenhum, Arnon. Se Simone souber da chegada de Bernadete, vai querer um confronto imediato, o que pode fazer essa mulher desaparecer novamente. E, se isso acontecer, jamais saberemos de suas intenções ao me procurar, e com certeza ficará ainda mais difícil descobrir seu paradeiro.

— Se não conseguimos evitar a ida de Simone à Europa, como a convenceremos a ficar agora?

Pensando rápido, Murilo respondeu:

— Vou falar com ela.

— O que tem em mente?

— Ainda nada, mas você viu que a vida está nos direcionando, abrindo o caminho, e sei que, com a permissão de Deus, os bons espíritos guiarão minhas palavras para que isso resulte no sucesso de nossos objetivos.

— Nunca imaginei que Bernadete teria essa atitude.

Com um sorriso confiante, Murilo falou:

— Eu disse a você que a vida cuida! Precisamos ter confiança e sermos gratos pelas oportunidades que surgem. Tudo vai dar certo.

Murilo pegou seu paletó e saiu.

Simone não recebeu Murilo com muito ânimo, pois pressentia as derradeiras intenções do empresário de fazê-la desistir da ideia. Algo, no entanto, a fez recebê-lo pacientemente.

Frente a frente, os dois ficaram se olhando por alguns instantes. Ela, com uma expressão curiosa; ele, esperando que as palavras certas brotassem de seus lábios.

Murilo, por fim, jogou com as cartas que tinha:

— Simone, o que vou lhe dizer é muito sério, então, preciso que me escute com atenção e sem ficar na defensiva.

Você não pode embarcar amanhã, pois será uma perda de tempo e um desgaste inútil.

Ela sentou-se no sofá, sem dissimular o tédio que as palavras de Murilo lhe causaram. Mantendo o ar enfadonho, respondeu:

— Você não desiste mesmo. O que o fez pensar que dessa vez conseguiria me demover?

Murilo sentou-se ao lado de Simone e, impetuosamente, segurou a mão da moça:

— Surgiu um fato novo. Algo que pode resolver essa situação de uma vez por todas.

— Do que está falando?

Pela primeira vez, a ansiedade tomou conta de sua emoção, e Murilo disse aflito:

— Por favor, confie em mim. Eu não faria nada para prejudicá-la. Tudo o que quero é seu bem, mas você precisa acreditar em mim.

Simone fixou as pupilas investigativas de Murilo, e havia no olhar dela uma brandura diferente, provocada pela sinceridade das palavras de Murilo, ditas com tanto sentimento que ela não conseguiu ignorá-las. Ela, contudo, não podia se dar por vencida:

— Precisa me dizer que fato novo é esse, Murilo. Como poderei avaliar se isso é ou não algo realmente relevante, a ponto de valer minha permanência no Brasil?

— Confie em mim!

— Por que eu deveria?

Após um átimo, a resposta:

— Não percebe?

Um magnetismo imediato uniu-os, e uma carga de atração pareceu fluir de seus corações, criando um elo invisível entre eles.

Pouco depois, embaraçada, Simone falou, enquanto se levantava e voltava as costas para ele:

201

— Obrigada por vir, Murilo, mas não posso perder tempo. Ainda tenho algumas providências a tomar.

Ele respirou fundo e, abatido, levantou-se:

— Mas, Simone...

— Por favor, Murilo! — ela interrompeu-o, respondendo com séria formalidade e fazendo ele sair sem dizer mais nada.

Levando consigo sua decepção, Murilo pensava enquanto descia os andares pelo elevador: "Meu Deus, não é possível. Se Bernadete voltou, é um sinal de que Simone não deve embarcar e que tudo pode ser resolvido por aqui. Sendo assim, por que não consegui convencê-la com meus argumentos?".

Uma ligeira pausa esvaziou a mente de Murilo para, em seguida, voltar a pensar. "Vai dar tudo certo. Acredito nisso".

Quando Murilo chegou ao escritório com ar derrotado, Arnon tirou suas conclusões:

— Não deu certo!

— Não.

— Bem, contaremos a ela agora?

A resposta de Murilo foi interrompida pelo toque do celular de Arnon:

— Sim? — ele fez uma longa pausa e continuou: — Está certo. Farei como deseja.

Arnon desligou e colocou o aparelho no bolso com gestos cansados:

— Simone me pediu que enviasse o carro para buscá-la duas horas antes do voo.

Em vários momentos, Arnon cogitou ir até a casa de Simone e revelar-lhe toda a verdade, todavia, essa atitude poria a perder os planos de Murilo, que não o perdoaria caso Bernadete desaparecesse novamente.

Por outro lado, Arnon não poderia deixar Simone embarcar naquela viagem, sabendo que nada encontraria na Europa.

Com a cabeça sobrecarregada de preocupações, ele não conseguia se concentrar no trabalho, enquanto Murilo procurava manter a rotina da forma que lhe era possível.

O final do expediente estava chegando, e, com o entardecer, a partida de Simone aproximava-se cada vez mais. Com a expectativa da vinda de Bernadete, Arnon e Murilo não conseguiam disfarçar a inquietude que lhes acometia o espírito.

Juntos na sala de Murilo, os dois homens analisavam a situação em um silêncio cúmplice, quando foram surpreendidos pela entrada repentina de Simone.

Os dois homens entreolharam-se, e lampejos de dúvida e esperança foram transmitidos em um código interno.

Simone aproximou-se com os músculos faciais tensionados, em uma expressão que não parecia natural e provocada pelo esforço da moça em mostrar-se inflexível apesar da declaração que faria em seguida:

— Estou exausta! Todos os acontecimentos recentes me levaram a um nível de estresse muito grande, e não me sinto forte e segura para enfrentar essa viagem, apesar de não ver a hora de acabar com isso.

Nenhum dos dois ousou dizer qualquer coisa. Diante do silêncio, Simone prosseguiu:

— Apenas por essa razão, decidi, apesar de minha urgência em localizar aquela mulher, descansar um pouco mais antes de partir. Tudo o que não preciso é cair adoentada em terras estrangeiras — voltou o olhar, que transmitia uma frieza forjada, diretamente para Murilo, e disse: — Você tem uma semana para me mostrar que solução brilhante encontrou para o tal fato inesperado. Se nada acontecer, ninguém me impedirá de seguir adiante. Estarei em um *spa* aqui na cidade pelos próximos quatro dias. Só me liguem em caso de urgência. Quando voltar, passarei o fim de semana em casa e logo em seguida embarcarei — ela fez uma nova pausa e continuou: — Arnon, por favor, providencie a troca de minha passagem.

Simone despediu-se ligeiramente e saiu em seguida. Quando a moça fechou a porta, parecia que havia levado com ela todo o ar da sala.

Os dois homens ficaram se olhando atônitos até que Murilo não se conteve e abriu um largo sorriso:

— Deu certo! Ela disse que não, mas minhas palavras atingiram em cheio seu coração. Essa ideia de *spa*, cansaço, foi só para não admitir que eu a deixei abalada. O que acha?

Entre aliviado e surpreso, Arnon respondeu:

— Acho que você jogou todas as fichas e ganhou a rodada, mas não sabemos que reação ela terá quando souber de Bernadete.

Passando a mão na testa, Murilo respondeu, enquanto pedia água e café para a secretária:

— Uma coisa de cada vez, Arnon. Nós ganhamos tempo, e é isso o que importa. Poderei conversar com Bernadete alguns dias antes da partida de Simone. Ela não embarcará. Agora, eu tenho certeza disso! E solucionaremos definitivamente essa questão aqui mesmo, onde poderemos controlar e proteger Simone.

Entre leves e vagarosas piscadelas, as imagens tornavam-se cada vez mais nítidas diante dos olhos entorpecidos de Carlo, e ele podia sentir o ar asséptico que invadia suas narinas proporcionando-lhe imenso conforto.

Quando o foco se ajustou perfeitamente, o cenário à sua volta era de paz, com uma luminosidade límpida e tranquilizante.

Em pé ao seu lado, uma presença observava-o serenamente:

— E então, Carlo, sente-se melhor?

Voltando o rosto em direção à voz, ele respondeu:

— Haziel! Que bom que está aqui. Que lugar é este?

— É onde você está recebendo todos os cuidados para recuperar suas forças. Ainda sente dores?

— Um pouco, principalmente nas pernas.

Haziel fechou os olhos, estendeu os braços e as palmas das mãos voltadas para o corpo de Carlo e, a certa distância, percorreu com elas toda a extensão dos ferimentos.

Carlo podia sentir o alívio que o procedimento lhe causava de maneira imediata e eficaz.

— Melhorou? — perguntou Haziel com um sorriso.

— Isso é alguma espécie de mágica? Como é possível? Não sinto mais dor.

— Fique tranquilo e não se preocupe em compreender nada agora. No devido tempo, todos os esclarecimentos virão. Concentre-se em sua recuperação e descanse.

— Sinto sede.

Haziel ofereceu a Carlo a água que estava em um jarro ao lado da cama, e Carlo teve a impressão de que nunca bebera água tão pura.

— Estou preocupado com minha filha. Ela não está nada bem.

— Sei que você a visitou na companhia de Ariouk. Não foi uma boa ideia.

— Então, você o conhece?

— Sim, ele é bastante conhecido aqui. É uma pena que nunca quis nos acompanhar. É o livre-arbítrio de cada um.

— Sinto muito pelo que fiz a Simone naquela ocasião. Ela estava tomada de rancor, querendo perseguir Bernadete para se vingar, e... de alguma forma, eu a apoiei e insuflei seu ódio com o mesmo violento sentimento que existia em mim. Gostaria de saber o que aconteceu, como ela e Bernadete estão, se houve o encontro entre elas, e as consequências disso.

— Neste momento, você não está em condições de ajudá-la, Carlo, mas ter reconhecido o erro que cometeu já é de grande valia. Você pode orar pelas duas agora. Mantenha seus pensamentos voltados para o bem e peça a Deus que ilumine as ações de Simone e Bernadete.

— Sei que o que ela fez não foi correto, mas eu amo Bernadete. Não quero que nada de ruim lhe aconteça.

— Ore, meu amigo, e seus sentimentos chegarão como um bálsamo aos corações de sua filha e de sua esposa. Seu perdão e o fato de você ter compreendido as más ações de Bernadete serão um poderoso remédio para suas feridas. Agora, procure repousar. Nos vemos mais tarde.

Assim que Haziel se retirou, Carlo pensou nos dois amores de sua vida: sua querida Berna e Simone. Ele procurou visualizar a harmonia entre as duas e pediu a Deus que guiasse seus corações em direção à remissão e à reconciliação.

CAPÍTULO 24

— Senhor Murilo? É Bernadete quem está falando. Como prometi, aqui estou. Quando e onde poderemos nos encontrar?

— Não acho conveniente que esse encontro aconteça na empresa, então, anote o endereço de um restaurante. É bastante discreto e afastado da cidade, e assim não correremos o risco de sermos surpreendidos — Murilo respondeu, contendo a excitação que sentia. — Nos vemos em duas horas. A propósito: vai me reconhecer?

— Vi sua foto nos jornais.

— Perfeito! Também já tive a oportunidade de ver uma foto sua — ele disse, deixando Bernadete ainda mais apreensiva.

Assim que desligou o telefone, Murilo ligou imediatamente para Arnon, que já tinha ido para casa:

— Bernadete acabou de me ligar. Vou encontrá-la ainda hoje.

— Não quer que eu vá junto? Não sabemos o que ela pretende.

Rindo baixo, Murilo disse:

— Se eu não puder dar conta de qualquer ameaça que ela possa me fazer, estou perdido. Não se preocupe, não vejo motivos para isso. Bernadete não me conhece, nada tem contra mim, e não creio que me queira algum mal. Ela deve desejar notícias de Simone, se inteirar da situação após a morte de Carlo. Com certeza, ela tem algo em mente, mas não corro nenhum risco.

Um pouco contrariado, Arnon aquiesceu:

— Está certo, mas me dê notícias assim que possível. Estou muito curioso.

De forma premeditada, Murilo antecipou-se e chegou bastante adiantado ao encontro, solicitando ao *maître* uma mesa em uma localização mais discreta e reservada. Não se importava de ter que esperar, mas queria estar relaxado quando Bernadete chegasse.

Enquanto aguardava, alheio ao pouco movimento do local, Murilo refletiu por alguns instantes em oração, pedindo ao plano espiritual orientação para conduzir a situação em benefício de todos os envolvidos. Não conhecia a história de Bernadete e, na verdade, sabia muito pouco da vida de todos os personagens daquela trama, que resultara em tantas provações e perdas. Talvez por essa razão, Bernadete o tenha escolhido para conversar.

A princípio, Murilo teria uma postura mais imparcial, por não estar diretamente envolvido com a situação. Ele fez uma breve prece e, ao fim, percebeu a figura feminina que se aproximava a passos vagarosos. Ela havia chegado!

Murilo levantou-se, afastou uma cadeira para Bernadete, e, após breves e discretos cumprimentos, sentaram-se frente a frente.

Foi inevitável um certo constrangimento de ambas as partes, mas Murilo iniciou o diálogo com segurança:

— Estamos nos conhecendo agora, não sei seus objetivos, mas agradeço-lhe a confiança em me procurar.

— Francamente, não posso dizer que foi uma questão de confiança. Posso estar correndo um grande risco, mas você faz parte da empresa agora, pode me oferecer as informações de que necessito e não está emocionalmente ligado à questão que me trouxe até aqui.

— Tem razão. Minha apreciação da situação é de espectador, o que me permite formar uma opinião sem qualquer tipo de paixão. Se, diante dos problemas, todos conseguissem observar os acontecimentos com certo distanciamento, examinando as circunstâncias com uma visão externa, as soluções se apresentariam mais facilmente.

Bernadete expressou-se com um sorriso recatado:

— Como todos fazemos com a vida alheia?

Murilo respondeu também com um esboço de simpatia:

— Exatamente. O ser humano tem uma capacidade extraordinária de julgar e resolver as questões que não fazem parte do conteúdo essencial de sua vida, porque sua análise não envolve o mesmo arrebatamento emocional de quem está imerso no problema.

— É verdade, mas não é simples.

— Com certeza não, mas é plenamente possível. O caminho está na disciplina, no estudo, no autoconhecimento e na conexão positiva que mantemos com a dimensão maior.

— Suas palavras abrandam meu coração e certificam o acerto de minha decisão em procurá-lo.

Sentindo que o rumo da conversa era promissor e pacífico, Murilo abordou diretamente o assunto:

— Estou curioso. Por que, exatamente, decidiu me procurar?

— Vi a notícia de sua posse na empresa e também tomei conhecimento da morte de Carlo — a emoção embargou por alguns instantes a voz de Bernadete, que continuou: — E do afastamento de Simone, por questões pessoais. Não pude deixar de me preocupar com ela e temi pela saúde física e emocional dela. Existia uma relação muito forte entre meu marido e a filha, e eu gostaria de saber como ela está.

Murilo tentava desvendar o íntimo da mulher à sua frente, mas preferiu deixar a conversa fluir em vez de se antecipar em conclusões equivocadas:

— Não foi apenas por essa razão que me procurou.

— Com certeza, não. Mas... por favor, me diga como está Simone.

Sorvendo um gole de sua bebida, ele procurou responder com todo o tato possível:

— Sua preocupação tem fundamento. Simone não está nada bem. O estado emocional dela está bastante abalado, o que, como você deve saber, acaba por debilitar de diversas formas a saúde física.

Bernadete apenas assentiu com a cabeça, e Murilo continuou:

— Inclusive, ela não pode imaginar que estou com você neste momento, pois não conseguiu superar os traumas gerados pela morte do pai... — Murilo fixou o olhar no rosto que o ouvia com atenção — e pelas traições de Rubens.

No espaço de um instante, uma lágrima brotou dos olhos de Bernadete:

— E quanto a mim? — questionou apreensiva.

— A princípio, Simone não compreendeu seu desaparecimento e não acreditava no que Rubens havia dito a ela, mas, após confirmar toda a história e unir todos os pontos... posso ser franco?

— Por favor, preciso saber a verdade.

— Simone a odeia, com uma intensidade insana.

Dessa vez, não foi possível para Bernadete controlar o choro silencioso, que acabou dominando-a:

— Meu Deus! Quanto mal eu causei.

Oferecendo um pouco de água a Bernadete, Murilo tornou:

— Fique calma. Estamos aqui para tentarmos, da melhor maneira, guiar essa situação para um desfecho de paz. O mais importante até agora já conseguimos: evitar que Simone fosse à Europa em seu encalço.

210

Surpresa, Bernadete exclamou:

— Como ela descobriu meu destino?

— Consultando sozinha as companhias aéreas. Você sabe que o dinheiro e os contatos certos facilitam o acesso às informações.

— Até que ponto você está inteirado de tudo o que aconteceu? — ela perguntou envergonhada.

— O suficiente para compreender por que fugiu e muito pouco para julgá-la.

Bernadete expressou sua gratidão sem a necessidade das palavras.

— O que Simone pretendia descobrindo meu paradeiro?

— Queria o confronto, buscava vingança, mas não sei realmente quais são suas intenções.

— Vingança... um desejo danoso, que, ao final, não traz benefícios a ninguém. Só tristeza e dor, uma ação que dilacera a paz.

Fez-se o silêncio em um momento de profunda reflexão.

— A vingança bestializa o espírito, criando uma chaga de difícil reparação, e desequilibra a lucidez mental. Simone não está conseguindo raciocinar direito.

— Compreendo perfeitamente. Meu irmão... Rubens, como você já deve saber, tinha momentos de total descontrole. Ficava desfigurado e irreconhecível.

Mesmo preocupado com o alongamento da conversa, Murilo perguntou:

— O que você pretende fazer?

— Nada justifica minhas ações, pois são absolutamente condenáveis. Traí a confiança de pessoas que só me ofereceram amor e carinho, contudo, gostaria de saber se você pode me ouvir.

— Estou aqui para isso.

Bernadete, então, começou seu relato, lembrando-se da infância, das dificuldades que passara pela escassez de recursos da família, da descoberta da existência de Rubens

211

— fruto de um caso extraconjugal de seu pai —, do sofrimento de sua mãe e da doença que a acometeu duramente por anos, obrigando, mais tarde, Bernadete a interná-la, e do reencontro com Rubens depois de muitas décadas, quando ele se reaproximou com todo o plano tramado.

Enquanto ouvia Bernadete falar, Murilo, concentrado para não perder nenhum detalhe, observava a figura de uma elegância simples, de gestos e voz contidos, desprovida de qualquer tipo de afetação, que não condizia com a imagem de uma ladra gananciosa, ávida por usufruir de uma riqueza obtida de forma sórdida.

Por mais de uma hora, Bernadete contou tudo a Murilo, alternando momentos de profundo constrangimento — quando mencionou as artimanhas e mentiras em conluio com o irmão para ludibriar Carlo e Simone — e de grande emoção, ao relembrar os bons momentos vividos ao lado do marido.

O abalo emocional de Bernadete atingiu o ápice quando ela desabafou sobre as consequências de seus atos criminosos em sua própria vida.

Percebendo que ela não tinha mais condições de prosseguir, Murilo sugeriu que Bernadete fosse até o banheiro se recompor, enquanto ele pedia um chá de camomila para ambos, sugestão a qual ela acatou resignada.

Quando retornou, Bernadete não fez rodeios:

— Agradeço pela paciência em me ouvir — receosa, ela perguntou após uma ligeira pausa: — Você vai me entregar?

Sensibilizado pela sucessão de erros de ambos os lados, que culminaram em tanto sofrimento, Murilo perguntou enternecido:

— Por que você voltou, Bernadete? Certamente, não foi apenas para saber notícias de Simone.

— Durante esse período no exterior, usei uma pequena reserva que eu possuía e mexi em uma mínima quantia do dinheiro desviado. Sei que não vai sanar o mal feito, mas queria devolver a Simone o que ainda está em meu poder. Esse dinheiro nunca foi meu e não tenho o direito de permanecer com ele.

— Uma atitude digna.

— Sei que não receberei o perdão de Simone e que ela, assim que souber que estou aqui, me denunciará. Por ser ré primária, talvez eu possa responder em liberdade e acredito que vá responder apenas por furto.

— Vejo que seu arrependimento é sincero e me comprometo a ajudá-la no que estiver ao meu alcance.

— Se você puder me indicar um advogado, lhe serei imensamente grata.

— Providenciarei, mas quero fechar um acordo com você. Não tome nenhuma iniciativa sem falar comigo antes. Permaneça no hotel onde está hospedada e, se resolver mudar, me avise. Não procure Simone nem mais ninguém da empresa. Analisarei a melhor maneira de dar essa notícia a ela e em seguida entrarei em contato com você.

— Ficarei aguardando. Não tenho para onde ir...

Eles encerraram o encontro com um sincero aperto de mãos.

Quando Murilo já ia deixando o restaurante, seguindo Bernadete que estava a alguns passos adiante, ela virou-se com um brilho diferente:

— Desculpe ser invasiva, mas... você está apaixonado por Simone?

Impressionado com a transparência com que seu sentimento se revelava, Murilo quase não conseguiu perguntar:

— Por que diz isso?

— Pelo amor que todo o seu ser irradia quando fala dela e porque nenhum sócio praticamente desconhecido se empenharia tanto em uma questão que não lhe diz respeito.

Murilo corou embaraçado, Bernadete sorriu, e cada um seguiu seu caminho.

213

CAPÍTULO 25

— Murilo? Até que enfim. Não conseguia mais conter a expectativa. Como foi o encontro?

— Calma, Arnon. Correu tudo bem.

— Mas o que ela queria realmente?

— Você pode vir à minha casa?

— Com certeza. Logo estarei aí. Precisamos resolver tudo o quanto antes. Simone retornará do *spa* amanhã, e, então, só teremos dois dias antes do embarque.

— Fique tranquilo, tudo será resolvido. Quando você chegar, lhe contarei os detalhes.

Na casa de Murilo, a conversa com Bernadete foi reproduzida para Arnon, e a decisão sobre a devolução do dinheiro deixou-o comovido:

— Coitada! Aparentemente, ela foi totalmente envolvida por Rubens para fazer o que fez. Não me parece má pessoa.

— E não é. Ela está sofrendo muito com tudo isso e só deseja viver em paz, contudo, tem plena consciência de que terá de prestar contas à justiça por seus erros.

— Simone pessoalmente providenciará isso.

Murilo levantou-se impaciente e disse:

— Se eu pudesse, buscaria Simone no *spa* hoje mesmo. Essa história precisa ter um fim para que todos possam reconduzir suas vidas.

Arnon demonstrou toda a sua inquietude:

— Isso não vai dar um bom resultado, Murilo. Simone está obcecada e até acusa Rubens e Bernadete de terem assassinado Carlo, quando sabemos que isso não é verdade.

— Claro! O que houve foi uma fatalidade, provocada por descuido e desatenção da parte de Carlo e Rubens.

— O ódio cega e conduz a desfechos fatídicos.

— Nada nem ninguém se beneficia de sentimentos destrutivos. Quando não acarretam mortes físicas, a alma acaba morrendo lentamente.

Os dois se calaram pensativos até que Murilo indagou:

— Gostaria de ter conhecido Simone, antes de essa tragédia atingir sua vida.

Arnon lançou um sorriso melancólico:

— Eu a conheço desde que nasceu. Simone sempre foi uma menina muito ativa e simpática e trazia alegria a cada canto onde chegasse. Já mocinha, ela decidiu que faria engenharia naval para trabalhar com o pai no estaleiro e adotou uma postura mais reservada. Simone sempre foi muito estudiosa e, quando começou a trabalhar, soube se colocar em uma posição de liderança sem usar de arrogância e passou a ser respeitada por todos.

Novamente se sentando, Murilo refletiu:

— As circunstâncias da vida são imprevisíveis, e nós, geralmente, vivemos como se tudo soubéssemos, cheios de empáfia, senhores dos fatos e do tempo. Poucos, contudo, reconhecem que viver bem requer atenção e compreensão. Muitos acham que estão aqui a passeio, sem nenhuma noção do bem precioso que estão desperdiçando.

— Nascer, viver e morrer, apenas isso — deliberou Arnon.

— Os valores estão deturpados. Me parece que o apego ao material se tornou incontrolável e quesito fundamental para a vida em sociedade. E esse apego é o grande gerador de guerras, disputas familiares, ódios incontroláveis.

— Bem a situação de Rubens...

— Exatamente. Se ele tivesse feito a opção certa, procurado Carlo para uma conversa, o resultado seria outro. E Simone, apesar de ser uma pessoa tão especial, sucumbiu à negatividade, transformando a própria vida em um tormento. Não foram eles quem a fizeram se modificar e viver nessa angústia; foram os canalizadores da situação, que não estava sob o controle de Simone. Ela, contudo, é a única responsável pela forma como reagirá e administrará a questão. Precisamos adquirir o conhecimento necessário, para que saibamos resolver a imprevisibilidade de nossos dias com sabedoria.

— Pode me esclarecer uma dúvida? Sabe que não sou um homem religioso e que nada entendo dessa vida espiritual à qual você já se referiu algumas vezes.

— Pergunte o que quiser.

— Se a morte não existe, o que pode ter acontecido com Carlo e Rubens?

Murilo assumiu um caráter mais solene:

— A condição beligerante que envolvia os dois na hora do desencarne não deve ter facilitado uma passagem serena. Eles estavam alimentando um rancor poderoso, e esse sentimento deve ter os acompanhado.

— Mas, quando morremos, nós não viramos uma espécie de santos? Não estamos livres de nossos pecados?

Com muita paciência, Murilo tentou explicar com uma linguagem acessível:

— Quanto mais um espírito é ligado à matéria, mais difícil será seu desligamento da existência terrena. Nesses casos, as paixões sentidas durante a encarnação permanecem no plano espiritual: o ódio, a cobiça, os vícios, o apego aos bens materiais, os amores perniciosos e possessivos. Esses elementos são entraves para o ajuste do espírito à nova vida.

— Então, Carlo e Rubens podem permanecer em disputa? A briga continua?

— É possível. Como mencionei antes, é uma questão de livre-arbítrio. Precisamos orar muito pelos dois para que aceitem auxílio dos benfeitores espirituais e possam curar as feridas da alma e prosseguir na caminhada da evolução e do bem.

Constrangido, Arnon falou:

— Eu não sei rezar...

— A prece não deve ser decorada e repetida de maneira mecânica, Arnon. Ela deve brotar do coração, do sentimento verdadeiro de amor. Converse com Carlo, mentalize o espírito dele vibrando em boas energias e cercado de luz. Fale tudo o que sentir vontade, como se estivesse conversando com o velho amigo e relembrando os bons momentos. Isso fará um bem enorme.

— Quanto a Rubens, não consigo pensar em algo bom para dizer a ele. Não tenho essa capacidade.

— Natural, não se culpe. Apenas procure eliminar o rancor de seu coração. Já será de grande valia.

— Obrigado por esses esclarecimentos, Murilo. Pensarei em tudo o que disse — Arnon franziu a testa e perguntou: — E com relação a Simone?

— Não existe outra maneira de fazer isso. Amanhã, assim que ela chegar, me ligue. Irei ao encontro de vocês no apartamento e contarei toda a verdade a ela, inclusive sobre a conversa que tive com Bernadete.

— Deus nos ajude! — completou Arnon fazendo o sinal da cruz de modo desajeitado.

— Ele vai ajudar! — respondeu Murilo confiante.

A noite seguinte chegou acompanhada de um belo luar, encantando com sua beleza os corações apaixonados, mas, no apartamento da família Agostinelli, o silêncio e a penumbra imperavam.

Simone chegara do *spa* e estava trancada em sua suíte havia horas. O pouco tempo que passara com Arnon serviu-lhe apenas para falar da viagem e de seus preparativos, além de perguntar sobre as novidades que Murilo lhe prometera. Diante da afirmação de Arnon de que nada sabia, a moça ironizou a tentativa patética de Murilo de evitar que ela concluísse seu plano.

Após essa breve e fria conversa, Simone retirou-se, sem chegar a ouvir a ligação de Arnon para Murilo.

Um pouco mais tarde, sem que a campainha tocasse, Murilo chegou. De onde estava, Simone não percebeu a entrada do empresário e só soube da visita dele quando Arnon foi avisá-la.

Demonstrando sua contrariedade, Simone foi até a sala e estranhou o clima um tanto tenso que encontrou. Antes que dissesse alguma coisa, Murilo antecipou-se:

— Boa noite, Simone. Desculpe vir sem avisar, mas preciso falar com você sobre algo muito sério.

— Você não desiste, Murilo? Por que tanta insistência, esse excesso de interesse de me impedir de encontrar Bernadete?

— Porque temo por sua segurança e por seu desgaste emocional e físico. Existem outros meios de resolver as coisas.

Não dissimulando a irritação que sentia, Simone alterou a voz ao falar:

— Escute de uma vez por todas, Murilo, e isso serve para você também, Arnon! Já percebi que vocês dois vivem de conversinhas veladas e não deixarei Bernadete sair livre. Essa mulher é uma bandida! Ela enredou meu pai da pior maneira possível, o iludindo com um falso amor. Enganou a mim, que estava feliz por encontrar alguém em quem pudesse confiar meus sentimentos, pois, com a morte de minha mãe, essa carência sempre fez parte da minha vida.

Murilo tentou interromper o discurso de Simone, mas foi em vão. Ela estava se exaltando, e a situação tornava-se cada vez mais delicada:

— Me deixe continuar, Murilo. Por favor! — e prosseguiu um pouco menos exaltada. — Essa mulher abriu caminho para que Rubens se aproximasse de mim, para que ele tivesse acesso livre à empresa e desse prosseguimento ao seu plano de nos roubar. Foi uma conspiração sórdida e cruel, que culminou no assassinato de meu pai.

Emocionalmente instável, Simone voltou a se alterar ao mencionar a morte de Carlo.

Arnon aproximou-se e, envolvendo-a em seus braços, caminhou para o sofá, tentando acalmar seu ânimo.

Novamente, Simone serenou um pouco, e Murilo aproveitou o momento para começar a falar:

— Tenho fortes razões para afirmar que você está equivocada em relação a Bernadete.

— Você ainda a defende?! — Simone questionou, levantando-se abruptamente. — Afinal, quem é você, Murilo? Outro comparsa que se infiltrou em minha empresa para me prejudicar?

Atordoado com o descontrole de Simone, que em nada lembrava a menina doce que ele conhecera a vida toda, Arnon observava a cena, pensando que aquilo tudo não acabaria bem. E o pior: que poderia desencadear uma nova tragédia. Ele tinha que fazer alguma coisa, mas não conseguia reagir e só lhe restou confiar na habilidade de Murilo, da qual ele, angustiado, começava a duvidar.

— Se acalme, Simone. Desse jeito, você não conseguirá enxergar a verdade com o auxílio da razão.

— E que verdade é essa?! — ela questionou quase gritando.

— Que as pessoas, todos nós, somos espíritos imperfeitos, que estamos em um caminho evolutivo e sujeitos a enganos, a cometer erros.

— Erros? Enganos? O que eles fizeram foi crime! São bandidos! Não me compare a eles — Simone esbravejou. — Você não me impedirá. Embarcarei para a Europa de qualquer maneira!

Por alguns instantes, o furor deu lugar a um mutismo reticente, e a pressão de tantos sentimentos intensos e contundentes estava prestes a irromper no ambiente.

219

E o previsto confirmou-se quando Murilo falou:

— Bernadete está aqui!

O impacto que a notícia causou em Simone fez o sangue da moça gelar nas veias. Em seu semblante, uma cessação completa de vida, como se da carne se fizesse pedra, aprisionando apenas em seu olhar o ódio transfigurado em morte.

Aproveitando a inércia de Simone, Murilo apressou-se em explicar:

— Bernadete voltou ao Brasil e me procurou — Murilo fez uma pequena pausa, preparando-se para a reação violenta de Simone, mas ela permaneceu calada, em pé, rija, olhando para ele. — Procure ficar calma e ouça com atenção.

Murilo, então, narrou vagarosamente o encontro e toda a conversa que tivera com Bernadete, sem ser interrompido em nenhum instante.

Ao final do relato, um novo silêncio iluminou de esperança o coração de Arnon e Murilo. Uma ilusão que se perdeu pouco depois, quando Simone direcionou sua ira a Arnon:

— E você sabia de tudo? Era sobre isso que viviam falando às escondidas?

Completamente desorientado, Arnon respondeu hesitante:

— Procure entender, Simone... eu só queria evitar que você se envolvesse em mais problemas. Assim como Murilo, eu temia por sua segurança, pois ainda não sabíamos qual seria a reação de Bernadete ao se deparar com você. Agora, contudo, estou convencido de que nos enganamos sobre ela. Você mesma ouviu: ela voltou para lhe devolver o dinheiro e pedir seu perdão.

O peito de Simone arfava, mas sua expressão permanecia impassível:

— Estou cercada de traidores covardes! Todos me enganam, tripudiam de minha dor, minimizam fatos gravíssimos! E você, Arnon, é o pior de todos. Foi companheiro de meu pai durante anos, ele confiava em você. Depois da

220

morte dele, se fez de meu amigo, invadiu minha privacidade de todas as maneiras...

Arnon corrigiu-a demonstrando indignação:

— Você me convidou para morar aqui!

— E você nem titubeou antes de aceitar. O que tinha em mente? Também queria agregar às suas economias um quinhão pelos anos de dedicação?

Profundamente ferido, Arnon não conseguiu esboçar nenhuma reação, mas, nesse momento, Murilo perdeu o controle diante de tamanha injustiça:

— Cale a boca, Simone! — ele gritou, e sua atitude intempestiva surpreendeu a todos. — Como tem coragem de se dirigir a Arnon dessa maneira? Depois da morte de Carlo, ele viveu cada minuto de seus dias se dedicando a protegê-la. Na ocasião do acidente, foi ele quem ficou ao seu lado enquanto permanecia internada e não a deixou um só instante. Ele se sentia feliz por tentar suprir, ao menos um pouco, a ausência de seu pai, que sabia o quanto lhe causava dor.

Estagnada, Simone ouvia a justa repreensão e, quando ousou tecer um breve e tímido comentário "mas ele também me traiu...", teve de ouvir mais verdades ditas por Murilo, palavras que destroçaram seu coração:

— Será que me enganei tanto a seu respeito? Tive a nítida impressão de que, por detrás daquela aparência endurecida pelas circunstâncias, existia uma alma justa, doce e afável. Cheguei a sonhar em tê-la ao meu lado dirigindo a empresa, como minha companheira de jornada, e que juntos poderíamos trabalhar para colaborar com um mundo melhor, com mais amor entre as pessoas, com empatia e compaixão.

Arnon sentiu as lágrimas descerem livremente por seu rosto, enquanto Murilo andava pela sala, levando as mãos à cabeça por diversas vezes e buscando, desesperadamente, uma evidência de que não se enganara em relação a Simone. Ele, por fim, voltou-se para ela com os olhos marejados:

— Como pude pensar que você poderia me ajudar a mudar o mundo, se não é capaz de ser justa nem grata a quem está ao seu lado todos os dias, lhe oferecendo carinho e proteção sem nada pedir em troca? Como pude cogitar que perdoaria Bernadete, se tem um coração tão seco, tão egoísta e incapaz de perdoar e relevar uma atitude de quem a ama verdadeiramente, só porque não atende aos seus padrões distorcidos, à sua realidade, que você considera ser a suprema verdade? A única passível de crédito e respeito?

Simone permanecia imóvel, e Murilo prosseguiu, manifestando sua desilusão:

— É... talvez eu tenha me enganado. Talvez você não seja especial e seja exatamente igual às pessoas que sabem ser gentis e compreensivas na rua, com desconhecidos, reverenciando estranhos por conveniência social, mas que não conseguem agir com amor e afeto, empatia e compreensão, em seus próprios lares, com seus familiares — havia uma evidência do desgaste emocional que Murilo estava sofrendo, contudo, ele não desistiu: — Quantas vezes as pessoas se engajam em movimentos para salvar o planeta, salvar a humanidade e não conseguem o mínimo, que é salvar suas relações íntimas? Se cada um cuidar de seus lares, de suas famílias, de seus amigos verdadeiros, transformando em amor puro a convivência diária, a humanidade caminhará para seu aprimoramento e para dias mais felizes.

Olhando envergonhada para Arnon, ela apenas murmurou:

— Me desculpe. Não estou bem.

— É isso! — exclamou Murilo. — Você não está bem e, para conseguir construir algo bom, primeiro precisa se equilibrar, clarear a mente e abrandar o coração.

Sem aguentar a força das verdades que ouvira, Simone incorreu em um choro convulsivo, como se quisesse expulsar de si todo o sofrimento.

Exaustos, Arnon e Murilo afastaram-se até as janelas, deixando que ela permanece sozinha em seu processo de autocomiseração.

Passado um tempo, eles reaproximaram-se, e, já mais calma, Simone disse com a voz cansada:

— Não posso ser boa com Bernadete. Se eu a perdoar, estarei traindo meu pai.

Ânimos mais serenados são portas abertas para o entendimento, e Murilo expressou toda a ternura de seu coração:

— Sendo boa com ela, você estará sendo boa consigo, porque perdoar é se libertar de tudo o que vem impedindo sua felicidade. Veja o que o ódio fez com sua vida.

Simone baixou a cabeça e, sentindo uma profunda tristeza, começou a perceber a inutilidade daquele sentimento que vinha carregando desde o dia do acidente.

— É muito difícil, Murilo. Nossa vida era tranquila, e eles chegaram para nos roubar a paz.

— Uma paz que só você tem o poder de recuperar.

— Devo esquecer tudo o que aqueles dois fizeram? Deixar que Bernadete siga impune?

— Perdoar não significa aceitar ou admitir a agressão que sofreu. Se a lei dos homens qualifica a atitude de Bernadete como crime, ela deverá se entender com a justiça. O que você não pode fazer é permitir que esse sentimento, que a está destruindo por dentro, faça ninho em sua mente e em seu coração. Você mencionou seu pai, dizendo que ele sentirá que o está traindo, mas tem uma coisa que precisa saber. Já falei sobre isso com Arnon.

Simone observava Murilo atenta.

— Seu pai pode estar precisando muito de você agora.

— O que está dizendo?

— Ele desencarnou de modo brutal e envolvido em uma situação tensa e repleta de ódio. Carlo precisa muito que você tranquilize seu espírito, transmita toda a serenidade que puder e o deixe ter a certeza de que você está bem para que ele possa seguir sua jornada espiritual em paz.

Confusa, Simone afirmou:

— Murilo, meu pai está morto!

— O corpo físico de Carlo está morto, mas o espírito dele permanece vivo.

— E Rubens?

— Está nas mesmas condições. Os dois fizeram uma passagem conturbada para o plano espiritual, e ele também precisa de oração e do seu perdão.

Por ora, não havia mais nada a ser dito. Todos se sentiam abalados emocionalmente e fisicamente cansados.

— Por favor, preciso ficar sozinha — Simone dirigiu o olhar para Arnon e pediu: — Cancele as passagens.

Simone concluiu e retirou-se, e Arnon e Murilo, cada um do seu jeito, agradeceram intimamente.

CAPÍTULO 26

No quarto escuro, apenas o brilho tênue e amarelado de uma pequena luminária ao lado da cama remetia a qualquer coisa que se assemelhasse à vida. O luto pelo pai voltava-se agora para o próprio interior de Simone, em uma improvável incerteza sobre si mesma.

Ela não se encontrava em suas lembranças recentes, não se reconhecia em seus sentimentos alimentados pelos acontecimentos. Os pensamentos tornavam-se intraduzíveis, e uma sensação de estar à deriva acometia seu coração machucado.

Apenas quando a mente cala, pode ser ouvida a voz do coração. E, sem nenhuma interferência da razão, imagens da vida de Simone começaram a se formar, transportando-a a tempos felizes e fartos ao lado do pai. Pela janela do inconsciente, ela observava a paisagem das memórias entre risos, conquistas e amor.

Simone nunca soube o que era a ausência de recursos materiais para suprir sua existência e não experimentara a dor que testemunha a degradação moral, emocional e física de um ente querido. Conhecia o sofrimento humano por meio de telas e tintas de impressão, a uma distância que lhe servia de blindagem.

O pensamento de Simone voltou-se para Rubens. O pai alcoólatra; o sofrimento da mãe relegada ao estigma de jamais ver sua existência oficializada pelo homem que pretendeu amar; a inexistência de quase tudo o que supre a boa qualidade de vida; esperanças e sonhos que se esvaíram dia após dia.

Bernadete! Uma luta constante para se manter; os cuidados com a mãe doente; a vida que escorria através dos anos sem nenhuma percepção dos propósitos da existência.

Nada disso justificava o caminho que escolheram.

Como era difícil desvendar o que passava no coração de Rubens e Bernadete. Como era difícil compreender suas dores, frustrações, decepções. Quantos medos não podiam ser mensurados? Quanta incerteza na representação de um futuro nebuloso, que, preso ao passado de erros alheios, encobria a visão de outras escolhas benéficas? O que Simone sabia sobre as horas, os dias, cada instante vivido pelos dois irmãos?

"Não", ela pensava, tentando distanciar-se do conflito que começava a se instalar em sua alma. "Rubens está morto, mas ela tem que pagar pelo que fez!".

Simone, contudo, desconhecia a força poderosa que o pensamento no bem é capaz de desencadear em nosso espírito, e, quase sem perceber, aquelas reflexões amainaram seus rancores. O coração da moça, antes acelerado e descompassado, agora começava a bombear seu sangue lentamente, quase imperceptível. Uma agradável dormência fazia os membros de Simone pesarem, e o corpo da moça distendia-se em uma entrega repousante.

No instante em que Simone submergiu nas profundezas do princípio espiritual de sua existência, em outro plano, Carlo conversava com Haziel:

— Foi isso que aconteceu, meu amigo. Estava deitado, com os olhos fechados, mas não dormia, apenas relaxava. E, não sei como, a lembrança de Simone de repente tomou conta de minha mente; parecia que eu podia ouvi-la me chamando. Estarei delirando?

— Não, Carlo, não é nenhum delírio. Simone deve estar se conectando a você. A maioria das pessoas ainda desconhece a capacidade e a força do pensamento.

— Ela deve estar precisando de mim.

Haziel percebeu a aflição nas palavras de Carlo:

— Você precisa descansar, pois ainda não está totalmente recuperado.

— Me sinto bem, acredite... Pode me levar até ela?

— Não creio que seja prudente e oportuno.

— Por favor, Haziel! Sei que você tem meios de atender a meu pedido.

— Receio que você não deva passar por tal esforço neste momento, Carlo.

— Prometo que, quando voltarmos, farei tudo direitinho para acelerar minha recuperação, mas me deixe ver minha filha.

Após alguns minutos em silêncio, buscando orientação superior, Haziel respondeu com um sorriso:

— Está bem. Vou levá-lo até Simone, contudo, se você se alterar em demasia, voltaremos na mesma hora. Se não estiver plenamente equilibrado no que diz respeito às suas emoções, além de fazer mal a si mesmo, ainda poderá causar instabilidade nela.

— Farei exatamente como você diz.

Após alguns preparativos, Haziel e Carlo partiram ao encontro de Simone.

Ao chegarem à suíte, onde ela ainda permanecia recostada na poltrona, parecendo dormir, Carlo sentiu-se abençoado pela oportunidade de vê-la, ainda que por alguns instantes.

Haziel estendeu os braços em direção à moça e emitiu uma luz violeta suave, que lentamente começou a envolver todo o corpo de Simone. Em seguida, ele falou para Carlo sobre os sentimentos que captara, explicando que o desejo de vingança da moça estava esmorecendo e que Simone já não possuía a mesma convicção sobre o acerto de suas

227

intenções, mas algo a induzia a manter seu plano, por considerar que, dessa maneira, honraria a memória do pai.

Com apenas um gesto, Carlo quis saber se podia se aproximar dela e recebeu a resposta afirmativa de Haziel.

Carlo não conseguia tocar Simone, contudo, ele aproximou uma de suas mãos dos cabelos da moça, como se pudesse acariciá-los. Em seguida, dirigiu a ela algumas palavras repletas de amor, falou de seu sentimento por Bernadete, que já a perdoara e que gostaria que ela também o fizesse. Desejou que a filha se libertasse do rancor, do desejo de vingança, porque só assim ficaria livre para ser feliz novamente.

Ele também falou sobre Rubens, do destino terrível que ele, guiado por suas próprias atitudes, encontrara. Não se viram mais, entretanto, Carlo soube do que Ariouk fizera com ele e lastimou o sofrimento pelo qual Rubens certamente passaria.

Não conseguiu sentir mais raiva, pois agora tinha consciência de que, em algum momento, todos nós nos defrontamos com o resultado de nossas ações e descobrira que não cabia a ele decidir como Rubens pagaria por seus crimes.

A roda da vida gira com perfeição, e não devemos macular seu processo com atitudes intempestivas, gerando entraves que formarão um somatório de pendências, dificultando, assim, nossa evolução.

"Seja livre para recomeçar", Carlo repetiu várias vezes, na certeza de que suas palavras ficariam gravadas no espírito da filha, e Haziel fez-lhe sinal de que era hora de partir.

Com um olhar amoroso, Carlo viu Simone remexer-se suavemente, enquanto ele a abraçava sem tocá-la.

— Muito obrigada, Haziel. Sigo com você sentindo, agora, a paz em meu coração.

— Que Deus abençoe a todos.

E os dois partiram, deixando o quarto novamente na penumbra.

Pouco depois, Simone despertou e cruzou os braços rente ao peito, com uma intensa sensação de que recebera um forte abraço de seu pai. Não era apenas uma impressão; ela sentira o toque na pele, o que a deixou bastante impressionada.

Simone pegou o celular e ligou para Murilo:

— Aconteceu algo estranho. Acho que adormeci e, quando acordei, senti fisicamente a presença de meu pai, como se ele tivesse me dado um abraço.

— Talvez, tenha acontecido exatamente isso.

— Não compreendo... — ela fez uma ligeira pausa. — Você poderia vir até aqui?

— Pode me aguardar.

Arnon saíra para espairecer um pouco, e, quando Murilo chegou, os dois ficaram a sós para conversar:

— Obrigada por atender a meu pedido.

— Meu desejo é que você fique bem e compreenda minhas intenções.

Ela corou:

— Sei que agi muito mal com você e principalmente com Arnon. Ele deve estar muito magoado com minhas palavras, pois fui muito injusta com ele. Amanhã, pedirei desculpas.

— Amanhã pode ser tarde demais, Simone — Murilo mirou-a profundamente. — Não devemos esperar pelo amanhã para agirmos no bem, pedirmos desculpas, tentarmos compreender e para recomeçarmos.

— Você tem razão. Vi que Arnon saiu, mas, assim que ele voltar, o chamarei para uma conversa. E o que você quis dizer quando lhe falei sobre meu pai?

— Que é possível, sim, que ele a tenha visitado. Ele deve ter captado suas vibrações energéticas e entendido que você precisava dele ou que estava angustiada. Com a permissão superior e orientado por um espírito benfeitor, ele deve ter vindo até você.

Simone mantinha a expressão incerta:

— A morte é uma ilusão?

— Todos somos formados por três elementos fundamentais: o corpo, a alma e o perispírito, que atua como um revestimento do espírito, ligando ao corpo físico. O corpo carnal, por questões fisiológicas, pode se deteriorar e morrer. Quando a carne morre, nosso espírito deixa de habitar um corpo onde cessou a vida orgânica, então, ele se liberta para prosseguir sua caminhada. O espírito vive!

— Então, meu pai está vivo em espírito em algum lugar, mas não posso vê-lo, é isso?

— Isso mesmo. Embora você não possa vê-lo, ele a está velando.

Simone emocionou-se ao imaginar Carlo em algum lugar, usufruindo da paz que ele tanto merecia.

— Estou confusa... não consigo entender o que está acontecendo comigo.

— Quer falar a respeito?

— Não posso aceitar o que Rubens e Bernadete armaram contra nós, no entanto, parece que minhas certezas foram se esvaindo de repente e se tornando dúvidas nebulosas, que vão contra tudo o que eu pensava. Cheguei a ponderar sobre as dificuldades que Rubens passou na vida. Não deve ter sido fácil para ele, nem para o pai e o avô dele — Simone franziu a testa por alguns segundos e continuou: — Mas não quero pensar nisso, pois não é justificativa para o que fizeram.

— Cada coração conhece suas próprias amarguras, Simone. Quem, como estranho, pode querer julgá-las? Quanto sorrisos acobertam um coração triste? Quantas lágrimas são vertidas na proteção de uma madrugada solitária? O que sabemos, Simone, das razões por trás de tantas vidas?

A atenção da moça demonstrava seu interesse em aprender mais, ainda que ela contestasse:

— Mas, ainda assim, isso não justifica o que fizeram.

— Cada ser humano é responsável por seu projeto de vida e cada um almeja aquilo que conhece e só consegue atingir o vislumbre do que seu entendimento permite. Claro que, dentro de nossos conceitos e das leis morais, o que eles fizeram não foi certo. Se fosse em um tribunal, acredite que muitos seriam a favor de Rubens e Bernadete, alegando que o grande culpado foi Dante e que eles não passaram de vítimas inocentes, assim como você e Carlo.

— Acredito nisso.

— A sensatez e o conhecimento nos aproximam da prudência, mas a ignorância e a alma primitiva seguem seu caminho sem racionalizar suas ações, movidas apenas por instintos primários. São almas que precisam de ajuda e oração.

— Meu Deus, Murilo! Como é difícil perdoar quem nos feriu, quem nos prejudicou, traiu, enganou e tripudiou sobre sentimentos verdadeiros de afeto. Acho que essa é uma qualidade que pessoas como você, mais evoluídas e estudadas sobre as questões da espiritualidade, têm.

— O estudo é muito importante para que possamos conhecer e entender as leis universais de nossa existência, mas pense da seguinte forma: como foi sua vida após o acidente?

— Minha vida se transformou em uma agonia sem fim. Nada mais me importava, apenas encontrar Bernadete e fazê-la pagar por seu crime. E não houve um só dia em que eu não me lembrasse de Rubens e sentisse meu ódio aumentar a cada vez que eu pensava que ele tinha se livrado da cadeia e que morrido antes de ser preso.

— Muita gente acredita que, na morte, a pessoa escapa de seus crimes e sai impune, desconhecendo, contudo, que a passagem de almas, cuja consciência é envolvida em crimes, paixões e diversos tipos de transgressões, para o plano espiritual é um momento de grande perturbação e pode perdurar por anos. Se Rubens não conseguir reavaliar seus sentimentos e as ações que cometeu durante sua encarnação recente, ele encontrará muita dor e sofrimento, cuja dimensão exata não conseguimos imaginar.

Simone sentiu um mal estar diante das palavras de Murilo, que prosseguiu com suas explicações:

— O mesmo acontece aos suicidas, Simone. Diante dos mais diversos problemas aos quais estamos expostos na vida terrena, precisamos ser fortes para superar a dor e criar condições para resolver as questões da melhor maneira. Estamos aqui para aprender, crescer, sermos felizes, e as dificuldades são as que mais nos ensinam. A morte jamais será uma solução, e o suicídio é um agregador de dor e de mais sofrimento. Essa constatação, por si só, já é terrível para quem busca esse caminho.

Tomar conhecimento de que a vida após a morte pode não ser um encontro com a pureza celestial fez Simone tremer ao pensar em Rubens. Apesar de tudo, ele fora seu marido, e juntos tiveram momentos de entrega plena quando faziam amor. Além disso, antes de ele perder o controle da situação, era inegável seu carisma e a atenção com que a tratava. Descobrir que fora enganada e traída devastou o coração da moça, porém, ao ouvir a narrativa de Murilo, ela não conseguia sentir a potência avassaladora do ódio.

Em sua vida, Simone nunca desejara o mal de ninguém, ao contrário. Compadecia-se do sofrimento alheio e abominava as guerras e disputas insanas que só conduziam à dor, geralmente de inocentes. A moça percebeu que o sentimento negativo que alimentara durante todo aquele tempo consumira o que tinha de melhor em sua alma e concluiu que isso seria o mal maior que poderia permitir a Rubens e Bernadete lhe fazerem:

— Não quero consentir que os fatos sejam tão poderosos, a ponto de destruírem minha essência — ela disse com os olhos marejados.

Com um sorriso afetuoso, Murilo segurou as mãos de Simone:

— Você está começando a entender. Perdoar é não trazer para si a negatividade alheia. É um peso que nenhuma pessoa de bem merece carregar. Se for o caso, a justiça dos homens tomará as providências.

— Mas nossa justiça é tão falha, Murilo... Quantos criminosos permanecem soltos e cometem novos crimes, sem que sejam punidos?

— De uma forma ou de outra, eles terão de acertar seus desajustes. Sei que, em alguns casos, é muito revoltante constatar a impunidade, contudo, o alento do coração puro é se afastar do mal e aceitar que a vida cuidará de tudo — ele respirou fundo e concluiu: — Não manche sua vida com a maldade que não lhe pertence.

— Acho que isso serve para todas as situações cotidianas...

— Claro que sim. A inveja, as traições, a difamação, a fofoca, a mentira só dizem respeito a quem as provoca. Se isso acontecer por um lapso de imprudência inconsequente, motivado pela ignorância, sempre podemos contornar, esclarecer e perdoar. No entanto, se é algo recorrente e vem de pessoas que se entregam ao prazer de tumultuar e prejudicar vidas alheias, é mais seguro nos afastarmos da sujeira que ela espalha, sem levarmos junto um único respingo. Sem revides. Não vale a pena. Não podemos permitir que nos tirem a paz de espírito.

— Acho que estou começando a entender melhor. Rubens e Bernadete levaram parte de nosso dinheiro, mas não colaborarei para que me levem mais alguma coisa. Não deixarei que me roubem de mim.

Murilo abraçou-a forte, enquanto agradecia ao plano espiritual pelo desfecho que se sinalizava pacífico.

Simone, então, falou em um tom muito tranquilo:

— Quero ver Bernadete.

— Tem certeza de que está pronta?

— Absoluta. Pode marcar um encontro com ela aqui em casa. Quanto antes, melhor.

233

CAPÍTULO 27

Quando Arnon entrou em casa, hesitou por alguns instantes diante da porta aberta. Depois de muito tempo, havia uma música suave ecoando pelo apartamento. Era uma melodia harmoniosa, quase angelical, com o poder de penetrar na alma levando a uma imediata sensação de relaxamento.

Ele fechou a porta com cuidado e caminhou a passos lentos, não querendo quebrar aquela atmosfera serena. Arnon, então, deparou-se com Simone em pé na sala, olhando os quadros com atenção. A moça parecia calma, bem diferente de como ele a vira horas antes.

Quando percebeu a presença de Arnon, Simone voltou-se para ele, e seus olhos encheram-se de lágrimas, que escorriam pelo rosto distendido, umedecendo com sabor de sal um sorriso tímido que lhe brotava nos lábios e desencadeando no velho amigo uma forte impressão de resgate.

Pouco depois, com as palavras quase travadas na garganta pela emoção, ela perguntou:

— Você seria capaz de me perdoar?

Arnon não conseguia falar diante da imagem da Simone doce e suave que ele vira crescer e por quem nutria um verdadeiro sentimento paterno.

Ante o silêncio, ela prosseguiu:

— Fui muito injusta e mal-agradecida. Sei de seus esforços para cuidar de mim e de meu bem-estar depois que meu pai se foi e, movida pelos piores sentimentos, por puro egoísmo e valores errados, acabei voltando meu ódio justamente contra você, que só queria me proteger — Simone fez uma pequena pausa, enquanto estudava a reação de Arnon. — Por favor, diga que me perdoa.

Ele foi em direção a Simone, estendeu seus braços e acolheu-a em um abraço repleto de afetividade, e os dois choraram juntos.

Aliviados, sentaram-se de mãos dadas, lado a lado, e finalmente Arnon conseguiu se expressar:

— Minha querida, jamais eu guardaria rancor de você. Suas palavras foram muito duras, e sua agressividade feriu profundamente meu coração. Tenho que admitir que me senti frustrado pela ingratidão, mas, depois, pude alcançar seu sofrimento e compreender que você também se sentia frustrada por não ter conseguido evitar tudo o que aconteceu. Consegui olhar para você, me identificar com seus sentimentos e com suas dores e procurei entender o que você pensava, sem julgamentos. O ressentimento desapareceu, porque o afeto e a empatia são os maiores antídotos contra tudo o que é negativo e ruim.

Simone traduziu sua gratidão por meio de um beijo delicado no rosto de Arnon e pensou em Bernadete:

— Por que sempre acabamos machucando as pessoas mais próximas? Aquelas a quem mais amamos e que mais se preocupam com a gente?

Franzindo a testa, ele respondeu:

— O que sei da vida, minha querida, foi o que aprendi vivendo. Não sou homem de muita leitura sobre esses assuntos, mas acho que isso acontece porque alimentamos uma sensação de segurança muito grande em relação a essas pessoas — Arnon parou pensativo, querendo organizar suas teorias para conseguir se fazer entender: — Nos respaldamos na certeza de que justamente quem está mais próximo é quem nunca nos deixará, e isso gera uma certa liberdade para descontarmos nossas frustrações e raivas nesses indivíduos.

Ela olhava-o atentamente:

— Faz sentido! Descontar a raiva sobre qualquer desconhecido no meio da rua pode provocar revides impensáveis... um grande risco.

— Talvez seja isso. É mais fácil sermos covardemente agressivos em terrenos conhecidos, contudo, as reações que essas ações desencadeiam também podem ser surpreendentes. E, quando isso acontece, não perdoar pode ser uma forma de ensinamento, de fazer o outro refletir sobre seus atos. Ninguém deve ser "o bonzinho", se oferecendo como saco de pancada do outro. Toda situação pede ponderação e uma análise própria, sem manual de instrução, entende? Temos que usar o bom senso e os bons sentimentos; é impossível distinguir com clareza as ações alheias, quando movidos pela raiva. Se fazer respeitar não é impedimento para o perdão. É preciso saber diferenciar as duas coisas.

Simone assentiu com a cabeça e perguntou:

— Por que é tão difícil perdoar?

— Acho que essa é uma questão mais simples de responder, porque venho pensando muito nela. Acredito que isso aconteça pois a maioria de nós supervaloriza a própria importância no mundo, se sente mais capaz de ensinar e menos necessitado de aprender. Consideramos nossos posicionamentos e nossas opiniões verdades irrefutáveis, e, quando somos desafiados por aquilo que não está adequado aos nossos padrões, nosso egocentrismo se coloca imediatamente na defensiva, impedindo um olhar voltado para a percepção das razões do outro.

— Tive uma longa conversa com Murilo e acho que consegui perceber que era exatamente isso que estava acontecendo comigo. Me senti traída, ferida, e só conseguia pensar nos meus sentimentos, em me vingar de Bernadete, sem

236

parar um único instante para tentar ver a vida pela óptica dela, mesmo não concordando com nada do que eles fizeram.

— Essa análise faz a razão se sobrepor ao impulso da agressividade, ativando a empatia.

— Foi exatamente o que pensei. Não sei se consigo perdoar Bernadete e Rubens, mas senti que posso e devo dar a ela uma oportunidade de expor seus sentimentos... Não sei quais foram as razões que a levaram a uma atitude tão mesquinha e cruel.

— Vocês vão se encontrar? — Arnon perguntou em um misto de alívio e apreensão.

— Sim, pedi a Murilo que providenciasse nosso encontro. É melhor que ela venha até aqui, e quero que vocês dois estejam o tempo todo ao meu lado.

— Murilo é um homem excepcional! Temos tido conversas muito enriquecedoras. Ele tem um coração muito bom. — Arnon olhou-a de soslaio: — Você não acha?

Simone não o encarou, ao responder positivamente com a cabeça.

O olhar perdido em direção ao sol se pondo no horizonte, trazendo o fim de mais um dia, fez Simone sentir que também estava chegando ao fim aquela etapa triste de sua vida.

Arnon aproximou-se da moça e colocou o braço sobre seus ombros, e, em um silêncio revelador, os dois sentiram que algo bom estava para acontecer.

Já estava escuro quando Murilo surgiu acompanhado de Bernadete, que entrou no apartamento sem conseguir dissimular a tensão que sentia, mas, conforme foi olhando vagamente ao redor, a tristeza a dominou, e ela foi incapaz de controlar as lágrimas.

Simone, Murilo e Arnon observavam-na quietos, enquanto ela procurava controlar suas emoções.

237

Os dois homens sentaram-se, enquanto as duas mulheres permaneciam em pé, uma diante da outra, em um embate que se refletia em seus olhares antagônicos, ainda que igualmente receosos.

O constrangimento foi quebrado quando Bernadete decidiu falar, ainda tentando conter as lágrimas:

— Me desculpem, mas não consegui me controlar quando entrei aqui.

— Consciência pesada? — indagou Simone, sem conseguir evitar o sarcasmo. Todas as suas teorias foram por água abaixo quando se viu frente a frente com a mulher que arruinara sua vida.

Murilo lançou uma expressão significativa para Simone, e seu pedido mudo para que se contivesse a fez se aquietar.

— Você tem razão, Simone. A culpa vem me corroendo durante todo esse período. Se houvesse um único meio de voltar no tempo e de consertar todos os meus erros, acredite... eu o faria sem pestanejar.

E, como se as palavras estivessem querendo libertar aquele coração de tanta amargura, Bernadete começou a falar sobre toda a sua vida, exatamente como fizera na conversa com Murilo.

Ao final do relato, que Simone ouviu com verdadeiro empenho em compreender, ela disse:

— Antes de vir para cá, transferi todo o dinheiro que tirei de vocês para sua conta, Simone. Infelizmente, não tenho ideia do destino dado à parte de Rubens. Sei que isso não apaga o mal que causei a você e a Carlo — a voz de Bernadete ficou embargada, e ela prosseguiu com dificuldade —, mas essa quantia não me pertence. Essa era a única atitude digna que eu poderia ter.

Simone apenas assentiu com um leve gesto de cabeça, antes de perguntar:

— Por quê, Bernadete? Nós a recebemos com tanto carinho! Quando forjou ser uma milionária que havia perdido o marido, injustiçada por todos que conviviam com ele, lembro como meu pai ficou comovido, o quanto ele tentou ajudá-la... até que se apaixonou por você. Como teve coragem?

Sentindo nas pernas o peso de seu nervosismo, Bernadete finalmente se sentou, baixando a guarda ao responder:

— Não sei o que me levou a entrar no plano de Rubens, Simone. Quando ele me procurou, achei toda a ideia absurda, mas ele me fez lembrar do sofrimento de nosso pai, das dificuldades financeiras pelas quais sempre passamos, de nossas mães, cada uma com suas desesperanças, e me convenceu de que tudo era culpa de Dante, que o errado era ele, que os errados eram vocês, que usufruíam de uma fortuna roubada — ela fez uma pausa e prosseguiu: — Nunca passei fome, mas lutava sozinha para manter a mim e à minha mãe, situação que se agravou depois que ela ficou doente e quando precisei interná-la. As despesas eram altas, e estava cada vez mais difícil arcar com tudo.

— E roubar era a solução? — perguntou Simone diretamente.

— Me deixei convencer pelos argumentos de Rubens, que caracterizou toda a ação não como roubo, mas como restituição de parte do que nos pertencia. Depois de um tempo, após conhecer você e Carlo mais profundamente, comecei a entender que a fortuna que possuíam não tinha vindo de nosso avô. O que ele tinha na época que Dante o roubou ainda era muito pouco comparado ao patrimônio de vocês. Percebi, então, o quanto seu avô e seu pai trabalharam para multiplicar o que Dante havia usurpado. Foi nessa mesma época que tentei convencer Rubens a desistir do plano, porém, ele era agressivo, me fazia ver que eu já estava muito envolvida, e afirmava constantemente que, se ele caísse, eu cairia junto. Tinha muito medo.

Sem demonstrar qualquer sentimento que lhe passava no íntimo, Simone falou:

— Você disse que usou parte do dinheiro...

— Sim, não tenho todo o valor para lhe devolver, mas vou trabalhar para que até o último centavo volte para você.

— Entretanto, você sabe que tem contas a acertar com a justiça, não sabe? Você terá de responder por suas ações. Sabe que será presa, até porque fugiu por essa razão.

Nesse momento, Bernadete levantou-se, foi até um porta-retratos no qual havia uma foto de Carlo e sentiu novamente as lágrimas descerem livres. Ela, por fim, disse:

— Já estou na pior prisão do mundo. Sabe por quê, Simone? Porque, quando Carlo foi para o litoral para atender ao seu chamado, quando percebi que tudo poderia ser descoberto e pensei na decepção que Carlo sofreria ao saber que eu estava envolvida na trama... — ela soluçou, sentindo o quanto aquelas palavras a feriam, e continuou: — Naquele momento, descobri que amava muito seu pai. — E não conseguiu continuar, deixando um vácuo no ar.

Simone sentou-se, impactada pela revelação de Bernadete.

Arnon e Murilo, até então calados, entreolharam-se consternados.

— Isso é mais uma mentira que você está usando para me comover? — perguntou Simone, duvidando de seu próprio questionamento.

— Não, Simone. Meu amor por Carlo foi surgindo sem que eu me desse conta. Nós nos entendíamos. Ao lado dele, a vida parecia fluir com alegria, e eu me sentia acolhida em todos os momentos. No entanto, só entendi o quanto o amava, quando percebi que ficaria sem ele.

— Infelizmente, as grandes perdas revelam grandes amores — disse Murilo lamentando.

— Porque costumamos não valorizar os afetos, quando eles fazem parte do nosso cotidiano. Na loucura dos dias, nos habituamos à presença dessas pessoas, como se elas fossem apenas parte do cenário da vida, e as tratamos de maneira desleixada, mesmo involuntariamente. Nos apegamos às pequenas mesquinharias, nos envolvemos em pequenas disputas desnecessárias, magoamos e somos magoados. E, quando percebemos a perda real, muitas vezes, já é tarde para vivermos a felicidade do amor — desabafou Arnon, que, ao final, se surpreendeu com aquela reflexão.

Murilo olhou-o admirado e satisfeito com a colocação do amigo, e Bernadete caiu em um choro convulsivo, enquanto tentava falar:

— Sei que vai me denunciar, Simone, mas acredite... eu amei... amo seu pai e terei de conviver com minha dor até o fim de meus dias. Nunca haverá prisão pior que essa.

Simone, finalmente, se compadeceu:

— Também confiei em você, enquanto me atirava direto para as garras de Rubens.

— Nada apagará o sofrimento que lhe causei. Você não merecia passar por tudo isso. Também aprendi a nutrir por você um carinho verdadeiro e sei que poderíamos ter nos tornado grandes amigas, se eu tivesse impedido Rubens de prosseguir. Mas agora está feito, e sei que não terei seu perdão. Só queria que me ouvisse e soubesse a verdade sobre meus sentimentos.

Simone pediu licença e retirou-se da sala, e os três ficaram a aguardando, imaginando que ela se recolhera para ligar para a polícia.

Como a moça demorava a retornar, Murilo, preocupado, foi ao seu encontro:

— Simone, você está bem? — ele perguntou ao vê-la no escritório do pai.

A moça abraçou-o com tal intensidade, que ele pode sentir as batidas de seu coração:

— Obrigada por abrir meus olhos para a verdade, Murilo. Obrigada por me salvar de mim mesma.

Emocionado, Murilo acariciou os cabelos de Simone, e o perfume da moça desencadeou nele uma explosão interior do amor que sentia por ela. O empresário, contudo, deteve sua exaltação.

241

— Vamos retornar à sala. Já sei o que devo fazer — ela disse com segurança.

— Você está bem? — ele perguntou querendo se certificar.

Simone tranquilizou-o com um sorriso:

— Me dê sua mão e fique ao meu lado.

Quando Murilo e Simone chegaram à sala, Bernadete olhou resignada para os dois, já esperando o pior.

Simone falou:

— Agora sei que você tem a dimensão exata de seus erros e do mal que espalhou por seu caminho. Sempre podemos escolher aquilo que desejamos deixar para o futuro, para quando não estivermos mais aqui. Você e Rubens não souberam escolher, mas o reconhecimento de sua culpa, a perda de meu pai, a quem descobriu amar de verdade, talvez sejam as piores punições que possa receber.

A expectativa tomou conta do ambiente, e Simone continuou:

— Após refletir muito, decidi que não serei eu a espada da justiça a ser cravada em seu peito, já tão dilacerado.

Bernadete teve o ímpeto de correr e abraçar Simone, mas se conteve. Murilo tornou:

— Então, não vai denunciá-la? Essa triste história se encerra aqui?

Simone dirigiu o olhar comovido para Bernadete:

— A amizade que podia ter existido entre nós jamais acontecerá, Bernadete, contudo, a compreensão de que todos nós realmente fomos atingidos pela má ação de Dante aniquilou qualquer ódio que habitava meu coração. — Simone não conteve as lágrimas: — Eu também estava aprendendo a gostar muito de você e sei que meu pai a amou até seu último instante de vida. Quando Rubens mencionou que você era irmã e cúmplice dele, vi o desespero em meu pai, que negou a si mesmo essa realidade. E também sei, e não me pergunte como, que onde ele estiver, meu pai, com seu coração enorme e puro, já a perdoou.

242

Murilo apertou a mão de Simone, como se dissesse que ela estava certa:

— Na verdade, apesar dos erros de Dante terem envolvido a todos em circunstâncias tão difíceis, vocês têm a oportunidade de reverter esse quadro, não se permitindo assumir uma posição de vítimas, assumindo o controle de suas vidas, eliminando definitivamente os efeitos do passado e direcionando seus destinos rumo à felicidade.

Todos estavam muito sensibilizados, quando Simone encerrou a conversa:

— Siga seu caminho, Bernadete. Só não espere de mim mais do que posso lhe dar. Espero não vê-la nunca mais — e virou as costas, enquanto suspirava aliviada, deixando a sala ao lado de Murilo.

Arnon viu-se na incumbência de acompanhar Bernadete até a saída, ocasião em que aproveitou para perguntar:

— O que você pretende fazer agora?

Com o coração transbordante de tristeza, respondeu:

— Vou para uma cidade aqui perto, para a clínica onde minha mãe ficou internada. Eles fazem um belo trabalho de assistência social, são espiritualistas, e quero me apresentar como voluntária. Tenho muito o que aprender com eles.

— Como vai se manter?

— Tentarei seguir na minha profissão trabalhando como fotógrafa. De onde Carlo estiver, se puder, eu sei que ele olhará por mim. Adeus, Arnon...

— Adeus, Bernadete.

CAPÍTULO 28

Livres para recomeçar

Semanas de intensas reuniões passaram-se após o retorno de Simone à direção da empresa ao lado de Murilo. Os pedidos de novos iates voltaram a chegar do Brasil e do exterior, deixando a equipe otimista e com motivação renovada.

Não passou despercebida a ninguém a nova postura da herdeira de Carlo, cuja juventude e cujo caráter amistoso, generoso e extremamente profissional estavam realçados. Não escapou também aos olhares dos funcionários a harmonia existente entre Murilo e Simone, contudo, não havia quem ousasse tecer qualquer comentário a respeito.

Depois de deixarem tudo sob controle e organizado no escritório da capital, Simone, Murilo e Arnon seguiram para o litoral. Uma série de medidas precisavam ser adotadas, e nenhum dos três queria perder mais tempo.

A primeira providência que Simone tomou foi se desfazer do apartamento no *resort* e da casa do pai. A moça pediu que Arnon, que voltaria a morar na cidade, cuidasse de tudo quando aparecessem os compradores.

Antes de prosseguirem com os negócios, Simone levou-os até uma bela casa, não muito grande, mas muito bonita e confortável, mobiliada com esmero e localizada à beira do mar.

Simone tirou as chaves da bolsa, e, quando os três entraram, Murilo indagou curioso:

— Esta é sua nova casa?

Ela, então, voltou-se para Arnon e disse:

— Não, esta é a nova casa de Arnon — e estendeu as chaves para ele, que, surpreso, mal conseguiu articular as palavras:

— O que está dizendo?

— Esta casa é sua, Arnon. É um reconhecimento por todos os anos de dedicação ao meu pai e a mim.

— Mas... não sei se devo aceitar! — ele balbuciou constrangido.

Murilo, com alegria, não se intimidou e interferiu na conversa:

— Vamos lá, homem! Aceite! Você merece.

— Ainda é muito pouco diante de tudo o que fez por nós — Simone concluiu, estendendo as chaves para Arnon, que acabou aceitando o presente com um grande sorriso e muitos abraços.

De lá, os três foram para a Pescados, onde se inteiraram da situação da empresa. Felizmente, Rubens não conseguira quebrar a companhia com seus desmandos e com suas falcatruas, e os funcionários, dentro do possível, mantiveram a produção funcionando, apesar de algumas perdas.

Após horas de análise minuciosa, viram que era possível retomar os trabalhos a todo vapor, e Arnon, sob alguns protestos iniciais de sua parte, foi nomeado diretor da Pescados:

— É muita responsabilidade! Só entendo da construção de barcos.

Murilo tranquilizou-o:

— Nomearemos alguém com muita experiência para assessorá-lo, Arnon, e logo você dominará todo o processo. Você é nossa pessoa de confiança e permanecerá à frente do estaleiro também. Acha que dará conta? — desafiou.

Estufando o peito, Arnon respondeu:

— Nunca fugi de trabalho e não o farei agora! Nem vocês nem Carlo — ergueu os olhos aos céus — se decepcionarão comigo. E lhes serei franco: estava com saudades de morar no litoral. A vida na capital é muito estressante. E quando precisarem vir para cá a trabalho, onde pretendem se hospedar? Em outro apartamento no *resort*?

Com um jeito maroto, Simone respondeu:

— Ora, Arnon! Por que será que sua casa tem três quartos?

Todos vibravam uma intensa felicidade, que se revelava em seus semblantes descontraídos, e Simone ainda fez questão de anunciar que todos os funcionários da Pescados passariam a ter participação nos lucros da empresa, uma demonstração de sua gratidão por terem se empenhado nas condições mais adversas, evitando que tudo se perdesse.

Enquanto Arnon arrumava sua nova sala no escritório, Simone e Murilo foram caminhar na praia. Os dois riam da reação de Arnon ante tantas surpresas e conversavam, alegres, sobre os planos que ainda tinham, todos referentes ao trabalho.

O ar parecia mais puro do que nunca, quando Simone, com os sapatos na mão, deixou que a espuma branca das marolas encobrisse seus pés. No entanto, quando seu olhar se voltou para as pedras contra as quais a lancha se chocara, seu semblante contraiu-se, e ela emudeceu. Por alguns momentos, o pensamento de Simone perdeu-se no tempo, e Murilo, apreensivo, limitou-se a ficar ao seu lado.

Os temores de Simone dissiparam-se, quando ela falou:

— Está vendo a força das ondas nas pedras? Como elas varrem a superfície e retornam ao mar? Acabei de jogar sobre as rochas todas as lembranças ruins que esse lugar me trazia e pedi que as ondas as levassem para sempre. Quero abarcar a vida com toda a sua beleza e intensidade, porque sei que é isso que meu pai deseja que eu faça.

Não aguentando mais ocultar seus sentimentos, Murilo falou ansioso:

246

— Eu adoraria compartilhar com você essa nova vivência.

Com o vento soprando suave em seu rosto e o sol refletindo-se em seus olhos, Simone virou-se para Murilo e disse:

— Uma vez, em um momento bastante tenso, você disse que sonhava que eu fosse sua companheira de jornada... o que exatamente isso significa?

Com seus rostos quase se tocando, ele respondeu encarando-a:

— Que queria dividir não apenas a empresa, mas minha vida com você.

— Queria? — ela indagou com um trejeito, apertando os olhos.

— Sua tolinha... não percebe o quanto eu te amo? — Rubens colocou o rosto de Simone entre suas mãos e beijou-a como desejava desde que a conhecera.

— Você quer ser minha companheira nessa jornada maravilhosa que é a vida?

Ela olhou novamente para o mar e depois para Murilo e disse irradiando serenidade:

— Acho que estamos todos livres para recomeçar.

FIM

GRANDES SUCESSOS DE
ZIBIA GASPARETTO

Com 18 milhões de títulos vendidos, a autora
tem contribuído para o fortalecimento da literatura
espiritualista no mercado editorial e para a popularização da
espiritualidade. Conheça os sucessos da escritora.

Romances
pelo espírito Lucius

A verdade de cada um

A vida sabe o que faz

Ela confiou na vida

Entre o amor e a guerra

Esmeralda

Espinhos do tempo

Laços eternos

Nada é por acaso

Ninguém é de ninguém

O advogado de Deus

O amanhã a Deus pertence

O amor venceu

O encontro inesperado

O fio do destino

O poder da escolha

O matuto

O morro das ilusões

Onde está Teresa?

Pelas portas do coração

Quando a vida escolhe

Quando chega a hora

Quando é preciso voltar

Se abrindo pra vida

Sem medo de viver

Só o amor consegue

Somos todos inocentes

Tudo tem seu preço

Tudo valeu a pena

Um amor de verdade

Vencendo o passado

Crônicas

A hora é agora!

Bate-papo com o Além

Contos do dia a dia

Pare de sofrer

Pedaços do cotidiano

O mundo em que eu vivo

O repórter do outro mundo

Voltas que a vida dá

Você sempre ganha!

Coleção – Zibia Gasparetto no teatro

Esmeralda

Laços eternos

Ninguém é de ninguém

O advogado de Deus

O amor venceu

O matuto

Outras categorias

Conversando Contigo!

Eles continuam entre nós vol. 1

Eles continuam entre nós vol. 2

Eu comigo!

Em busca de respostas

Pensamentos vol. 1

Pensamentos vol. 2

Momentos de inspiração

Recados de Zibia Gasparetto

Reflexões diárias

Vá em frente!

Grandes frases

Sucessos
Editora Vida & Consciência

Amadeu Ribeiro

A herança
A visita da verdade
Juntos na eternidade
O amor não tem limites
O amor nunca diz adeus

O preço da conquista
Reencontros
Segredos que a vida oculta vol.1
A beleza e seus mistérios vol.2
Amores escondidos vol. 3

Amarilis de Oliveira

Além da razão (pelo espírito Maria Amélia)
Nem tudo que reluz é ouro (pelo espírito Carlos Augusto dos Anjos)
Nunca é pra sempre (pelo espírito Carlos Alberto Guerreiro)

Ana Cristina Vargas
pelos espíritos Layla e José Antônio

A morte é uma farsa
Além das palavras
Almas de aço
Em busca de uma nova vida
Em tempos de liberdade
Encontrando a paz
Escravo da ilusão

Ídolos de barro
Intensa como o mar
Loucuras da alma
O bispo
O quarto crescente
Sinfonia da alma

André Ariel

Além do proibido
Em um mar de emoções
Eu sou assim
Surpresas da vida

Carlos Henrique de Oliveira

Ninguém foge da vida
Tudo é possível

Carlos Torres

A mão amiga
Passageiros da eternidade
Querido Joseph (pelos espírito Jon)
Uma razão para viver

Cristina Cimminiello

As joias de Rovena
O segredo do anjo de pedra

Eduardo França

A escolha
A força do perdão
Do fundo do coração
Enfim, a felicidade
Vestindo a verdade
Vidas entrelaçadas

Evaldo Ribeiro

Aprendendo a receber
Eu creio em mim
O amor abre todas as portas (pelo espírito Maruna Martins)

Floriano Serra

A grande mudança
A outra face
Amar é para sempre
Ninguém tira o que é seu
Nunca é tarde
O mistério do reencontro
Quando menos se espera...

Gilvanize Balbino

De volta pra vida (pelo espírito Saul)
Horizonte das cotovias (pelo espírito Ferdinando)
O homem que viveu demais (pelo espírito Pedro)
O símbolo da vida (pelos espíritos Ferdinando e Bernard)
Salmos de redenção (pelo espírito Ferdinando)

Juliano Fagundes

O símbolo da felicidade

Lucimara Gallicia
pelo espírito Moacyr

O que faço de mim?
Sem medo do amanhã

Marcelo Cezar
pelo espírito Marco Aurélio

Acorde pra vida!
A última chance
A vida sempre vence
Coragem para viver
Ela só queria casar...
Medo de amar
Nada é como parece
Nunca estamos sós
O amor é para os fortes
O preço da paz
O próximo passo
O que importa é o amor
Para sempre comigo
Só Deus sabe
Treze almas
Tudo tem um porquê
Um sopro de ternura
Você faz o amanhã

Márcio Fiorillo

Lições do coração
Nas esquinas da vida

Maura de Albanesi
pelo espírito Joseph

O guardião do Sétimo Portal
Coleção Tô a fim

Maurício de Castro

Caminhos cruzados

Meire Campezzi Marques
pelo espírito Thomas

A felicidade é uma escolha
Cada um é o que é
Na vida ninguém perde

Mônica de Castro
pelo espírito Leonel

A força do destino
A atriz
Apesar de tudo...
Até que a vida os separe
Com o amor não se brinca
De bem com a vida
De frente com a verdade
De todo o meu ser
Desejo – Até onde ele pode te levar? *(pelos espíritos Daniela e Leonel)*
Gêmeas
Giselle – A amante do inquisidor
Greta
Impulsos do coração
Jurema das matas
Lembranças que o vento traz
O preço de ser diferente
Segredos da alma
Sentindo na própria pele
Só por amor
Uma história de ontem
Virando o jogo

Rose Elizabeth Mello

Como esquecer
Desafiando o destino
Livres para recomeçar
Os amores de uma vida
Verdadeiros Laços

Sérgio Chimatti
pelo espírito Anele

Ecos do passado
Lado a lado
Os protegidos
Um amor de quatro patas

Thiago Trindade

As portas do tempo

Conheça mais sobre espiritualidade com outros sucessos.

 vidaeconsciencia.com.br  /vidaeconsciencia  @vidaeconsciencia

ZIBIA GASPARETTO
Eu comigo!

*"Toda forma de arte
é expressão da alma."*

Zibia Gasparetto convida você a mergulhar no seu mundo interior. Deixe os problemas de lado, esqueça o negativismo e libere o estresse do dia a dia. Passeie por entre as figuras, inspire-se com cada mensagem e coloque cor em seu mundo. Use suas tonalidades preferidas, libere o potencial criativo que existe dentro de você.

Eu comigo! é um livro para quem quer fugir da rotina e buscar aquela sensação de paz que a arte pode proporcionar. Inspire sua alma com as frases de Zibia Gasparetto criadas especialmente para você e ricamente ilustradas com desenhos encantadores.

Bem-vindo ao seu mundo interior.

www.vidaeconsciencia.com.br

Rua Agostinho Gomes, 2.312 — SP
55 11 3577-3200

contato@vidaeconsciencia.com.br
www.vidaeconsciencia.com.br